ILONA SCHMIDT

Schwarze Küste

VERLOREN IM PARADIES Als Kommissar Richard Levin gerade anfängt, die bizarre Schönheit von Teneriffa zu genießen, ist es mit der Urlaubsstimmung auch schon vorbei. Panische Schreie zwingen ihn nachts aus seinem Hotelbett. Kilian, der Sohn einer alten Bekannten, einer Richterin aus Nürnberg, ist verschwunden, und Levin war der Letzte, der ihn gesehen hat. Levin muss sich dem Vorwurf der Entführung stellen. Am nächsten Morgen wird die Leiche eines Strandverkäufers in der Nähe des Hotels gefunden, ein Messer steckt in seiner Brust. Zufall oder hat der Mord etwas mit Kilians Verschwinden zu tun? Richard versucht, die örtliche Polzei bei ihren Ermittlungen zu unterstützen, doch die spanischen Behörden wissen seine Einmischung keinesfalls zu schätzen. Ein dramatischer Wettlauf gegen die Zeit beginnt, bei dem Levin auch die Schattenseiten der traumhaften Urlaubsinsel kennenlernt.

© Fotostudio Uhlenhuth

In München geboren, lebte Ilona Schmidt viele Jahre in Nürnberg. Nach dem Studium der Chemie in Erlangen zog sie beruflich bedingt nach Coburg. Heute arbeitet sie für einen amerikanischen Konzern und bereist die Welt. Ihre analytischen Fähigkeiten sind ihr beim Recherchieren und Schreiben von Krimis ebenso von Nutzen wie ihre wissenschaftliche Ausbildung. Nach »Bocktot« und »Brunnenleich« ist »Schwarze Küste« ihr dritter Kriminalroman im Gmeiner-Verlag.

Bisherige Veröffentlichungen im Gmeiner-Verlag:
Brunnenleich (2018)
Bocktot (2017)

ILONA SCHMIDT

Schwarze Küste

Kriminalroman

GMEINER SPANNUNG

Immer informiert

Spannung pur – mit unserem Newsletter informieren wir Sie regelmäßig über Wissenswertes aus unserer Bücherwelt.

Gefällt mir!

Facebook: @Gmeiner.Verlag
Instagram: @gmeinerverlag
Twitter: @GmeinerVerlag

Besuchen Sie uns im Internet:
www.gmeiner-verlag.de

Im Ehnried 5, 88605 Meßkirch
Telefon 07575/2095-0
info@gmeiner-verlag.de

1. Auflage 2019

Lektorat: Katja Ernst
Herstellung: Mirjam Hecht
Umschlaggestaltung: U.O.R.G. Lutz Eberle, Stuttgart
unter Verwendung eines Fotos von: © Mr. Nico / photocase.de
Druck: CPI books GmbH, Leck
Printed in Germany
ISBN 978-3-8392-2417-5

Personen und Handlung sind frei erfunden.
Ähnlichkeiten mit lebenden oder toten Personen
sind rein zufällig und nicht beabsichtigt.

PROLOG

Schwarze Strände, grüne Palmen, blaugraues Meer, dessen schaumgekrönte Wellen von der Wildheit des Atlantiks zeugten. Die Vulkaninsel Teneriffa mit ihrer schwarzen Küste bot ihren Gästen einen Traumurlaub, wie im Reisekatalog versprochen. Allerdings war er nicht zum Sonnenbaden hierhergekommen, sondern um das ihm widerfahrene Unrecht aus der Welt zu schaffen.

War es Zufall oder eine Fügung des Schicksals, dass die Person, die dafür verantwortlich war, ausgerechnet auf der ihm so vertrauten Insel Urlaub machen wollte? Die idealen Voraussetzungen, um seinen Plan in die Tat umsetzen zu können.

Dann würde er endlich das bekommen, was ihm zustand. Mehr wollte er nicht. Seit Jahren verfolgte er dieses Ziel, doch diese Person hatte sich stets zu wehren gewusst. Manchmal fragte er sich, wann sein Wunsch in Besessenheit umgeschlagen war.

Mit einem Ruck löste er sich vom Anblick des Strandes und fuhr in den Süden der Insel, wo Sonnenschirme die mit Saharasand aufgeschütteten Strände zupflasterten und Wellenbrecher die Macht des Atlantiks zähmten. Und das alles nur, um die Erwartungen der Massen zu erfüllen, obwohl natürliche und einsame Strände zuhauf vorhanden waren; man musste sie nur zu finden wissen. Aber vielleicht würde ihm der Touristentrubel bei seinem Vorhaben sogar von Nutzen sein.

Nur Geduld, denn bald würde es so weit sein. Bald.

1 RICHARD

Kriminalhauptkommissar Richard Levin hasste den Urlaub bereits, bevor er seinen Zielort überhaupt erreichte. Das relativ kleine Flugzeug des Direktflugs von Nürnberg nach Teneriffa Süd war mit Urlaubern vollgestopft. Er zog seinen linken Arm dichter an den Oberkörper heran, denn den Kampf um die Armlehne hatte er angesichts seiner fülligen Nachbarin aufgegeben. Da er am Gang saß, waren Stöße von Vorbeigehenden im Flugpreis inbegriffen. Seine Knie versuchten Löcher in den Vordersitz zu bohren, vorn plärrte ein Baby und direkt hinter ihm quasselten unentwegt zwei Frauen. All das machte den Flug nicht sonderlich komfortabel.

Richard lehnte seinen Kopf zurück, schloss die Augen und versuchte, sich zu entspannen. Das Flugzeug ruckelte durch leichte Turbulenzen, was ihm nichts ausmachte. Da hatte er früher ganz andere erlebt, als die Piloten sie so schnell wie möglich über von Talibankämpfern kontrolliertes Gebiet flogen. Die Furcht, wegen Turbulenzen abzustürzen, war schnell der Angst gewichen, von einer Boden-Luft-Rakete getroffen zu werden. Das war lange her, aber immer noch präsent.

Ganz freiwillig hatte er diesen Urlaub nicht angetreten, denn ursprünglich waren er und Oma Elke von seinem Bruder eingeladen worden, anlässlich ihres Geburtstags zwei Wochen auf Teneriffa zu verbringen. Da sie diese Insel schon immer hatte bereisen wollen, war es für Richard ein Ding der Unmöglichkeit gewesen, sie nicht zu begleiten. Nun saß er ohne sie im Flieger, weil ein Kind seines Bruders krank geworden war und Oma Elke Kindermädchen spielen musste. »Ein andermal klappt es bestimmt«, hatte sie gesagt. »Erhol dich gut.«

Ein abgekartetes Spiel, um ihn in einen Urlaub zu zwingen.

Aber er hatte sich vorgenommen, das Beste daraus zu machen: den Vulkan El Teide besteigen, Wale beobachten, die Altstadt von La Laguna im Norden besichtigen und durch die Höllenschlucht bei Adeje wandern. Jedenfalls gab es eine Menge Möglichkeiten, sich auf der Insel die Zeit zu vertreiben.

Die Triebwerke wurden gedrosselt, und die Pilotin kündigte die bevorstehende Landung an. Über den voluminösen Busen seiner Nachbarin hinweg versuchte er einen Blick nach draußen zu erhaschen. Umgeben vom Blau des Atlantiks erhob sich ein massiver Vulkan. Augenblicklich war sein Interesse geweckt. Die Aussicht von dort oben musste fantastisch sein.

Hart setzte die Maschine auf, und die Urlauber klatschten begeistert Beifall, waren offenbar glücklich, dass die Piloten keinen Selbstmord begangen hatten. Richard beteiligte sich nicht daran, denn schließlich hatten sie nur ihren Job gemacht. Ihm applaudierte auch keiner, wenn er einen Fall erfolgreich abgeschlossen hatte. Stattdessen schaltete er den Flugmodus seines privaten Smartphones aus und prüfte, ob in der Zwischenzeit neue Messages eingegangen waren: vier, und alle Absender wünschten ihm darin einen schönen Urlaub. Wenigstens war keine Katastrophenmeldung darunter. Er antwortete auf alle mit einem Danke und ersparte sich dadurch die mehrfache Frage, ob er gut angekommen sei.

Die Einreise verlief problemlos, seinen Koffer und den betagten Rucksack fand er auf Anhieb an der Gepäckausgabe. Beim Anblick der Werbeschilder tauchten aus den Tiefen seines Gedächtnisses rudimentäre Spanischkenntnisse auf, aber die Blamage, unbeholfen zu stammeln, würde er sich ersparen.

Um beweglich zu sein, mietete er sich einen Seat ohne jeden Komfort. Damit fuhr er über die Autobahn Richtung Costa Adeje und sammelte dabei erste Eindrücke. An der Küste stand eine Bettenburg neben der anderen, dahinter waren an Betonwürfel erinnernde Häuser zu sehen. Da es hier kaum regnete und nie schneite, brauchte man keine geneigten Dächer. Der rötliche Boden bestand aus erstarrter Lava. Dürre Sträucher und Sukkulenten fanden im kargen Boden Halt, während in Küstennähe Palmen das Bild dominierten. An vielen Stellen glich das Gelände einer Wüste, was bewirkte, dass ihn seine Erinnerungen erneut einholten. Oma Elke hätte sich ein Urlaubsziel mit mehr Vegetation aussuchen sollen; Irland oder Schottland zum Beispiel. Er umfasste das Lenkrad fester.

Endlich näherte er sich seinem Ziel, wobei er den Wagen durch enge Straßen voll Parkplatz suchender Autos und Busse manövrieren musste.

Sein Hotel lag am Ende des Strandes, etwas erhöht auf einem Hügel: ein mehrstöckiger lavaroter Gebäudekomplex, aufgelockert mit Kuppeln und Säulengängen, die eher an Nordafrika als an Spanien erinnerten. Das Resort war terrassenförmig und verzweigt angelegt, sodass die unteren Zimmer und Suiten über Terrassen anstatt über Balkone verfügten. Alles reihte sich halbmondförmig um großzügige Poolanlagen, Bars, Restaurants und Cafés. Ein Weg führte in Bögen hinunter zum Strand. Fenster ohne Glas in den Fluren erlaubten Blicke nach draußen und dem Wind Zutritt. Allerlei fremdartige Gewächse mit bunten Blättern und Blüten vermittelten exotisches Flair. Eigentlich gar nicht so schlecht.

Kurze Zeit später stand er in seinem Zimmer, das geschmackvoll im spanischen Stil eingerichtet und ebenerdig war. Terrakottafliesen, Klimaanlage, Schiebetüren zur Terrasse, die einen grandiosen Blick über die etwas niedriger gelegene Poolanlage und das weiter entfernte Meer bot, sowie ein großes Bett für zwei. Hier könnte er es aushalten.

Zuerst räumte er seine Sachen ein, faltete und stapelte die Shirts Kante auf Kante, wie einst in seinem Spind bei der Bundeswehr. Dann schloss er sein Computer-Tablet ans Stromnetz an und testete, ob das WLAN funktionierte. Mit einem Seufzer ließ er sich aufs Bett plumpsen. Was sollte er als Nächstes tun? In seiner Dienststelle warteten ungelöste Fälle auf Bearbeitung, und auch die Ereignisse seines letzten Einsatzes mussten noch verdaut werden. Erneut war er gezwungen gewesen, seine Waffe gegen einen Menschen einzusetzen, obwohl er sich geschworen hatte, dies nie wieder zu tun. Den Anblick, wie seiner Vorgesetzten eine Pistole an die Schläfe gehalten worden war, würde er so schnell nicht vergessen können. Langsam zog er sein Diensthandy aus der Hosentasche, betrachtete es lange und legte es dann auf dem Nachttischchen ab. Er hätte es zu Hause lassen sollen. Wenn schon Urlaub, dann richtig. Dennoch schaltete er es ein, widerstand aber der Versuchung, seine Mails zu checken.

Draußen auf dem Gang waren Stimmen zu hören; erst lauter, dann leiser. Ein Mann, eine Frau und ein Kind. Die wussten bestimmt, was sie mit sich und ihrer Zeit anfangen sollten.

Er atmete tief durch. Am besten, zuerst die Lage erkunden, dachte er sich. Trotzdem blieb er sitzen, ließ sich zurück aufs Bett fallen, starrte den Deckenventilator an, der wie eine fünfbeinige Riesenspinne an der Zimmerdecke zu kleben schien.

Schließlich rappelte er sich auf zu einem Rundgang. Zugegeben, die Anlage bot alles, was das Urlauberherz begehrte. Vor allem der Pool, der sich am hinteren Ende des Beckenrandes mit dem Meer zu vereinen schien, sah verlockend aus.

Viele Paare, einige Grüppchen und noch mehr Familien genossen das erfrischende Nass. Er schlenderte zu dem mit mehreren Reihen Liegestühle gepflasterten Strand hinunter. Dort herrschte reges Leben, und er wünschte, er hätte seine Badeshorts angezogen. An der Strandpromenade sorgten jede Menge Restaurants und Bars für das Wohl ihrer Gäste. Ideal für Familien und Partygänger, aber nichts für jemanden, der die Stille suchte.

Ein Strandverkäufer diskutierte lautstark mit einem Mann, der die Hände in die Hüften gestemmt hatte und rotgesichtig den Kopf schüttelte. Der Händler stellte Rucksack und Cooler auf dem Boden ab, drohte seinem Kontrahenten mit der Faust und ließ eine Schimpfkanonade in Spanisch auf ihn niederprasseln. Der feuerte mehr schlecht als recht zurück, darunter auch einige deutsche Flüche.

Richard ging das nichts an. Vermutlich hatte der eine den anderen übers Ohr gehauen. Trotzdem blieb ihm die Szene im Gedächtnis haften. Seine Vergangenheit hatte ihn gelehrt, selbst Belangloses nicht außer Acht zu lassen. Als er näherkam, verstummten die Streithähne, der Strandverkäufer hob seine Gegenstände auf und rief dem anderen zum Abschied noch »¡Cabrón!« hinterher.

Richard hatte genug gesehen. Das Hemd klebte ihm auf der Haut und feinster Sand hatte den Weg in seine Schuhe gefunden. Definitiv Zeit, sich umzuziehen und im Pool Abkühlung zu suchen. Kurz bevor er sein Zimmer erreichte, sah er eine Familie auf das Nebenzimmer zugehen. Ein gutaussehender Mann mit einem etwa achtjährigen Knaben und daneben – Frau Dr. Linda Wachter, ihres Zeichens Richterin am Landgericht Nürnberg. Die Welt war offenbar nicht groß genug, um seinen Bekannten entfliehen zu können. Na großartig.

Sie stutzte. Ihrem verhärmten Gesicht konnte er kein Zeichen des Erkennens entnehmen, nur Erstaunen. Kein Wunder, denn ihre letzte Begegnung war ziemlich unerfreulich verlaufen.

»Sieh da, der Herr Levin«, sagte sie und hob die Hand in Richtung des Mannes, um ihn anzuhalten.

Im Gerichtssaal erinnerte sie ihn stets an einen bissigen Bullterrier. Es gab kein Entkommen. »Frau Doktor Wachter«, erwiderte er betont freundlich, »was hat Sie denn hierher verschlagen?«

»Dreimal dürfen Sie raten. Sind Sie schon länger da?«

»Seit ungefähr einer Stunde.«

Der Mann neben ihr räusperte sich.

»Darf ich vorstellen? Mein Mann.« Sie wies auf ihn. »Marcel Wachter. Marcel, das ist Kriminaloberkommissar Richard Levin, ehemals Kripo Nürnberg, oder hat man Sie endlich zum Hauptkommissar befördert?«

Ihr wäre es vermutlich lieber, man hätte ihn an die Luft gesetzt. Doch sie mochte privat netter sein als im Gerichtssaal. Er lächelte die beiden an. »Vor zwei Wochen.«

Herr Wachter war genauso groß, aber breiter gebaut als er. Ein kräftiger Händedruck, die Mundwinkel zogen sich sympathisch in die Breite, dann öffnete Wachter mit seiner Magnetkarte ihre Suite.

»Und das ist Kilian, unser Sohn«, ergänzte sie. »Gib dem Herrn die Hand, wie es sich gehört.«

Braune Kulleraugen blickten zu Richard hoch, als der Junge ihm sein Händchen entgegenstreckte. »Tach.«

»Tach«, erwiderte Richard.

»Wenn Sie Polizist sind, warum tragen Sie dann keine Uniform?«

»Weil er im Urlaub ist.« Linda Wachter schob Kilian in Richtung Suite. »Wir sehen uns sicher noch«, sagte sie ohne Spur einer Freundlichkeit.

Irrtum, sie war privat wie auf der Arbeit. Richard schickte sich an, seine eigene Tür zu öffnen.

»Nett, Sie kennenzulernen«, sagte Marcel Wachter und in seinem Ton schwang eine Entschuldigung mit. »Auf ein Bier – später vielleicht?«

Richard nickte und wusste nicht, ob er sich über die Begegnung freuen sollte. Am besten, er hakte sie als eine Fügung des Schicksals ab.

2 MARCEL

Eine leichte Brise bauschte den Gazevorhang vor den geöffneten Flügeltüren zur Terrasse des Hotelzimmers auf, brachte erfrischende Kühle sowie den Geruch des Meeres mit sich. Neben ihm auf dem Bett flimmerten feine Härchen im Gegenlicht. Sanft strich Marcel über die Rückenlinie hinunter bis zu ihrem Po, wo er seine Hand verweilen ließ. Sie war schön, zu schön, um als Geliebte die zweite Geige zu spielen. Er hatte sich entschieden.

Doch die Worte über eine endgültige Trennung wollten ihm nicht über die Lippen kommen, zu erregend war ihr Anblick. Ihre blauen Augen strahlten ihn an, als wollten sie ihn zu einer zweiten Runde auffordern. Wehmut kam auf und hinterließ einen salzigen Geschmack auf seiner Zunge, der ihn an das Meer erinnerte.

Es war falsch gewesen, zu ihr zu gehen und der Versuchung nachzugeben, weil er seine Frau, seinen Sohn und alles, was sie sich gemeinsam erschaffen hatten, liebte. War Sylvie ihm nur nachgereist, um es ihm noch schwerer zu machen? Sie hatten bereits vor seiner Abreise darüber gesprochen, ihr Verhältnis zu beenden, und jetzt war der Zeitpunkt gekommen, endgültig einen Schlussstrich zu ziehen.

Sylvie hob den Kopf und drehte sich halb zu ihm, wobei die verrutschende Bettdecke eine ihrer Brüste entblößte: apfelförmig, fest, die Brustwarze erigiert. Er starrte darauf, und zwischen seinen Beinen regte sich erneut das Verlangen nach ihrer Leidenschaft.

»Alles in Ordnung?«, fragte sie und zog dabei eine ihrer fein gezupften Augenbrauen hoch. Er kannte dieses Vorzeichen, es kündigte die andere Sylvie an, die hysterische Furie.

Der Zauber des Begehrens verflog, Wut kochte in ihm hoch. »Du hättest nicht herkommen dürfen.«

»Ach so? Hast du es denn nicht genossen?«

In der Tat, das hatte er – sehr sogar. Sylvie sah nicht nur super aus, Sex mit ihr war auch einmalig: aktiv, ideenreich, fordernd. Er rollte sich auf den Rücken, betrachtete den rotierenden Ventilator an der Decke.

»Unsere Beziehung ist ... so klischeehaft«, wiederholte er. »Direktor vögelt seine Sekretärin, während seine Frau das gemeinsame Kind beaufsichtigt.«

Ihre Augen wurden schmal. »Du und dein Kind.«

Er fuhr hoch. »Ja genau, ich und mein Sohn. Wir haben weiß Gott lange genug darum gekämpft, ein Kind zu bekommen. Jahrelang haben wir alles Mögliche probiert, damit Linda schwanger wird. Ich werde ihn niemals aufgeben, aber das müsste ich, würde ich mich von ihr trennen. Kannst du das nicht nachvollziehen?«

»Wenn dir dein Sohn wirklich so wichtig ist, warum hast du dich dann überhaupt mit mir eingelassen?« Sylvie zog die Bettdecke hoch und verdeckte ihre Reize. »Du willst also Schluss machen?«

»Absolut.«

»Und wie stellst du dir unsere Zusammenarbeit in der Firma vor? Muss ich mit meiner Kündigung rechnen?«

»Keine Sorge, Sylvie. Ich kümmere mich darum, dass du woanders unterkommst.«

Sie schlug mit der flachen Hand auf das Bett. »Wieso habe ich blöde Kuh mir nur Hoffnungen gemacht? Ich hätte nicht herkommen sollen.«

»Genau. Das hatte ich dir aber schon zu Hause gesagt. Du bist anhänglich wie eine Zecke. Und dann steigst du auch noch im selben Resort ab wie ich. Was hast du dir bloß dabei gedacht?«

»Schon vergessen? Blondinen denken nicht. Außerdem war ich diejenige, die das Hotel für dich ausgesucht hat. Ich hab das gleiche Recht, hier zu sein, wie du.«

»Ach, hör doch auf!« Er stand jetzt auf dem kalten, weiß gefliesten Boden und blickte nach draußen, auf die von Palmen umsäumte Poolanlage, hinter der sich das Meer erstreckte. Raúl, ein junger Strandverkäufer mit dem Aussehen eines Gigolos, schlenderte soeben mit einem Rucksack auf dem Rücken und einem Cooler in der Hand vorbei. Marcel kannte ihn, weil er Kilian ein Spielzeug geschenkt hatte, um Marcel zu zwingen, ihm etwas abzukaufen. Hatte er ihr Gespräch mit angehört? Und wenn, war es auch egal, denn der Mann sprach nur Spanisch, allenfalls ein paar Brocken Englisch und Deutsch.

Dieses Drama musste ein Ende finden, ob es ihr passte oder nicht.

»Sylvie.« Fast hätte er ein »Bitte« angefügt. Er biss sich auf die Unterlippe. Die Trennung gestaltete sich schwieriger als gedacht.

Sie schluchzte auf. Ob aus Wut oder aus Enttäuschung konnte er nicht erkennen.

»Du Schwein«, fauchte sie.

Jetzt war es klar. Fast fühlte er sich ein wenig erleichtert. Mit Wut konnte er umgehen, mit einer enttäuschten Geliebten weniger. »Hast du wirklich geglaubt, ich würde mich scheiden lassen, um dich zu heiraten?«

»Wenn dein Sohn nicht wäre, hättest du deiner Frau schon längst den Laufpass gegeben.«

»Du bist doch nur auf deinen Vorteil bedacht.«

Ihre Augen wurden groß, aber sie schwieg. Außer dem Rauschen des Deckenventilators war nichts zu hören.

Er setzte noch eines drauf: »Es ist aus und vorbei. Ich hatte dir ausdrücklich verboten, mir nachzureisen.«

Sie schüttelte ihren Kopf, dass die blonden Haare wild flogen, und sprang auf. Splitternackt, die Hände zu Fäusten geballt, schrie sie ihn an: »Ich kann reisen, wohin ich will!«

»Mach, was du für richtig hältst, aber bleib mir in Zukunft vom Leib.«

»Dann geh doch zu deiner alten Kuh. Viel Spaß beim Blümchensex. Das wirst du noch bereuen, ich schwör's. Und jetzt raus mit dir!«

Grußlos verließ Marcel ihr Zimmer. Draußen auf dem Gang atmete er tief durch. Dieser Urlaub war längst überfällig gewesen. Die Knieverletzung, die er sich beim Tennis zugezogen hatte, war nur der äußere Auslöser gewesen, um sich einige Tage aus der Firma verabschieden zu können. Urlaub, um Frieden und Versöhnung zu finden. Was, wenn Sylvie ihre Worte wahrmachte?

3 RICHARD

Etwas später am Tag bummelte Richard zur Poolanlage zurück. Er trug immer noch Jeans, aber wenigstens steckten seine Füße jetzt in den Flipflops aus dem Koffer, zu mehr hatte er sich noch nicht durchringen können. Am Pool streckte er sich auf einem Liegestuhl aus und bestellte beim Service einen Long Island Iced Tea, der ihm die nötige Entspannung verschaffen sollte. Was sollte er mit sich anfangen? Er hätte die Reise nicht antreten sollen. Er war kein Urlaubstyp. Keine Arbeit bedeutete Raum für Gedanken, die sich mit ihm beschäftigen wollten. Wie es wohl den Kollegen ging und vor allem seiner attraktiven, aber unbequemen Vorgesetzten Maxi?

Lange hatte er sich gegen die Wahrheit gewehrt und erst vor Kurzem begonnen, seine Gefühle für sie zu akzeptieren. Bevor er zu tief in sie versinken konnte, wurde der Cocktail serviert: eiskalt, Wodka, Rum, Gin, Tequila mit einem Spritzer Cola, damit es wie Tee aussah.

»Was trinkst du da?«, fragte eine helle Jungenstimme neben ihm. Kilian schaute ihn neugierig an.

»Einen Cocktail mit Cola.« Richard nahm einen Schluck. Verdammt stark das Zeug.

Das Gesicht des Jungen wurde vorwurfsvoll. »Ich rieche Schnaps. Papa trinkt auch gern mal einen, aber nicht tagsüber, wegen der Mama. Darfst du, weil du Polizist bist?«

Beinahe hätte Richard sich verschluckt. Seine Vorbildfunktion stand auf dem Spiel, und das schlechte Gewissen begann an ihm zu nagen. »Ich erlaube mir das nur im Urlaub. Wo stecken eigentlich deine Eltern?«

Kilian blickte kurz nach oben. »Ich kann gut auf mich selbst aufpassen.«

»Bist auch schon ein halber Mann.«

»Mama schläft und Papa joggt 'ne Runde. Außerdem gibt's hier 'ne Lifeguard.« Kilian setzte sich auf den Liegestuhl neben ihm. »Was machst du bei der Polizei?«

»Ich bin bei der Kripo.«

»Wow. Da hilfst du meiner Mama bestimmt bei der Arbeit.«

»Stimmt, aber hauptsächlich dem Staatsanwalt.«

»Das möchte ich auch mal werden.«

»Staatsanwalt?«

»Nee, Kripomann.«

Richard musste lachen – Kripomann. Er betrachtete den schmalen Jungen in seiner bunten Badehose und mit den gelben Plastikflipflops. Eine eigene Familie und Kinder zu haben, wäre vielleicht gar nicht so schlecht. Warum tauchte ausgerechnet jetzt Maxis Bild vor seinem geistigen Auge auf?

Er starrte auf das blaue Wasser des Pools. Zeit, in die Badeshorts zu springen und endlich in den Urlaub einzutauchen. »Weißt du, was wir jetzt machen? Ich ziehe mich um und dann schwimmen wir zusammen.«

Zu seinem Erstaunen winkten ihn die Wachters im Restaurant zu sich her und fragten, ob er ihnen nicht Gesellschaft leisten wolle. Zusammen mit anderen Paaren saßen sie an einem großen, runden Tisch; allesamt Deutsche, während am Nebentisch Briten lautstark ihre Teller leerten. Richard stellte sich vor und wurde herzlich in die Runde aufgenommen. Im Speisesaal war ein Buffet mit Speisen verschiedenster Art aufgebaut. Alles hübsch dekoriert und großzügig ausgelegt, damit kein Gefühl von Enge aufkam.

Trotz Richards Vorbehalte und seiner Müdigkeit wurde es am Tisch recht lustig, was nicht nur den schmackhaften Tapas und dem süffigen Rotwein geschuldet war, sondern vor allem Marcels Talent als Unterhalter. Er war witzig und stets darauf bedacht, jeden ins Gespräch einzubeziehen. Ein wahrer Hansdampf in allen Gassen. Linda hingegen gab sich wortkarg und bedächtig, dem Klischeebild einer Richterin entsprechend, und verhielt sich Richard gegenüber eher zurückhaltend, was ihn nicht sonderlich überraschte.

Natürlich wurde ausgiebig über die Vor- und Nachteile des Resorts diskutiert. Dem einen war das Speisenangebot nicht spanisch genug, der andere konnte mit den verschrumpelten Kartoffeln – Papas Arrugadas genannt – nichts anfangen, weil sie mitsamt der Pelle angeboten wurden. Für alle anderen Restaurants brauchte man eine Reservierung, was dem einen recht war und dem anderen Grund zum Meckern gab.

»Kaufen Sie bloß nichts von diesem Raúl, dem Strandhändler«, warnte eine füllige Dame aus Köln. »Der wollte mir ein Rolex-Plagiat für einen Haufen Geld andrehen.«

»Der dealt noch mit ganz anderen Sachen«, wusste ein junger Mann mit schulterlangen, blonden Haaren aus Hamburg, »wenn Sie verstehen, was ich meine. Seine Kollegen verkaufen nur Wasser, Sonnencreme und so Zeug, aber der Mann ist nicht sauber.«

Interessant, aber für Richard bedeutungslos. Die spanische Polizei würde schon wissen, wie sie solchen Brüdern beikommen konnte.

Als die Ersten aufbrachen, um das Dessertbuffet zu plündern, fragte Richard sich, welches Thema als Nächstes aufs Tapet kommen würde. Vielleicht sollte er doch lieber aufs Zimmer gehen? Müde genug war er, schließlich hatte er einen langen Tag hinter sich. Doch die mit allerlei Leckereien beladenen Teller sahen einfach zu verlockend aus. Wer sollte da widerstehen? Schwach geworden holte er sich einen Karamellpudding mit Papaya und Mango.

Seine Augen brannten. »Mir reicht's für heute. Ich möchte morgen in aller Frühe aufstehen.« Damit erhob er sich.

»Kein Bier mehr?«, fragte Marcel, der ebenfalls aufstand.

»Danke, ich habe genug. Das holen wir bei nächster Gelegenheit nach.«

»Eine Bitte noch. Könnten Sie Kilian mitnehmen? Linda und ich wollen einen kleinen Strandspaziergang machen.«

»Wohin – mit zu mir aufs Zimmer?«, fragte Richard leicht verblüfft.

»Nein, er ist alt genug, um allein ins Bett zu gehen. Einen Zimmerschlüssel hat er.«

Richard fand dieses Ansinnen merkwürdig. Hätte er Kinder gehabt, wäre es ihm nie in den Sinn gekommen, diese sich selbst zu überlassen. »Wenn Sie meinen. Ich kann aber auch bei ihm bleiben, bis Sie zurück sind.«

»Nicht nötig. Begleiten Sie ihn zur Suite, das reicht. Wir wollen Ihre Hilfsbereitschaft nicht über Gebühr beanspruchen.«

»Das tun Sie nicht.«

Linda erhob sich. »Wir kommen gleich nach. Oder haben Sie Bedenken, dass etwas passieren könnte?«

Das war eher unwahrscheinlich, denn das Resort verfügte über Securitypersonal. Zudem wusste niemand, dass

Kilian allein sein würde. Auch war er sicher nicht das einzige Kind, das im Zimmer auf die Rückkehr seiner Eltern wartete.

Der Weg vom Restaurant zum Wohnkomplex war gut beleuchtet, Grillen zirpten, und in der Ferne schimmerte silbern das Meer, das in ihm entspannend wie Alkohol wirkte. Es versprach tatsächlich ein schöner, erholsamer Urlaub zu werden, wenn er es nur zuließe.

Er brachte Kilian zur Suite seiner Eltern und wartete, bis der Junge die Tür hinter sich geschlossen hatte. Die Wachters würden nicht lange unterwegs sein, und bevor Marcel versuchte, ihm doch noch ein Bier aufzuschwatzen, verzog er sich lieber in sein Zimmer. Etwas in seinem Hinterkopf warnte ihn. War hinter der nächsten Ecke nicht eine Bewegung gewesen? Bei näherem Hinsehen konnte er nichts Auffälliges feststellen. Wahrscheinlich hatte er sich getäuscht, war einfach übermüdet. Noch einmal versicherte er sich, dass alles ruhig war, und folgte dann dem Ruf seines Betts.

4 MARCEL

Alles in allem war der Abend angenehm verlaufen. Die Tischrunde hatte sich gut gelaunt und Levin sich als schlagfertiger erwiesen, als er es von einem Beamten erwartet hätte. Marcels Job verlangte ein umgängliches und weltoffenes Verhalten, insbesondere wenn es um Networking ging. Linda hingegen konnte mit Small Talk nichts anfangen, weshalb sie sich bei solchen Gelegenheiten in Schweigen hüllte. Kilians Interesse hatte diesem Kommissar gegolten, der geduldig auf seine Fragen eingegangen war. Kilians helles Lachen hatte Marcel mitten ins Herz getroffen. Sein Sohn war es wert, auf Sylvie und ihren Sex zu verzichten und mit Linda weiterhin ein eingefrorenes Eheleben zu führen.

Marcel folgte Linda zum Ausgang und ging mit ihr über einen gepflasterten Weg an den Strand. Wie ein überdimensionaler Scheinwerfer hing der Vollmond über dem Meer, schuf so eine silbern glänzende Straße in eine schwarze Unendlichkeit, aus der ein warmer Wind blies. Der Zauber dieser Nacht kam Jahre zu spät, um die Entfremdung zwischen ihm und Linda noch aufhalten zu können.

Nur wenige Touristen hatten sich für einen Abendspaziergang entschieden, und so hatten sie den Strand fast für sich allein. Ohne ein Wort zu sagen, liefen sie nebeneinander her. Nach einer Weile entledigte er sich seiner Sandalen und ließ seine Füße von der Brandung umspülen. Spielerisch versuchte er, Linda ins Wasser zu ziehen, doch sie sträubte sich energisch. Offenbar hatte sie nichts von seiner Beziehung zu Sylvie bemerkt, denn sonst hätte sie ihm längst die Hölle heißgemacht. Das Drama wagte er sich gar nicht erst vorzustellen. Allmählich ging ihm ihr Schweigen auf den Geist. Wozu hatte sie ihn zu dem Spaziergang animiert, wenn sie die Zweisamkeit mit ihm nicht genoss?

»Was ist los?«, fragte er.

»Was meinst du?«

»Du bist so schweigsam.«

»Dass ich kein Plappermaul bin, solltest du nach zwölf Ehejahren wissen.«

Das saß, denn den versteckten Vorwurf, sie wäre ihm gleichgültig, hörte er nicht zum ersten Mal. »Es ist unser wohlverdienter Urlaub. Wir sollten ihn nutzen, um uns stressfrei zu erholen.«

»Schon gut.« Sie marschierte weiter, sorgsam darauf bedacht, Abstand zu den Ausläufern der Wellen zu halten.

»Du hast doch was«, bohrte er weiter. Sein aufsteigender Ärger war deutlich zu hören. »Raus mit der Sprache, was ist es?«

Dieses Spiel spielten sie schon lange. Sie verschloss sich wie eine Muschel, und er versuchte, sie zu öffnen – meistens vergeblich. Früher war das anders gewesen. Viele Jahre lang hatten sie alles probiert, um ein Kind zu bekommen. Eine Untersuchung war der nächsten gefolgt, und Sex hatte nach dem Kalender stattgefunden, wobei die Spontanität auf der Strecke geblieben war. Aus Spaß und Lust wurde eine verkrampfte Pflichtübung. Dann endlich, wie durch ein Wunder, als sie schon fast aufgegeben hatten, war Linda schwanger geworden. Seitdem hatte sie sich verändert, fast, als hätte ihr das zermürbende Warten die Mutterfreuden genommen.

Linda atmete tief durch. »Also gut, warum nicht. Mir

gehen noch einige Fälle durch den Kopf. Ich frage mich auch, warum Levin hier aufgetaucht ist.«

»Was stört dich an ihm?«

Sie blieb stehen und nagte an ihrer Unterlippe, schien zu überlegen, was sie erwidern sollte. »Nichts«, sagte sie ärgerlich. »Jedenfalls nichts, das für dich von Interesse wäre.«

Er zuckte zusammen. Scharfe Entgegnungen wie diese war er von ihr nicht gewohnt. »Man wird doch wohl noch fragen dürfen.«

Feindselig starrten sie sich an. Anscheinend war es wieder so weit. Irgendwie tat sie ihm leid. Sanft legte er seine Hand auf ihre Schultern. »Okay. Du wirst deine Gründe haben. Lass uns noch einmal von vorne anfangen.«

»Auf keinen Fall. Wir machen genau da weiter, wo wir stehen geblieben sind – als Ehepaar, als Vater und Mutter, verstanden?«

»So hab ich das nicht gemeint.«

»Sondern?«

»Dass ... Dass ...« Er kam ins Stottern. »Soll das ein Verhör sein, Linda.«

Sie schnaubte. »Du hast doch nichts ausgefressen, oder? Und was Levin betrifft – der macht nur Schwierigkeiten. Meiner Meinung nach hätte er längst aus dem Dienst entfernt werden müssen.«

Zorn pulsierte in seinen Adern. »Könntest du wenigstens im Urlaub aufs Richten verzichten?«

»Tue ich doch.«

»Nein, tust du nicht. Egal ob über mich, diesen Levin oder andere, immer fällst du Urteile: zwei Jahre auf Bewährung, drei Jahre Gefängnis, lebenslänglich.«

»Wie kommst du darauf, dass ich über Levin gerichtet habe?«

»Leg nicht jedes Wort auf die Goldwaage. Er wird schon nichts verbrochen haben, für das er sich vor einem Gericht hätte verantworten müssen.«

»Er ist freigesprochen worden.«

Marcel verschlug es die Sprache. Dieser Kripobeamte soll vor Gericht gestanden haben? Kaum vorstellbar. Linda wollte ihn provozieren, um von sich abzulenken.

»Wir müssen umkehren«, sagte sie abrupt. »Kilian wartet.«

Als Linda seine Hand ergriff, breitete sich von dort ein warmes Gefühl aus. Sanft erwiderte er den Druck. Es gab einen Funken Hoffnung für sie. Ohne ein Wort zu sagen, gingen sie zum Resort zurück. Sein rechtes Knie begann zu schmerzen, aber er verhielt sich ruhig, wollte die Stimmung nicht zerstören.

Ihre Suite lag im Dunkeln. Erst jetzt ließ er Lindas Hand los, nicht ohne sie vorher noch einmal gedrückt zu haben. Sie kam näher und schmiegte sich an ihn.

»Verzeih«, sagte sie leise. »Ich bin mit meinen Gedanken oft woanders und zu gestresst, um dir eine gute Ehefrau zu sein. Wir sind im Urlaub und sollten den ganzen Ärger hinter uns lassen. Ich liebe dich.«

Befreit atmete Marcel auf. Er wollte nur für sie und Kilian da sein – zumindest für den Rest ihres Aufenthalts. Leise öffnete er die Tür der Suite, und Linda ging an ihm vorbei ins Innere.

»Mach schon mal eine Flasche Wein auf«, sagte sie. »Ich schaue vorher noch kurz nach Kilian.«

Er ging zur Minibar und entschied sich für einen spanischen Landwein.

»Kilian?« Linda kam aus Kilians Schlafzimmer zurück, die Augen weit aufgerissen. Sie stürmte ins Bad. »Kilian?«

»Was ist los? Wo ist der Junge?«

»Kilian!« Linda schrie nun, riss die Eingangstür auf und rannte hinaus. »Kilian!«

Auch ihn ergriff jetzt Panik. Sie suchten in jedem Winkel der Suite, unterm Bett, draußen, überall. Der ultimative Urlaubsalbtraum war eingetreten: Kilian war spurlos verschwunden.

5 RICHARD

»Kilian!«

Der schrille Schrei riss Richard aus dem Schlaf. Er fuhr hoch, brauchte einen Moment, um sich zurechtzufinden. Alles war fremd: das Bett, wo war der Lichtschalter, wo die Tür? Klar, er war in einem Hotel auf Teneriffa.

»Kilian!«, rief die Stimme erneut.

Der Junge. Was war passiert? Die ganze Angst einer Mutter um ihr Kind lag in diesem einen Wort. Richard sprang auf die Füße, rannte zur Tür und öffnete sie. Direkt vor ihm erhob sich Marcels große Gestalt, Panik im Gesicht, die Faust zum Klopfen an der Tür erhoben, was aussah, als wollte er zuschlagen.

Marcel senkte die Hand. »Levin, ist Kilian bei Ihnen?«

»Nein. Ist er nicht in seinem Zimmer?« Eine unnötige Frage, denn sonst würden die Eltern kaum nach ihm rufen. »Ich habe ihn vor der Tür abgeliefert, wie Sie sagten, und noch gewartet, bis er drinnen war.«

»Sie waren nicht mit in der Suite?«

»Das hatten Sie nicht für nötig gehalten. Ich erinnere mich, dass er zugesperrt hat.«

Vom nebenan liegenden Zimmer trat eine Frau in Negligé auf den Flur, hinter ihr ein Mann in Shorts und mit nacktem Oberkörper. Unangenehm berührt wurde Richard sich bewusst, dass auch er nicht viel mehr anhatte.

»What's up?«, wollte der Mann wissen.

»Mein Sohn ist verschwunden«, rief Marcel auf Englisch.

Richard fügte noch die Frage hinzu, ob die beiden etwas bemerkt hätten. Doch außer den verzweifelten Rufen der Eltern sei ihnen nichts aufgefallen.

Marcel ging in seine Suite und ließ die Tür offen stehen. Richard folgte ihm. Auf der Armlehne des Sofas lag ein Herrensakko, mitten im Zimmer ein hochhackiger Schuh sowie eine aufgeschlagene Zeitung auf dem Kaffeetisch. Nichts sah ungewöhnlich aus. Linda fehlte, vermutlich rannte sie suchend und rufend durch das Resort. Die verständlichen Sorgen der Mutter mochte Richard sich nicht vorstellen.

»Wo ist Kilians Zimmer?«, fragte er Marcel, der völlig aufgelöst dastand und mit den Armen wedelte.

Endlich hörte er damit auf und wies auf eine Tür. »Da.«

»Nichts anfassen.«

»Bin ich in einem Tatort-Film? Sie glauben doch nicht, dass …?«

Etwas in Richard übernahm die Steuerung und übertönte die Furcht, die sich ausbreiten wollte. Professionell bleiben, ermahnte er sich. »Nein. Es gibt sicher eine harmlose Erklärung«, sagte er so ruhig wie möglich. »Er wird sie suchen.«

»Das ist es, bestimmt! Wir waren ein bisschen länger unterwegs als ausgemacht.« In Marcels Stimme schwang ein Selbstvorwurf mit. Offensichtlich war der Mann mit den Nerven am Ende.

Die Bettdecke in Kilians Zimmer war zurückgeschlagen, das Laken schlug Falten und das Kissen war leicht eingedrückt. Also hatte der Junge sich hingelegt. Lange konnte er nicht fort sein. Auf dem Kopfkissen lag ein kleines Stoffeselchen, wahrscheinlich sein Kuscheltier. Ein Erinnerungsfetzen an sein eigenes blitzte auf, aber er verdrängte den Gedanken sofort. Mehr bot der erste Augenschein nicht, aber zum Glück keine Anzeichen von Gewalteinwirkung.

»Mein Sohn ist weg, Levin«, sagte Linda hinter ihm. »Was haben Sie mit ihm gemacht?«

Sie glich einem Gespenst. Derart verwundbar hatte er sie noch nie erlebt: das Gesicht schmerzverzerrt, die Hände vor der Brust gefaltet. »Ich habe ihn, wie vereinbart, vor der Tür abgeliefert, Frau Doktor Wachter.«

»Sie haben ihn als Letzter gesehen.«

»Das wissen wir nicht.« Richard wollte an ihr vorbei, aber sie hielt ihn am Arm fest, stutzte kurz, als sie das Tattoo auf seinem Oberarm bemerkte.

Mit einer Körperdrehung entzog er es ihrem Blick. Der Türrahmen zeigte keine Aufbruchspuren. Es wurde immer mysteriöser. Der Junge musste selbst aufgemacht haben.

»Ich will meinen Sohn wiederhaben.«

»Das verstehe ich. Haben Sie schon am Strand gesucht?«

»Am Pool ist er nicht. Auch nicht … drinnen.«

Ihr Blick traf den seinen, als wollte sie darin Halt finden. Eine Welle des Mitgefühls flutete in ihm hoch. »Dann sollten wir jetzt den Strand ablaufen. Wenn er dort nicht ist, müssen wir die Polizei einschalten.«

»Sie denken …?« Ihre Hand fuhr zum Mund.

»Für irgendwelche Schlussfolgerungen ist es zu früh. Ich ziehe mir nur schnell etwas an, dann gehen wir zum Strand.«

»Und ich sehe mich noch einmal im Resort um«, sagte Marcel, sichtlich um Beherrschung bemüht. »Vielleicht hat er sich verlaufen.«

»Durchaus möglich.« Richard lief zu seinem Zimmer, schlüpfte in Jeans, T-Shirt und Flipflops.

Der Junge musste aufzufinden sein, außer … Aber daran wagte er nicht zu denken.

Er holte tief Luft und trat hinaus ins Freie. Noch bestand die Chance, dass sich alles zum Guten wendete. Man müsse nur dran glauben, würde Oma Elke jetzt sagen. Doch seine Erfahrung erzählte ihm etwas anderes.

Die Tür zu Wachters Appartement stand immer noch offen, obwohl die beiden schon vorausgegangen waren, wie er an ihren entfernten Rufen hörte.

Im Pool hielt sich ein knutschendes Pärchen eng umschlungen. »Hallo«, sagte er, ging am Beckenrand in die Hocke und wartete, bis sich der junge Mann aus der Umklammerung gelöst hatte. Nationalität? Einfach ausprobieren. »Sorry, eine Frage.«

»Bitte.«

Deutsche. Leider hatten sie keinen Jungen gesehen. So

wie die beiden mit sich beschäftigt gewesen waren, hätte nebenan eine Bombe explodieren können, und sie hätten nichts bemerkt. Er erzählte ihnen, was passiert war, und die zwei erklärten sich bereit, bei der Suche behilflich zu sein. Am Strand bog er nach rechts ab, während das Pärchen nach links, gen Süden, ging. Marcel und Linda durchkämmten den benachbarten Gebäudekomplex.

Der Mond sowie die Lichter der Hotels und Häuser n den Strand nur spärlich. Trotzdem würde er ihn schnell abgesucht haben, da er von beiden Seiten von Felsen begrenzt wurde, wobei das Hotel am Nordende des Strandes auf den Felsen lag. Die Klippen abzusuchen verschob er auf seine Rückkehr, der Strand erschien logischer. Er wandte sich dem Süden zu. Kein Junge weit und breit, nur vereinzelt Spaziergänger und Paare, und in der Ferne eine ausgelassen feiernde Gruppe junger Leute. Falls Kilian einen Ausflug gemacht haben sollte, war er mit acht Jahren eigentlich schon alt genug, um zum Hotel zurückzufinden; außer er war schwimmen gegangen und der Strömung zum Opfer gefallen. Richard starrte auf die unruhige Oberfläche des Meeres in der Dunkelheit. Wie sollte man da einen kleinen Kopf ausmachen? Aus der Tiefe seiner Brust stieg eine eigenartige Angst auf. Er fühlte sich verantwortlich, denn er hätte seinem Instinkt folgen und bei dem Kind bleiben sollen.

Er musste den Jungen finden, die Frage war nur, wie. Hier hatte er keinerlei Befugnisse und auch keine Ahnung, wie die hiesigen Behörden arbeiteten. Eine offizielle Einbindung in die Ermittlungen stand außer Frage, denn der Behördenweg dazu schlängelte sich über das bayrische LKA ins BKA und von dort bis ins Bundesinnenministerium, das sich dann mit seinem spanischen Counterpart abstimmen müsste. Nein, das konnte er sich abschminken. Bis das genehmigt werden würde, wäre sein Urlaub längst vorbei.

Der Ausläufer einer Welle umspülte seine Füße, zog an ihnen, als wollte sie ihm etwas mitteilen. Scheu zog sie sich ins Meer zurück, nur um ihm erneut entgegenzurollen. Noch handelte es sich nicht um einen Kriminalfall, noch ging es nur um ein Kind, das sich auf die Suche nach seinen Eltern gemacht und sich verlaufen hatte. Ein Kind, das lebte.

Mittlerweile hatte er sich ein ordentliches Stück vom Resort entfernt. Er war am Südende des Strands angelangt, dort wo die Party in der Diskothek stattfand. Spätestens hier hätte Kilian merken müssen, dass er in die falsche Richtung ging. Richard stieg die Treppen hinauf, sah zum angrenzenden Strand hinunter, den er von hier aus gut überblicken konnte. Nichts.

Er befragte einige Gäste und die Bedienung. Die meisten glotzten ihn nur dumm an. Ansonsten: Negativ, keiner wollte einen Jungen ohne Begleitung gesehen haben. In Begleitung? Vielleicht. Nein. Nö.

Ohne Foto führte das zu nichts. Es war Zeit, die Polizei zu rufen, falls Kilian nicht inzwischen gefunden worden war.

Richard marschierte zum Hotel zurück. Kurz vor dem Eingang standen zwei Gestalten, die sofort verstummten, als er sich ihnen näherte. Mit seinem Smartphone leuchtete er sie an und erkannte die Streithähne vom Vortag. Augenblicklich wendeten sie sich ab und liefen los.

Verdächtiger konnte man sich kaum benehmen. Beinahe wäre ihm ein »Halt!« über die Lippen gerutscht, aber da fiel ihm ein, dass er auf der Insel nur Urlauber war und kein Recht dazu hatte. Trotzdem setzte er den beiden ein

Stück hinterher. Vermutlich zwei Gauner, die ihre illegalen Geschäfte besprachen. Was wollte er von ihnen? Sie hatten kein Kind bei sich. Vielleicht lag Kilian inzwischen auch schon friedlich schlummernd in seinem Bett.

Und wenn nicht?

Dann wurde es Zeit, systematisch an die Sache heranzugehen.

6 MARCEL

Wie gelähmt stand Marcel am Rand des Pools, dessen Unterwasserbeleuchtung ihn türkisfarben erstrahlen ließ. Gott sei Dank trieb kein Körper darin.

So durfte er nicht denken. Sein Sohn war am Leben, aber wo steckte er? Wilde Bilder von Verbrechen flackerten vor seinem geistigen Auge auf, eines schrecklicher als das andere.

Sie hatten alles in der näheren Umgebung abgesucht, als Nächstes würden sie die Straßen der Stadt ablaufen müssen und die Polizei informieren. Was zuerst?

Die Furcht, der Wahrheit ins Auge zu schauen, hielt ihn wie eine unsichtbare Kraft fest. War das die Strafe für sein Fremdgehen mit Sylvie?

Sie hatte gedroht, er würde es bereuen, wenn er ihr den Laufpass gäbe. Sie empfand Kilian als Störfaktor, da er der Grund war, warum er sich nicht scheiden ließ. Das musste es sein. Warum war er nicht eher darauf gekommen?

Mit einem Ziel im Blick löste sich die Erstarrung. Sylvies Zimmer lag auf der anderen Seite der Poolanlage. Dort würde er Kilian finden und Sylvie die Hölle heiß machen. Mit jedem Schritt wuchs seine Überzeugung, dass sie ihm einen bösen Streich gespielt hatte. Er war noch nie handgreiflich gegenüber einer Frau geworden, aber jetzt konnte er für nichts garantieren, sollte sich Kilian tatsächlich in ihren Klauen befinden.

Der Zugang zu ihrem Zimmer war dunkel, nur die Beleuchtung der Wege erhellte die Tür.

Er pochte dagegen; laut und heftig.

»Sylvie!«, rief er. »Mach sofort auf! Ich muss mit dir reden.«

Endlich öffnete sich die Tür und eine fast nackte Sylvie stand vor ihm. Ein rosa Stringtanga bedeckte das Nötigste. Aber damit konnte sie ihn jetzt nicht reizen.

Grob riss er die Tür auf. »Wo ist er?«

»Wo ist wer? Meinst du, ich habe einen Geliebten unterm Bett versteckt?« Sie lachte schrill auf. »Was soll das?«

Marcel lief an ihr vorbei ins Halbdunkel ihres Zimmers. Bad, Balkon – nichts, kein Kilian.

Er sollte das Licht anmachen. Vielleicht hatte sie ihn irgendwo versteckt. Aber wo war der verdammte Lichtschalter?

Er fuhr herum.

Sylvies Augen glitzerten im Dämmerlicht. »Willst du mir nicht endlich sagen, was du suchst?«

»Meinen Sohn.«

»Bei mir?«

»Ja, bei dir. Bei wem sonst?« Er schritt auf sie zu. Die Angst um seinen Sohn verwandelte sich in blanke Wut. Er packte sie an den Schultern und schüttelte sie. »Du hast ihn gekidnappt. Gib's zu!«

»Lass los, du tust mir weh!« Sie schlug nach seinen Händen. »Was soll ich gemacht haben?«

»Du hast mir meinen Sohn weggenommen, um mich zu erpressen, zu dir zurückzukommen. Gib's zu!« Mit jedem Wort wurde er lauter.

Sie wich zurück. »Ich weiß nicht, wovon du redest. Ich schreie um Hilfe, wenn du nicht aufhörst, dich wie ein Irrer aufzuführen.«

»Mir scheißegal. Schrei ruhig. Wo ist Kilian?«

»Keine Ahnung!«

»Ich prügele es aus dir raus, wenn es sein muss!«

Als sie zu schreien begann, schlug er ihr mit der Hand ins Gesicht.

»Wachter!«, rief plötzlich eine Männerstimme hinter ihm. Er fuhr herum. Das musste Sylvies Komplize sein. Er wollte sich den Kerl greifen, doch der packte seinen Arm. Je heftiger er sich wehrte, desto fester wurde dessen Umklammerung. Als der Gegner seinen Arm nach hinten bog, schoss ein höllischer Schmerz bis in die Schulter. Er wurde zu Boden gedrückt, beide Hände auf den Rücken; schnell, hart, entschlossen. Keine Chance zur Gegenwehr.

Wut und Verzweiflung wollten Marcel aufheulen lassen. Er biss die Zähne zusammen, spannte seine Muskeln an.

»Herr Wachter, beruhigen Sie sich!«

Marcel stutzte. Levin? Er hatte Levin angegriffen. Kein Wunder, dass er ihn mit einem Polizeigriff so leicht außer Gefecht gesetzt hatte. Marcel sackte in sich zusammen, gab allen Widerstand auf.

»Wenn Sie sich beruhigt haben, lasse ich los«, sagte Levin.

Er nickte, und der Druck um seine Handgelenke ließ nach. Marcels Schultern schmerzten.

»Tut's weh?«, fragte Levin.

»Wann sind Sie unter die barmherzigen Samariter gegangen?«

»Es reicht, Wachter.« Levin stand auf. »Warum haben Sie mich angegriffen?«

»Das war aus Versehen.«

»Weil Sie mich für einen Ganoven hielten?«

»Im ersten Moment, ja.«

»Und was wollten Sie bei der Dame?«

»Meinen Sohn holen.« Mühsam drehte sich Marcel auf den Rücken, setzte sich mit angewinkelten Beinen auf und rieb sich die Handgelenke. Der Schmerz im Oberarm ließ nur langsam nach.

»Warum sollte Kilian ausgerechnet hier sein?«

Marcel zog es vor zu schweigen. Was sollte er sagen? Dass er seine Frau betrogen und deshalb seinen Sohn verloren hatte? Was würde Levin von ihm denken und wie würde Linda reagieren, wenn sie davon erführe?

Levin stand vor ihm, die eine Hand in der Jeanstasche, die andere streckte und beugte die Finger.

»Weil der Idiot meint, ich hätte ihn entführt.« Sylvie deutete auf Marcel. »Dieses Schwein denkt, ich wäre zu so was fähig.«

Marcels Lippen schienen zusammengeklebt zu sein, ein dicker Kloß formte sich in seinem Hals.

»Wieso gerade Sie?«, fragte Levin prompt.

»Weil ich seine Geliebte war. So, jetzt ist's raus. Die Betonung liegt auf ›war‹, Herr Levin. So heißen Sie doch, oder?«

Marcel brach sein Schweigen. »Du willst dich rächen, weil ich Schluss gemacht habe. Du bist bloß hinter meinem Geld her.«

»Du hast nicht mehr alle beisammen.«

»Ich kenn euch Weiber doch!«

»Dass ich dich lieben könnte, auf die Idee bist du wohl nie gekommen? Warum glaubt ihr Männer eigentlich, dass sexy Frauen immer nur aufs Geld aus sind?«

»Weil es stimmt.«

Sylvie stampfte auf. »Ich könnte dich .... Zum Vögeln war ich dir gut genug, was? Aber wehe, wenn man mehr will: einen Mann, eine Familie. Raus. Sofort. Sie auch, Herr Levin.« Sie sah sich um. »Wo ist er hin?«

»Hier.« Levin erschien im Türrahmen. »Müssen Sie Ihre schmutzige Wäsche ausgerechnet jetzt waschen?«

»Welche Meinung haben Sie denn dazu?«

»Die wollen Sie gar nicht wissen. Zum Vögeln, wie Sie es nannten, gehören meistens zwei. Kommen Sie, Herr Wachter. Kilian ist nicht hier. Kümmern Sie sich um Ihre Frau, die braucht sie.«

Mühselig rappelte Marcel sich auf, während Sylvies Wangen tränennass glänzten. Das Wort »Liebe« hallte in seinen Ohren nach. Dass Sylvie es in Zusammenhang mit ihrer Beziehung genannt hatte, war lächerlich, denn für sie zählten nur Kohle und Diamantklunker. Er folgte Levin aus der Suite. »Was machen Sie jetzt?«, fragte er Levin.

»Die örtliche Polizei einschalten, falls das noch nicht geschehen ist. Wir haben keine Zeit zu verlieren. Bewahren Sie einen kühlen Kopf, Mann. Bleiben Sie in Ihrer Wohnung, denn einer von Ihnen muss immer erreichbar sein. Die Suche muss koordiniert werden. Es macht keinen Sinn, wenn alle in dieselbe Richtung rennen.« Levin berührte Marcels Arm. »Kommen Sie zu sich, Marcel. Wilder Aktionismus bringt nichts. Wir werden Kilian finden, davon bin ich überzeugt.«

Der Kerl wollte ihn einlullen – aber warum? Was hatte er bei Sylvies Suite zu suchen gehabt? Steckte er gar mit ihr unter einer Decke?

Levin zog ihn mit sich. Allmählich konnte er wieder klare Gedanken fassen und tauchte aus seiner Panik auf.

Auf halbem Wege hob Levin plötzlich die Hand, den Zeigefinger hochgestreckt: ein Rascheln im angrenzenden Gebüsch, Zweige knackten. Ein Mensch? Vielleicht Kilian?

Mit einem Satz war Levin neben dem Gebüsch und zerrte eine zappelnde Person am Hemdkragen ins Freie.

»¡Vete a la mierda!«, rief der Mann. »¡Suéltame!«

Marcel verstand kein Wort, aber Levin antwortete ihm: »No. ¿Qué haces aquí?«

»Was hat er gesagt?«, fragte Marcel.

»Dass ich ihn loslassen soll, und ich habe gefragt, was er hier macht.«

»Und das erste?«

»›Vete a la mierda‹? Geh zum Teufel.«

Der Spanier sah zuerst Levin und dann Marcel an. »Ah, Deutsche?«

»Genau.«

»Ich ein bisschen Deutsch sprechen«, sagte der Spanier sichtlich stolz.

»Umso besser. Was treiben Sie hier im Gebüsch?«

»Warum du wissen wollen? Du nix Polizei, no?«

»Nein. Trotzdem«, fügte Levin hinzu, als der Kerl zögerte.

»Ihr suchen Jungen. Ich mit suchen.«

Levin ließ ihn los. »Wie heißen Sie?«

Als der Spanier schwieg, wiederholte Levin seine Frage in schärferem Tonfall: »¿Cómo se llama usted?«

»Raúl. Raúl Perez Rodriguez, Señor.«

»Arbeiten Sie hier?«

Raúl grinste verschmitzt. »Ich Strandverkäufer.«

»Ich dachte, das machen hauptsächlich die Illegalen aus Afrika?« Raúl blinzelte, und Levin kräuselte seine Stirn. »Sorry, aber so weit reicht mein Spanisch leider nicht.« Er ließ Raúl los. »Wir suchen einen Jungen.«

»Sí, sí. Jungen suchen. Viel Glück«, und fort war er.

Levin sah ihm nach, kratzte sich dabei im Nacken. »Gehen wir weiter und veranlassen alles Nötige. Der Bursche ist mir heute schon zweimal über den Weg gelaufen. Ich traue ihm nicht.«

7 RICHARD

Der von der Rezeptionsdame gerufene diensthabende Manager des Front Office kam aus einem Hinterzimmer an den Tresen geschlurft.

»Was kann ich für Sie tun?«, säuselte er auf Deutsch mit britischem Akzent. Das Namensschild wies ihn als Nick Berth aus. Zwischen den Zeilen hörte Richard heraus, dass Berth in Gedanken »um diese Zeit« hinzugefügt hatte.

Er widerstand der Versuchung, ihm auf Englisch zu antworten. »Wir vermissen einen Jungen.«

Berth trat an den Computer, tippte auf der Tastatur herum. »Ihr Name und die Zimmernummer?«

»Levin, Richard. Aber es ist nicht mein Kind.«

»Sondern?«

»Das Kind meiner Nachbarn. Herr und Frau Wachter. Suite 164.«

Wieder tippte er. »Marcel und Linda?«

»Richtig.«

»Und Ihre Zimmernummer?«

»163.«

»Richard Levin?«

Langsam platzte Richard der Kragen. »Hören Sie. Es ist 2 Uhr, ich bin hundemüde, und das Kind der Wachters ist verschwunden. Sein Name ist Kilian. Er wird seit etwa 23 Uhr vermisst.«

Berth wirkte gelangweilt. »Er wird irgendwo eingeschlafen sein.«

»Vielleicht, vielleicht auch nicht.«

»Es kommt schon mal vor, dass ein Kind nachts unterwegs ist. Die Eltern sind im Urlaub großzügiger, merken nicht, wie spät es ist und lassen ihren Kindern freien Lauf. Die rennen hier noch bis spät in die Nacht hinein rum.«

Richard musste sich zurückhalten, um nicht laut zu werden. »Es kann durchaus sein, dass der Junge nicht mehr auf dem Gelände ist, verstehen Sie?«

Berth nickte zögernd. »Mag sein. Aber …«

Richard schlug mit der flachen Hand auf den Tresen. Die Empfangsdame zuckte zusammen.

»Also gut«, sagte Berth. »Ich benachrichtige die Security und das Personal. Die können dann morgen bei der Suche mithelfen.«

»Was ist mit der Polizei, sollten wir die nicht einschalten?«

Berth kämpfte mit sich. »Meinen Sie, das ist nötig?«

»Absolut.«

Berths feine Augenbrauen besuchten den Haaransatz. Da dachte jemand über den guten Ruf des Hotels nach. Richard trommelte mit den Fingern fordernd auf den Tresen.

»Very well then, ich rufe die Polizei an.«

»Welche? Die Guardia Civil?«

»Die Guardia Civil ist außerhalb der Kommunen zuständig. Ich rufe die örtliche. Wir wollen doch hoffen, dass sich alles schnell als Kinderstreich aufklärt und dass wir nicht die Kriminalpolizei brauchen.« Berth hob den Hörer seines Telefons ab und sprach auf Spanisch hinein. Nach einigen Erwiderungen legte er auf und sah Richard an. »Sie kommen gleich. Wenn Sie möchten, können Sie so lange in der Lobby warten.«

Da die Bar gerade dichtgemacht hatte, ließ Richard sich auf einem der Korbsessel nieder. Das war ein Fehler gewesen, denn sofort stellte sich Müdigkeit ein, die ihn zum Gähnen zwang. Wenn die Polizei nicht bald einträfe, würde er einschlafen. Er beugte sich vor und blätterte lustlos in einem Teneriffa-Magazin, das auf dem gläsernen Kaffeetisch auslag. Darin Bilder eines schönen Sandstrands im Norden der Insel. Dort gäbe es drei verschiedene Klimazonen, stand da zu lesen.

Das Hereinkommen von zwei Uniformierten in schwarzen Hosen und grauen kurzärmeligen Hemden ließ Richard schlagartig hellwach werden und aufstehen. Die Polizisten sprachen mit der Dame an der Rezeption. Er stellte sich namentlich vor und fand schnell heraus, dass die beiden lediglich gebrochen Englisch sprachen und auch nur wenig Deutsch. Na toll, aber mit einem Mischmasch aus Deutsch, Englisch und Spanisch müsste er sich verständlich machen können.

»Nicht mein Sohn«, wiederholte er mehrfach, weil ihm das spanische Wort für »Sohn« nicht einfiel, bis er schließlich verstanden wurde. Warum er sich dann darum kümmere, wollten die Männer wissen.

»Seine Eltern sind meine Nachbarn hier im Hotel, und außerdem kenne ich die Mutter aus Deutschland.« Dass er sich schuldig und sich ihnen deshalb verpflichtet fühlte, verschwieg er.

Er führte die beiden zu dem Appartement der Wachters. Linda und Marcel waren anwesend, sie sahen grau und erschöpft aus. Marcel zeigte den Polizisten ein Foto des Jungen auf seinem Handy, woraufhin sie sich Notizen machten und versprachen, alles Erforderliche in die Wege zu leiten.

»Gibt es hier Kinderschänder?«, fragte Linda tonlos.

Richard gab es auf, nach den passenden Vokabeln zu suchen, zückte stattdessen sein Handy und tippte Lindas Frage in einen Online-Übersetzer. »¿Hay abusadores de niños aquí?«

»Die gibt es überall, aber im Moment ist uns keiner bekannt« war die Antwort.

Ob das Linda beruhigte, war fraglich. Sie hielt ein Taschentuch in der Hand, das sie unentwegt knetete. Die Polizisten verschwanden und ließen die ratlosen Eltern zurück. Linda weinte leise, während sich Marcel einen Whisky einschenkte. Richard fühlte sich überflüssig, wusste nicht, was er noch hätte tun können. Hinter seiner Stirn spürte er einen dumpfen Druck, und die Augen brannten. Inzwischen war es 3 Uhr. Er entschuldigte sich, erhielt jedoch keine Antwort. Vermutlich hatten die Wachters nicht registriert, dass er sich verabschiedet hatte, oder es war ihnen egal.

Den Rest der Nacht wälzte er sich in seinem Bett von einer Seite auf die andere. Vermutungen und Schuldvorwürfe tobten zu sehr in seinen Gehirnwindungen, wobei sich das Wort »Kinderschänder« besonders einbrannte.

Irgendwann war er doch eingeschlafen und wurde vom Ruf »¡Un muerto!« geweckt. Hatte er geträumt? Es war noch früh am Tag, die Vögel zwitscherten und eine Sprinkleranlage verspritzte rhythmisch ihr Wasser. Blitzartig wurde ihm klar, was er soeben gehört hatte: un muerto, ein Toter.

Kilian!

Er sprang in seine Klamotten und hastete hinaus. Die Tür der Wachters war geschlossen. Von dort waren die Rufe nicht gekommen.

Etwas entfernt standen zwei Hotelangestellte, die lautstark miteinander diskutierten. Auf seine Frage, wo der Tote sei, reagierten sie mit wildem Gestikulieren in Richtung Strand. Er folgte dem gepflasterten Weg bis zum Rand der Parkanlage. Ein Blick genügte, um festzustellen, dass es sich nicht um Kilian handelte. Aus dem Brustkorb eines Afrikaners ragte der Griff eines Messers. Auf dessen buntem Hawaiihemd hatte sich ein großer Blutfleck gebildet, seine Augen blickten starr ins gleißende Sonnenlicht. Hier kam jede Hilfe zu spät. Richard verlangsamte seine Schritte. Wenn ihn nicht alles täuschte, musste der Mann schon länger tot sein.

Von vorn näherten sich Hotelgäste und blieben wie erstarrt stehen, während in der Ferne Polizeisirenen ertönten. Ein merkwürdiges Gefühl erfasste ihn, denn die Tatortsicherung war Aufgabe der spanischen Kollegen, nicht seine.

Aus blauen Autos mit Lichtleisten auf den Dächern und dem Schriftzug »Policía Nacional« sowie rot-gelb-roten Streifen an den Türen stiegen blau Uniformierte aus, davon einige in weißen Schutzanzügen. Cuerpo Nacional de Policía, abgekürzt CNP – das spanische Äquivalent zur deutschen Kriminalpolizei.

Inzwischen hatte sich die Menschentraube aus Hotelpersonal und Gästen erheblich vergrößert. Ein Uniformierter startete die Suche nach Zeugen, und auch von Richard wollte er wissen, ob er etwas gesehen hätte; zuerst auf Spanisch, dann in gebrochenem Englisch. Richard erzählte kurz von seiner Begegnung mit Raúl, was von dem Polizisten eifrig notiert wurde.

Einer der Uniformierten schien das Kommando zu haben. Richard schätzte ihn etwas jünger als er selbst ein.

Der Mann war einen halben Kopf kleiner, hatte dichtes schwarzes Haar und einen drahtigen Körperbau. Sein kurzärmeliges Uniformhemd zeigte sehnige Arme. Auf der rechten Brust prangte das Abzeichen der CNP, über der linken stand »Policía Nacional« und die Schulterstücke wiesen zwei stilisierte goldene Zweige als Rangabzeichen auf. Auf dem Kopf trug er eine Baseballkappe mit dem CNP-Emblem. Mit dem Äußeren eines deutschen Kripobeamten war das nicht zu vergleichen. Die liefen meist in zivilem Schlabberlook herum. Der Polizist hier hingegen strahlte von Kopf bis Fuß Autorität und Stolz aus. Ein Jungspund, dachte Richard und erkannte sich als jungen Mann wieder.

An dem Gürtel des Uniformierten hingen allerlei Utensilien, darunter eine 9-Milimeter-Pistole, gut sichtbar und nicht unter einer Jacke versteckt. Die Herren hier zeigten offen, welchem Verein sie angehörten und dass mit ihnen nicht zu spaßen war.

Der Mann ging in die Hocke und begann, den Toten und seine Habseligkeiten genauer zu untersuchen. Aus dessen Rucksack förderte er eine Rolle Eintrittskarten sowie einige Plastiktütchen zutage. Dass diese nur Puderzucker enthielten, war nicht anzunehmen. Der Mann richtete sich auf, wechselte einige Worte mit den anderen Uniformierten und wandte sich dem Ausgang zu.

Sollte er hinterhergehen?, fragte sich Richard. Nein, das war nicht sein Bier. Er suchte ein Kind. Obwohl … Kilian verschwunden, ein Mann tot. Sollte da ein Zusammenhang bestehen?

Kurz entschlossen lief er dem Mann hinterher und konnte ihn einholen, bevor er in sein Auto stieg. »Sir, auf ein Wort«, sprach er ihn auf Englisch an.

Der Polizist drehte sich um und sah ihn fragend an. »¿Sí? Wollen Sie eine Aussage machen?«

»Ja.«

»Gehen wir dort hinüber.« Der Uniformierte deutete auf die Stelle, an der der Weg in den Strand mündete. Dort gab es eine kleine Nische unter Palmen. »Fernand Morell, Inspector im Department des Cuerpo Nacional de Policía in Adeje. Und Sie sind …?«

Richard nickte freundlich. »Richard Levin, ein Kollege aus Deutschland.«

»Tatsächlich?« Morell musterte ihn aufmerksam. Entweder glaubte er ihm nicht oder er fürchtete Einmischung.

»Ja, tatsächlich. Einen Ausweis habe ich leider nicht dabei. Ich bin im Urlaub.«

»Was wollen Sie mir erzählen?«

»Der Sohn eines Touristenehepaars ist spurlos verschwunden.«

»Das ist mir bekannt. Die Policía Local weiß, was in einem solchen Fall zu tun ist. Sie hat bereits eine Fahndung nach ihm herausgegeben.«

»Die bisher ergebnislos verlaufen ist. Jetzt haben wir einen Toten.«

Bei dem Wort »wir« flogen Morells dichte Augenbrauen erneut hoch.

»Ich meinte, *Sie* haben einen Toten«, beeilte Richard sich zu korrigieren. »Alte Gewohnheit.« Das Gesicht des Spaniers blieb versteinert. Offensichtlich war der Herr Kollege nun überzeugt, er wäre auf Kompetenzgerangel oder gar Besserwisserei aus. Er musste vorsichtig agieren. Richard atmete tief durch und berichtete sachlich von der nächtlichen Begegnung mit Raúl. Morell machte sich keinerlei Notizen, starrte Richard nur intensiv aus dunklen Augen an. Der Kerl war eine verdammt harte Nuss. Er hätte sich nicht als Kollege vorstellen sollen.

Endlich sagte Morell etwas: »Sie wohnen im La-Orquidéa-Resort?«

»Ja.«

»Wie lange noch?«

»Zwei Wochen.«

Morell nickte. »Falls wir Sie brauchen, rühren wir uns.«

Damit war Richard abgemeldet, aber eine innere Stimme sagte ihm, dass dies nicht ihre letzte Begegnung gewesen war.

8 FERNAND

In der »Comisaría Local Sur de Tenerife – Adeje«, einem in Rot und Beige gehaltenen modernen Betonbau, der von der Autobahn, einem Wasser-Freizeitpark sowie weitläufigen Appartement- und Hotelkomplexen umgeben war, schob Inspector Fernand Morell die Eingangsmeldungen auf seinem Schreibtisch von sich weg. Es war unerträglich heiß, ein Standventilator musste die Klimaanlage, die wieder einmal ausgefallen war, ersetzen, was ihm aber nur leidlich gelang. Fernand war Katalane, was er gerne betonte, wenn die einheimischen Kollegen über die Festlandsspanier herzogen. Aber zumindest war er mit einer Einheimischen verheiratet, was ihm als Pluspunkt angerechnet wurde.

Ein Junge wurde vermisst. Meistens wurde ein verloren gegangenes Kind schnell unversehrt gefunden. Solange es keine Hinweise auf Gewalteinwirkung gab, blieb der Fall in den Händen der Policía Local. Der Tote hingegen fiel in sein Resort. Es ärgerte ihn, dass sich dieser Deutsche als Kollege vorgestellt hatte. Was wollte der damit andeuten? Dass sie nicht in der Lage waren, den Fall professionell zu bearbeiten?

Sollte das Verschwinden des Kindes in Zusammenhang mit dem Mord stehen? Er bat Idaira, die Assistentin des Departments und Problemlöserin ersten Ranges, die Unterlagen zu dem vermissten Kind bei der Policía Local anzufordern. Mit vollem Namen hieß sie Idaira-Inez Álvarez Henkel. Wenn jemand wusste, wer in welchem Fall anzurufen war, dann sie. Zudem kannte sie sich auf der Insel aus wie ein Navigationssystem und sprach perfekt Englisch und Deutsch, was im Umgang mit den vielen Touristen eine immense Erleichterung darstellte. Ihre Mutter stammte aus Deutschland, daher der deutsche zweite Nachname. Und was ihr Temperament anbelangte, konnte es die pralle Mittvierzigerin sogar mit Comisario Díaz, dem hiesigen Jefe, aufnehmen, denn wenn sie voll in Fahrt war, ging man am besten in Deckung.

Fernand sah auf seine Armbanduhr. Die Kriminaltechnische Untersuchung des Ermordeten könnte erste Ergebnisse geliefert haben, aber bevor sein Vorgesetzter, der Comisario Yerai Díaz Arnau, seinen morgendlichen Rundgang nicht angetreten hatte, musste er warten. Schwitzend lehnte Fernand sich in seinem Bürostuhl zurück und trommelte mit seinen Fingern auf die Schreibtischplatte.

Wenig später hörte er den gewichtigen Schritt seines Vorgesetzten, und gleich darauf roch er ihn auch, denn Díaz schob stets eine Wolke Zigarrenmief vor sich her. Díaz war Tinerfeño durch und durch und konnte einen Stammbaum bis zu den im 15. Jahrhundert auf den Kanaren eingefallenen Spaniern vorweisen. Dies war wichtig, wenn man zur Führungsschicht gehören wollte. Schwerfällig ließ sich Díaz auf dem einfachen Stuhl vor Fernands Schreibtisch nieder und deutete auf einen Aktenstapel. Seine Finger zeigten die typische Gelbverfärbung eines Kettenrauchers.

»Schon gehört?«

Eine gefährliche Frage, weil es keine richtige Antwort darauf gab. Sagte man »Sí«, wurde man schnell eines Besseren belehrt, denn es war ein Ding der Unmöglichkeit, mehr zu wissen als Díaz. Sagte man »No«, war man jemand, der keine Ahnung hatte. Fernand bevorzugte deshalb diese Frage mit einer neutralen Gegenfrage zu beantworten. »Was soll ich gehört haben?«

»Bei uns sollen illegale Hundekämpfe abgehalten werden – behauptet zumindest die Udyco.«

Die Udyco war eine Spezialeinheit der Nationalpolizei, die sich vornehmlich um Drogenhandel und organisiertes Verbrechen kümmerte, und operierte von Santa Cruz im Norden der Insel aus. Hundekämpfe waren in Spanien verboten, vermutlich weil diese Vierbeiner keine Hörner trugen, mutmaßte Fernand.

»Die Bande, die dahintersteckt, könnte mit dem Festland in Verbindung stehen.«

Das war allerdings interessant. Organisiertes Verbrechen also.

»Es soll sogar ein Polizist aus Adeje mitmischen.«

Das zu hören, war wesentlich alarmierender. Einer aus den eigenen Reihen also, vielleicht sogar aus diesem Gebäude. Damit war für Spekulation und falsche Verdächtigungen Tür und Tor geöffnet.

»Würde es Sinn machen, im Department darüber zu spekulieren, um wen es sich handelt?«, fragte Fernand.

»Auf keinen Fall.«

Fernand fasste seinen Vorgesetzten scharf ins Auge. »Wollen Sie etwa andeuten, dass ich derjenige bin? Ich liebe Hunde.« Und Stiere, fügte er in Gedanken hinzu.

Díaz schnaubte. »Natürlich nicht, sonst hätte ich Ihnen gegenüber den Mund gehalten. Von der Sache wissen außer mir jetzt nur Sie, als mein Stellvertreter, und die Leitung in Santa Cruz natürlich.«

Die Angelegenheit wurde immer unangenehmer. Das Ausspionieren von Kollegen war nicht gerade Fernands Ding. Er kratzte sich am Unterarm, auf dem ein roter Mückenstich prangte. »Ist das ein offizieller Auftrag, Ermittlungen einzuleiten?«

Díaz machte eine wegwerfende Handbewegung. »Unsinn. Seit wann gehen wir Gerüchten nach.«

Dessen war sich Fernand nicht so sicher, denn Díaz wäre der Letzte gewesen, der nichts auf Stammtischparolen gegeben hätte. Außerdem kam die Information von der Udyco, und die spaßten selten. »Na dann.«

»Schießen Sie los, Morell«, sagte Díaz, »was ist bei Ihnen passiert?«

Er berichtete von den Geschehnissen während der letzten zwei Schichten, wobei Díaz nur mit halbem Ohr zuzuhören schien. Er betrachtete seine Fingernägel, holte einen Zigarrenabschneider aus der Hosentasche und begann, sie damit zu säubern. Dass ein toter Senegalese gefunden worden war, interessierte ihn kaum.

»Die Afrikaner sind für die Probleme …« Díaz verschluckte den Rest des Satzes. Seit die Flüchtlingsboote direkt vor der afrikanischen Küste abgefangen und prompt zurückgeschickt wurden, war es wesentlich ruhiger geworden. Trotzdem kamen immer noch Einzelne durch, schafften die 150 Kilometer von Afrika meistens nach Gran Canaria, da die Insel näher am Afrikanischen Kontinent lag als Teneriffa. Das Gros der Migranten wollte lediglich arbeiten, und das vor allem auf dem Festland und auf Mallorca. Für sie waren die Kanaren bloß eine Zwischenstation. Außerdem gehörten sie nicht dem organisierten Verbrechen an, sondern trieben Handel, wie sie ihn von zu Hause kannten. Wo die Ware herkam, stand allerdings auf einem anderen Blatt, und nicht immer waren ihre Angebote legal. Aber solange es einfältige Touristen gab, die darauf hereinfielen, so lange würde es auch Plagiate von Markenartikeln geben.

Díaz verheimlichte nicht, dass er sie alle zum Teufel wünschte, egal ob ehrliche Haut oder Gauner. Wie viele Einheimische fand er, dass alle Auswärtigen, die auf Teneriffa ihr permanentes Ferienglück oder ihren Lebensabend genießen wollten, ebenfalls dorthin gehörten, weil sie den Tinerfeños ihre Häuser und das Wasser wegnahmen. Die Touristen, die »Guiris«, wurden eher akzeptiert, denn sie brachten Arbeitsplätze und Geld auf die Insel. Fernand bereitete sich innerlich auf einen von Díaz' Vorträgen vor, die sich meist um dieses Thema drehten. Der lehnte sich genüsslich auf dem unbequemen Holzstuhl zurück – ein untrügliches Zeichen, dass er nicht beabsichtigte, seinen

Rundgang jetzt schon fortzusetzen. Der Alte spielte seine Macht voll aus.

»Ein Kind ist als vermisst gemeldet worden – von Touristen«, sagte Fernand, um dem zuvorzukommen. »Die Kollegen der Policía Local bearbeiten den Fall.«

»Aha.« Díaz beugte sich vor. »Ein Mädchen?«

»Nein, ein achtjähriger Junge.«

»Britisch?«

»Deutsch.«

»Na dann. Er wird sich verlaufen haben.«

»Seit gestern Abend ist er weg. Verschwunden aus demselben Resort, in dem der Tote gefunden wurde, am Playa Torviscas.«

»Sehen Sie da einen Zusammenhang?«

Das tat er. Aber erst seit der Deutsche ihn darauf aufmerksam gemacht hatte, was ihn ungemein ärgerte. »Könnte sein.«

»Das wird González nicht schmecken.« Díaz' Stirn zeigte tiefe Furchen. Diego González Lopez war der Inhaber des La-Orquidéa-Resorts und Bürgermeister eines kleinen Ortes im Osten der Insel, wo die Strände schwarz und nicht künstlich aufgeschüttet waren. »Übernehmen Sie die Suche nach dem Kind. Ich regele das mit den Kollegen. Die werden froh sein, wenn sie die Verantwortung abgeben können.«

Jetzt hatte er den Salat. Er hätte warten sollen, bis das Kind – hoffentlich lebend – gefunden wurde. Aber nun war es zu spät. Nein, so durfte er nicht denken. Zu Hause wartete seine süße, kleine Naira auf sein Heimkommen. Wie würde er reagieren, wenn sie vermisst würde? Ausrasten und alle Hebel in Bewegung setzen. Genau das werden die Eltern des Kindes auch tun, und dann wäre hier die Hölle los.

9 RICHARD

Inzwischen war die Suche nach Kilian auf den gesamten Ort ausgeweitet worden und nicht nur die Polizei beteiligte sich daran, sondern auch viele Touristen und immer mehr Einheimische. Die Hotellobby entwickelte sich zum Koordinationsmittelpunkt. Mithilfe von Nick Berth bemühte Richard sich, die Suchaktion der Freiwilligen und des Hotelpersonals zu organisieren, was sich genauso schwierig gestaltete, als wollte man eine Schar aufgeregter Hühner in eine bestimmte Richtung dirigieren. Eine schier unlösbare Aufgabe, alle umliegenden Hotels und Resorts, Restaurants und Bars, Wohnhäuser und Geschäfte abzuklappern. Die Polizei fuhr Extrastreifen, die Hotelangestellten überprüften die Zimmer und das Gelände, Hotelgäste suchten die Straßen ab. In der Sorge, der Atlantik könnte sich ein Opfer geholt haben, durchpflügten Boote mit schäumendem Kielwasser das Meer.

Nach zwei Stunden trudelten die ersten Meldungen ein: überall Fehlanzeige. Nicht unerwartet, denn Richard befürchtete inzwischen das Schlimmste. Ein Kaffee würde ihm jetzt guttun, wobei es ihm zu diesem Zeitpunkt reichlich egal war, in welcher Variation er zubereitet würde. So bekam er einen Café Solo serviert, was nichts weiter als tiefschwarzer Kaffee war.

Als er die Suite der Wachters aufsuchte, hing Linda am Telefon und schimpfte auf Deutsch hinein. Wenigstens sie schien sich gefangen zu haben. Von Marcel war nichts zu sehen.

»Ich bin Richterin am Landgericht Nürnberg«, sagte sie in mühsam kontrolliertem Tonfall. »Bitte ziehen Sie das bei Ihren Überlegungen in Betracht. … Ja, richtig … Meine Handynummer haben Sie? … Danke.« Sie legte auf und sah Richard an. »Denen habe ich ordentlich Feuer unterm Hintern gemacht.«

»Wem?«

»Der deutschen Botschaft in Madrid.«

»Was versprechen Sie sich davon? Die örtliche Polizei tut ihr Bestes.«

»Herr Levin, die kümmern sich um Betrunkene und Taschendiebe. Ich erwarte den vollen Einsatz der spanischen Polizei. Und damit den Behörden hier klar wird, um was es geht, habe ich die Botschaft informiert. Mein Kind wurde entführt, verstehen Sie?«

»Sind Sie sich sicher, dass es sich um eine Entführung handelt? Wenn ja, wäre die CNP zuständig, falls ich die Strukturierung der hiesigen Polizei richtig verstanden habe.«

»Das ist die Nationalpolizei, nicht wahr?« Linda blinzelte, wischte sich mit dem Finger über den äußeren Augenwinkel. »Sind die eingeschaltet?«

Richard erinnerte sich an den arroganten Beamten der CNP, den er wegen des toten Afrikaners kurz gesprochen hatte. »Vermutlich nein. Die brauchen einen Anfangsverdacht, genau wie wir.«

»Ich kenne mich mit dem hiesigen Strafrecht und den Ermittlungsverfahren nicht aus.«

»Ich leider auch nicht. Wo ist Marcel?«

»Keine Ahnung. Vielleicht bei irgendeinem Suchtrupp. Er ist völlig mit den Nerven fertig.« Mit zitternden Händen griff sie nach einem Wasserglas und trank es in einem Zug leer. »Mein Kind …«, sagte sie leise.

Sie tat Richard von ganzem Herzen leid.

»Linda«, sagte er, wobei er bewusst die vertrauliche Ansprache wählte, um besser zu ihr durchdringen zu können. »Ich bin sicher, es wird alles Menschenmögliche getan.«

»So spricht ein Beamter der Kripo, wenn er einer Familie eine schlechte Nachricht überbringt, nicht wahr? Glauben Sie das wirklich … Richard? Wir sind nicht in Deutschland.«

»Immerhin gehört Spanien zur EU, und ich bin mir sicher, dass die örtliche Polizei ihre Aufgaben zu bewältigen weiß.«

Die Trauer verschwand aus ihrem harten Gesicht, und die Richterin gewann wieder die Oberhand. »Ich mache Ihnen nicht den Vorwurf, dass Sie die Aufsicht über Kilian vernachlässigt hätten.«

Das kam überraschend und zeugte von ihren Überlegungen. »Den mache ich mir selbst.«

Sie wies auf den Sessel neben sich. »Setzen Sie sich, Richard – bitte.«

Er kam ihrem Wunsch nach. »Ich habe ein paar Fragen.«

»Und ich ein Anliegen.«

»Das wäre?«

»Ich möchte, dass Sie sich einmischen.«

»Wie soll das gehen? Offiziell jedenfalls nicht.«

»Ich werde mich bemühen, etwas Entsprechendes in die Wege zu leiten.«

»Das wird dauern.«

»Mag sein. Sie sprechen Spanisch?«

»Ein wenig, aber nicht fließend. Außerdem habe ich hier keinerlei rechtliche Handhabe.«

»Sie sind mir immer noch böse. Dabei haben Sie allen Grund, mir behilflich zu sein.«

Das war wie ein Schlag ins Gesicht; vor allem, weil es keine Frage, sondern eine Feststellung gewesen war. Sie schob ihm die Schuld für das Verschwinden von Kilian also doch in die Schuhe. »Warum sollte ich böse auf Sie sein?«, fragte er vorsichtig und ahnte bereits, was kommen würde.

»Weil ich Sie damals wegen Ihres ungerechtfertigten Schusswaffengebrauchs ziemlich in die Mangel genommen habe.«

»Sie hätten mich verurteilt, ohne mit der Wimper zu zucken.«

»Wenn die Beweislage es hergegeben hätte, natürlich.«

»Aber ich war unschuldig. Der Mann hatte seine Waffe in Tötungsabsicht auf mich gerichtet.«

»Da gab es keine Waffe.«

Sein Wort als Polizeibeamter war gegen das eines Neonazis mit blutigen Springerstiefeln gestanden. Kurz zuvor hatten er und sein Bruder einen Asylbewerber zu Tode getrampelt. Richard hatte damals rotgesehen und war über sein Handeln selbst zutiefst erschüttert gewesen; umso mehr, als die Waffe des Täters nicht gefunden werden konnte.

»Der Bruder hatte sie entsorgt, wie er später gestand.«

Sie wischte seine Erklärung mit einer Handbewegung beiseite. »Das ist mir alles bekannt. In einer Verhandlung muss ich aufgrund der Fakten entscheiden. Die sprachen damals gegen sie. Ungerechtfertigter Waffengebrauch. Mit Todesfolge. Damit wir uns klar verstehen: Für mich gibt es keine Rechtfertigung für einen Todesschuss. Ich halte Sie für gefährlich und nicht für den Polizeidienst geeignet.«

Damit legte sie den Finger auf die Wunde und rührte darin herum. Er schluckte. »Dann sind die Fronten klar. Wenn Sie mich brauchen – ich habe Urlaub.«

»Richard …«

Mit mehr Schwung als nötig schloss er die Tür hinter sich. Draußen lehnte er sich mit dem Rücken an die Wand, musste sich erst sammeln. Er hatte sich damals ungerecht behandelt gefühlt, obwohl ihm sein Gewissen selbst unangenehme Fragen stellte. Immer noch. Er würde sich von dem Fall, der eh nicht seiner war, zurückziehen.

Und das Kind?

Würde auch ohne ihn gefunden werden.

Für die nächsten Tage hatte er sich viel vorgenommen. Als Erstes würde er heute den Vulkan Montaña de Guaza besteigen. Der war nicht allzu weit entfernt und erhob sich bis auf 400 Meter. Für den Anfang war das okay und zudem ein gutes Mittel, den Frust loszuwerden. Er zog seine Laufsachen an und fuhr los. Nach einigem Hin und Her fand er einen günstig gelegenen Parkplatz und folgte von dort aus einem Bergpfad, der sich nach wenigen Metern verzweigte. Prompt verlief er sich, aber das störte ihn nicht weiter, weil alle Wege nach oben führten. Bei seinem Aufstieg durch vulkanisches Geröll säumten allerlei Sukkulenten und Kakteen, deren Namen er nicht kannte, den Weg.

Eine Touristengruppe kam ihm in Bikinis, Badeshorts und Flipflops entgegen. Zwar war es brütend heiß, aber die Kleidung schien ihm dennoch unpassend für diese Tour. Endlich fand er den Weg zum Kraterrand des Vulkans und joggte los. Oben angelangt, blieb er schwer atmend stehen und wischte sich den Schweiß aus dem Nacken, fühlte sich dabei von allen belastenden Gedanken befreit. Vor ihm breiteten sich Hotels und Resorts der Südküste sowie eine mit Vulkankegeln übersäte karge Landschaft aus, während im silbern glänzenden Meer einige Inseln zu sehen waren.

Er kehrte zu seinem Auto zurück und fuhr über die Autobahn TF-1 zum Hotel. Dort angekommen freute er sich auf eine Dusche und eine Runde Schwimmen im Pool. Doch vor der Tür zu seinem Zimmer erwartete ihn Morell, der Inspector der CNP.

»Señor Levin? Ich hätte ein paar Fragen an Sie«, sagte Morell auf Englisch.

Genau so begann er selbst eine Vernehmung. Damit war klar, dass Morell ihn zum Kreis der Verdächtigen zählte. Ein eigenartiges Gefühl erfasste Richard; ähnlich dem bei seiner damaligen Beschuldigung. Allerdings waren ihm die Vorwürfe bekannt gewesen, während er jetzt im Unklaren gelassen wurde.

»Das Übliche«, sagte der spanische Kollege, als Richard schwieg. »Darf ich mit reinkommen?«

Richard ließ Inspector Morell den Vortritt. Der spazierte durch das Zimmer, als wäre es sein eigenes, und sah sich ungeniert um. Richard lehnte sich mit verschränkten Armen an die Wand und beobachtete ihn dabei. »Suchen Sie etwas Bestimmtes?«, fragte er nach einer Weile auf Englisch.

Inspector Morell ignorierte seine Worte, öffnete den Kleiderschrank und fuhr mit dem Finger über Richards Sachen. »Mögen Sie Kinder?«

Daher wehte der Wind. Richard wurde als pädophiler Verdächtiger eingestuft. »Ich habe zwar keine eigenen, habe aber nichts gegen Kinder«, antwortete er wahrheitsgemäß.

»Und Ihre sexuelle Orientierung?«

»Wie bitte?«

»Sie haben mich richtig verstanden.«

»Das muss ich nicht beantworten.«

»Stimmt. Aber ich würde es Ihnen empfehlen.«

»Das geht Sie nichts an.«

Morell nickte unmerklich. »Sie sind ohne Begleitung gereist?«

»Offensichtlich.«

Morell stöberte weiter in Richards Sachen herum, ging dabei behutsam vor, um nichts durcheinanderzubringen. Eindeutig eine Verletzung der Privatsphäre. Allerdings musste Richard zugeben, so etwas auch schon einmal gemacht zu haben. Nun passierte es ihm selbst, kein angenehmes Gefühl. »Brauchen Sie dafür keinen Durchsuchungsbeschluss?«

»Ja, aber den bekomme ich ohne Schwierigkeiten. Außerdem bin ich bereits fertig.« Morell schloss den Schrank, nahm auf einem Stuhl Platz und schlug die Beine übereinander. »Erzählen Sie mir, was gestern Nacht vorgefallen ist.«

Richard löste sich von der Wand und setzte sich Morell in offener Haltung gegenüber. »Wie von Kilians Eltern gewünscht, habe ich den Jungen vor der Suite der Familie abgeliefert und noch gewartet, bis er die Tür geschlossen hat. Anschließend bin ich ins Bett – allein, falls es Sie interessiert. Kurze Zeit später riefen die Eltern nach ihrem Sohn, und ich habe mich an der Suche beteiligt.«

»Was war mit dem ermordeten Strandverkäufer?«

»Nichts. Den kannte ich nicht. Aber ich bin mitten in der Nacht einem anderen Strandverkäufer namens Raúl Perez Rodriguez begegnet.«

Morell zog ein Notizbuch aus seiner Hosentasche und schrieb etwas hinein. »Was noch?«

»Dieser Raúl hat sich am Nachmittag desselben Tages mit jemandem gestritten, der meiner Ansicht nach Deutscher war.«

»Er wird sich beschwert haben, weil er ihm wertloses Zeug angedreht hat.«

»Das hat sich anders angehört.«

Erneut machte sich Morell Notizen. »Etwas Konkretes?«

»Nein, nur das. Darf ich fragen, wieso Sie mich verdächtigen, Inspector?«

»Tue ich das?« Morell verzog spöttisch den Mund. »Also gut. Frau Wachter erzählte mir, dass Sie ein Motiv hätten: Rache.«

Donnerwetter. Richard fuhr zurück. Zorn, wieder einmal zu Unrecht beschuldigt worden zu sein, wallte in ihm hoch. »Ich habe keinen Grund, mich an ihr zu rächen – wirklich nicht. Was soll das Ganze?«

»Das müssen Sie Frau Wachter fragen. Sie sagten, Sie seien deutscher Polizeibeamter?«

»Das bin ich – bei der Kriminalpolizei.« Auf die Angabe seines Dienstgrads verzichtete er, denn das ließe sich nur schwer 1:1 übersetzen.

»Haben Sie Ihren Ausweis dabei?«

»Den Dienstausweis? Nein. Nur meinen Pass.«

»Zeigen Sie ihn mir, bitte.«

Richard stand auf und holte ihn aus dem kleinen Safe im Kleiderschrank. Der war leicht zu knacken, half aber gegen Gelegenheitsdiebe. Er reichte seinen Pass dem Inspector, der sich die Nummer notierte und ihn durchblätterte. An den Seiten mit den Einreisestempeln und Visa blieb er hängen, auch wenn dort nur die der USA zu sehen waren. Sein alter Pass wäre sicherlich interessanter gewesen.

»Bei welcher Dienststelle sind Sie?«

»Frau Wachter müsste Ihnen meine Angaben eigentlich bestätigen können. Ich war einige Male bei ihren Gerichtsverhandlungen im Zeugenstand.« Trotzdem gab er ihm die Nummer der Coburger Polizeiinspektion. Maxi würde sich wundern. »Sonst noch was?«

»Das stimmt, Frau Doktor Wachter konnte allerdings nicht sagen, ob Sie zurzeit noch in einem Dienstverhältnis stehen.«

Warum fiel sie ihm in den Rücken? Ihr Verhalten widersprach ihrer Bitte an ihn, sich an der Suche nach ihrem Sohn zu beteiligen.

»Ich nehme Ihren Pass mit. Sie können ihn sich heute Nachmittag abholen.«

»Nachdem ich nicht vorhabe, meinen Urlaub abzubrechen – von mir aus.«

»Gerade Sie sollten für diese Maßnahme Verständnis zeigen.«

»Das tue ich durchaus, aber es ist schon eine interessante Erfahrung, einmal auf der anderen Seite zu stehen.«

Morell ließ seinen Blick über Richards Körper schweifen. Beinahe hätte er gegrinst, denn Morell studierte ihn genauso wie er ihn, versuchte sicherlich seine physische Leistungsfähigkeit einzuschätzen. Morell verzog den Mund zu einem Lächeln. »Das glaube ich gern. Bis heute Nachmittag im Kommissariat.«

10 FERNAND

Die ganze Situation wurde von Stunde zu Stunde unangenehmer. Ein Ermordeter und ein vermisstes Kind zum gleichen Zeitpunkt ergaben keine gute Kombination. Um die Sache noch zu verkomplizieren, handelte es sich um den Sohn einer Richterin sowie eines leitenden Angestellten eines großen Konzerns, wodurch bei einer Entführung Rache, Lösegelderpressung und Pädophilie mögliche Tatmotive waren. Die Vorstellung, das Kind in den Händen eines Entführers zu wissen, erzeugte bei Fernand trotz der Hitze eine Gänsehaut, egal was dessen Motivation war.

Dazu kam dieser Polizist, der so gar nicht dem Bild entsprach, das er sich von den deutschen Kollegen gemacht hatte. Bislang hatten sie ihn eher an Sesselfurzer mit Bauchansatz erinnert. Levin hingegen glich eher einer gespannten Sprungfeder, die ihre Energie jeden Moment freisetzen konnte, nachdem der Sicherheitsmechanismus entfernt worden war. Nur die Lachfalten um seine Augen zeugten davon, dass es noch einen anderen Levin geben musste; einen, der gekommen war, um Urlaub zu machen, und nun eines schweren Verbrechens bezichtigt wurde.

Im Kommissariat übergab er Levins Pass, zur Überprüfung der Daten, an seine Assistentin Idaira. Wie er sie kannte, würde sie die Aufgabe erledigt haben, bevor er seinen Café Cortado in der Kaffeeküche zu Ende getrunken hatte. Als er einen Zuckerwürfel darin versenkte, kam sie bereits wieder zurück.

»Der ist sauber. Keine Einträge. Soll ich mich an Europol wenden?«

»Nein, dazu besteht kein Anlass. Danke.« Er nahm einen Schluck von dem heißen bittersüßen Getränk. »Das können wir später immer noch tun, sollte sich etwas Neues ergeben.«

»Irgendwann werden wir die deutsche Botschaft informieren müssen.« Idaira braute sich einen Espresso, den sie mit viel Milch vermischte.

Vermutlich hatte Idaira recht, aber vorerst wollte Fernand das Problem auf kleiner Flamme kochen. Je länger er darüber nachdachte, desto mehr war er davon überzeugt, dass Levin zu Unrecht verdächtigt wurde. Seine Verwicklung wäre viel zu offensichtlich und einen solchen Fehler würde ein Polizist nicht begehen. Trotzdem fühlte Fernand sich bemüßigt, Levins Angaben zu prüfen. Er gab Idaira den Auftrag, eine Verbindung mit der Polizeiinspektion Coburg herzustellen.

Fernand setzte sich wieder an seinen Schreibtisch, schaltete den Ventilator ein und nahm sich den obersten Ordner des Stapels vor. Ein unbekannter Täter hatte ein älteres Touristenehepaar überfallen. Davon sollte so wenig wie möglich an die Öffentlichkeit dringen, denn Costa Adeje, sowie die gesamte Südküste Teneriffas, galten als sicher. In Barcelona und Madrid hingegen gab es vergleichbare Verbrechen viel häufiger. Aber die Inselverwaltung Teneriffas, die Cabildo Insular, wollte keinesfalls die Verbrechensstatistik der Kanarischen Inseln anführen und erst recht nicht die Balearen überholen.

Fernand seufzte. Er hätte sich nach Mallorca versetzen lassen sollen, denn dort sprach man Katalanisch. Außerdem wäre er dann näher an seiner Heimat gewesen. Aber die Liebe zu seiner Frau hatte ihn nach Teneriffa verschlagen, wo man Mallorca als Konkurrenz im Wettbewerb um die Touristen empfand.

Mitten in seine Überlegungen hinein klingelte das Telefon auf dem Schreibtisch. »Die Polizeiinspektion Coburg für Sie«, sagte Idaira. »Señora Frohn.«

Er hob den Hörer ab. Eine Frau stellte sich auf Englisch als Maxi Frohn vor. Deutsche Touristen mit einem weichen Akzent wie dem ihren kamen meistens aus Bayern. Bei Levin war zudem ein deutlich amerikanischer Einfluss herauszuhören gewesen. Fernand hatte ein Ohr für diese sprachlichen Nuancen, und es machte ihm Spaß, die Herkunft eines Menschen an seiner Aussprache zu erraten.

Nachdem er sich vorgestellt hatte, brachte er sein Anliegen vor: »Ich hätte gerne eine Auskunft über Richard Levin. Ist er ein Kollege von Ihnen?«

»Warum wollen Sie das wissen, wenn ich fragen darf?« Ihr Tonfall verriet eine gewisse Vorsicht. Dafür hatte er Verständnis, denn schließlich könnte jeder anrufen und Auskunft verlangen. Allerdings hatte sich Idaira bestimmt zurückrufen lassen. Das war eine gängige Praxis, um die Echtheit einer Telefonnummer sicherzustellen. Fernand erklärte Señora Frohn, dass er Levins Personalien überprüfen wollte.

Wieder eine kleine Pause. »Ja, er ist ein Kollege«, sagte die angenehme Stimme. »Im K1 … ähm, das ist das Kommissariat, das für Gewaltverbrechen zuständig ist – Mord und dergleichen.«

Also hatte Levin die Wahrheit gesagt. »Wie lange ist er schon bei Ihnen?«

»In Coburg seit drei Jahren, zuvor leistete er Dienst in Nürnberg. Wie lange er dort war, kann ich nicht sagen. Da müsste ich nachschauen.«

Genau wie Señora Dr. Wachter angedeutet hatte. Levin und sie kannten sich aus Nürnberg. »Nicht nötig, das reicht mir. Hat er eine makellose Personalakte?«

»Kriminalhauptkommissar Richard Levin ist ein guter Polizist, keine Probleme. Im Gegenteil, er ist einer unserer besten Ermittler. Warum fragen Sie danach? Ich möchte nun gerne wissen, um was es geht.«

Fernand erzählte ihr kurz von dem verschwundenen Kind.

»Wenn Sie Unterstützung durch uns brauchen, wenden Sie sich bitte direkt an mich. Das geht schneller als der bürokratische Weg über das Auswärtige Amt.«

Er bedankte sich und beendete das Gespräch. Díaz kam herein und wollte über den neuesten Stand der Dinge bezüglich des Kindes informiert werden. Aus den Unterlagen, die er von der Policía Local bekommen hatte, ging aber nur hervor, welche Maßnahmen inzwischen eingeleitet worden waren. Am Ende sagte Fernand: »Ich würde Herrn Levin gerne als Vermittler zwischen der Familie und uns einbinden.«

Díaz betrachtete seine Fingernägel und stand auf. »Kommt nicht infrage. Wir brauchen keinen Kommissar Rex, der überall herumschnüffelt. Das sähe doch aus, als könnten wir unseren Job nicht allein bewältigen.«

Und schon war er wieder draußen. Widerstand regte sich in Fernand, denn er würde alles tun, was die Suche nach dem Kind erleichterte. Als Nächstes musste er jedoch erst in Erfahrung bringen, ob sein Subinspector etwas über den toten Strandverkäufer herausgefunden hatte.

11 RICHARD

Nachdem Inspector Morell gegangen war, entschloss sich Richard, erst einmal zu duschen. Goldbraune Marmorfliesen, ein quadratischer Regenduschkopf in der Decke sowie der großflächige, ebenerdige Duschboden vermittelten einen Hauch von Luxus. Ganz anders als die Handbrause der Badewanne zu Hause. Das warme Wasser wusch nicht nur den Schweiß, sondern auch die Anspannung weg.

Danach hielt es ihn nicht mehr in seinem Zimmer. Draußen stach ihm gleißendes Licht in die Augen, und er setzte die Piloten-Sonnenbrille auf, die er sich vor einigen Jahren geleistet hatte. Badeshorts, Flipflops und das bunte Hawaiihemd, das ihm Oma Elke vor der Abreise zugesteckt hatte, vervollständigten den Touristenlook, in dem er sich ziemlich lächerlich vorkam.

Im Pool tummelten sich Jugendliche und Kinder. Wenn er seine Bahnen in Ruhe ziehen wollte, schien der frühe Morgen oder der Abend geeigneter zu sein. Trotzdem machte er ein Selfie vor dem Pool, um Oma Elke zu beweisen, dass er das Hemd wirklich getragen hatte. Er besah sich das Foto und fand, dass er darauf lächeln sollte. Er schoss ein weiteres, befand es für besser und schickte es an seine Oma sowie seinen Bruder Joachim. Nach kurzer Überlegung sendete er es auch seinem Kollegen Peter Weingarth in der Kriminalinspektion Coburg und seinem besten Freund Dominik in Nürnberg. Der würde sich totlachen und ihn bei ihrem nächsten Treffen bestimmt damit aufziehen.

Die blonde Frau, die Marcel Wachter letzte Nacht bezichtigt hatte, seinen Sohn entführt zu haben, lag auf einem Liegestuhl und war in ein Buch vertieft. Ein richtiger Hingucker: lange Beine, schlank, der Busen nicht zu groß und nicht zu klein, das blonde Haar hochgesteckt. An ihren Ohren baumelten schwere Diamantklunker, die bestimmt ebenso teuer waren wie ihre Trägerin. Ein türkises Etwas, das den Namen Bikini kaum verdiente, bedeckte die intimsten Stellen ihres blassen Körpers. Einer Brandungswelle würde dieses Ding bestimmt nicht standhalten.

Sie musste ihn gesehen haben, denn kaum näherte er sich, legte sie das Buch aufgeklappt und mit dem Rücken nach oben beiseite. Es hatte einen französischen Titel, was ihn überraschte. Bei ihr hätte er eher einen seichten deutschen Liebesroman vermutet. Er sollte sich Vorurteile verkneifen, um vor Überraschungen gefeit zu sein.

»Hallo«, sagte sie. Sie schien seinen Blick bemerkt zu haben, denn sie fügte hinzu: »Das ist ein Roman von Houellebecq in der französischen Originalausgabe. Die ist noch besser als die deutsche Übersetzung. Kennen Sie den Autor?«

»Nein.«

»Hätte mich auch überrascht. Was lesen Sie?«

»Akten.«

»Sonst nichts?«

Dass jetzt er in eine Schublade gesteckt wurde, hatte er verdient, und er setzte sogar noch eins drauf. »Asterix und Obelix gelegentlich.«

»Na ja, jedem das Seine. Wurde Kilian inzwischen gefunden?«

»Soweit ich weiß, nein.« Er ließ sich auf dem danebenstehenden Liegestuhl nieder, der nicht mit einem Handtuch als besetzt gekennzeichnet war. »Wir haben uns noch nicht richtig vorgestellt. Richard Levin.«

»Sylvia König, aber alle nennen mich nur Sylvie.«

»Aus Fürth?«

»Hört man das? A Maadli aus Ferth.«

»A Maadla«, korrigierte er und lachte. »Ein wenig schon.«

»Ach, ein Nürnberger! Wie Sie Marcel außer Gefecht gesetzt haben, war echt stark.«

Sollte er die Karten auf den Tisch legen? Es sprach nichts dagegen. »Ich bin bei der Kripo. Da lernt man so was.«

»Oh, wie aufregend. Ich schaue gern Tatort oder Soko. Sie sind der erste Kommissar, dem ich im echten Leben begegne.« Sie schenkte ihm ein verführerisches Lächeln. Offenbar hatte sie Marcel Wachter bereits abgeschrieben.

»Wie lange kennen Sie Herrn Wachter schon?«, fragte er.

Sie legte ihren Kopf schief und verzog spöttisch den Mund. »Wird das ein Verhör?«

Das wurde er oft gefragt, weil viele automatisch ein schlechtes Gewissen bekamen. »Wir sind nicht bei der Gestapo oder Stasi. Wenn, dann eine Erstbefragung.«

»Ah so. Und? Wird das eine?«

»Gäbe es denn einen Grund dafür?«

Sylvie zog die Beine an und stellte sie mit einer eleganten Bewegung auf dem Boden ab. »Marcel und ich kennen uns seit drei Jahren. Seit zwei sind wir miteinander liiert. Bevor Sie Ihren moralischen Zeigefinger erheben – es ist kein Zuckerschlecken, immer nur die zweite Geige zu spielen, vor allem, wenn sich der erste Geiger zu einer Arschgeige entwickelt.«

Das Wortspiel amüsierte ihn, nicht nur wegen der Bilder, die sich ihm aufdrängten. »Habe ich etwas Negatives gesagt?«

»Neulich schon. Sie haben mir deutlich zu verstehen gegeben, dass zu einem Ehebruch immer zwei gehören. Aber keine Sorge, ich weiß Bescheid. Die größten Moralapostel sind in Wirklichkeit die größten Schweine.«

Eine Spitze gegen ihn. Er ignorierte sie. »Sind sie das wirklich?«

»Von irgendjemandem müssen die Huren doch leben, oder? Waren Sie schon mal bei einer?«

»Nein«, antwortete er. »Ich zahle weder für Sex noch für Liebe.«

Sie fasste ihn scharf ins Auge und nickte dann. »Das glaube ich Ihnen. Wahrscheinlich sind Sie sogar für einen One-Night-Stand zu verklemmt, oder?«

Das war zu viel des Guten. Sofort zogen sich Mauern hoch, um sein Innerstes zu schützen. Auf diese Provokation wollte er nicht eingehen. »Das ist meine Privatangelegenheit. Sie sagten, Marcel hätte mit Ihnen Schluss gemacht. Aus welchem Grund?«

Ihr Blinzeln unterbrach den Blickkontakt. »Keine Ahnung.«

»Was vermuten Sie?«

»Dass er sich für seine Familie entschieden hat.«

»Beruflich sind Sie seine Assistentin?«

»Bis jetzt noch.«

»Befürchten Sie, entlassen zu werden?«

»Hören Sie, Herr Levin. Ich habe keine Lust mehr auf dieses Verhör oder wie Sie das bezeichnen. Er hat Schluss gemacht und damit basta! Zuerst war ich stinksauer, aber inzwischen weiß ich, dass die Trennung längst überfällig war. Mich zu beschuldigen, ich hätte seinen Sohn entführt – so ein Idiot. Er sollte mich besser kennen. Jetzt, im Urlaub, stellt er plötzlich fest, dass er eine Familie hat. Ich bin echt froh, ihn losgeworden zu sein. Wenn Sie nichts dagegen haben, würde ich gerne mein Buch weiterlesen, das wohlgemerkt keine Trivialliteratur oder gar ein Comic ist, wie das, was Sie bevorzugen.«

»Gut gekontert, Frau König. Ich wollte Sie nicht beleidigen. Wie Sie Ihr Leben gestalten, ist natürlich Ihre Sache. Ich bin kein Sittenwächter, sondern nur an der Wahrheit interessiert.« Er bedankte sich für das Gespräch, erhob sich und schlenderte Richtung Strand, um in einem der vielen Restaurants einen Happen zu sich zu nehmen.

Der Strand war gut besucht, die Liegestühle besetzt, Kinder spielten im Auslauf der Wellen, während Rettungsschwimmer von ihren Hochstühlen aus das Ganze überwachten. Hier konnte man in der Tat einen schönen Urlaub verbringen, aber Richard fühlte sich immer noch fehl am Platze. Morgen würde er die Insel erkunden. Er brauchte die Einsamkeit, um mit sich selbst ins Reine zu kommen.

Am Ende des Strands setzte er sich an die Bar eines Restaurants, das neben italienischer Küche auch spanische Tapas anbot, die er sich bestellte. Dazu ein Glas Rotwein aus der Region Rioja. Alles schmeckte super, und das Ambiente tat ein Übriges, um seine Laune zu heben.

Spanischer Gesang drang an sein Ohr. Mit umgehängtem Rucksack, einigen Tüchern am Gürtel sowie einer Kühltasche in der Hand kam Raúl der Strandverkäufer dahergespaziert, als hätte er alle Zeit der Welt. Einer spontanen Eingebung folgend, bezahlte Richard und heftete sich an seine Fersen. Raúl legte einen Zahn zu und bog in eine Straße Richtung Ortsmitte ein. Von dort führte der Weg bergauf an Hotels vorbei, durch einen Park und letztlich über die Autobahnbrücke in ein Gebiet, das nur aus Reihenhäusern und Appartements bestand.

Wahrscheinlich war es hirnrissig, einem Straßenverkäufer auf einen bloßen Verdacht hin hinterherzulaufen, und Richard überlegte sich bereits, die Verfolgung abzubrechen. Endlich blieb Raúl vor einem kastenförmigen Gebäude stehen, das eine Bar mit Nachtclub beherbergte. »Happy-Hour-Bar«, stand in bunten Lettern über dem Eingang. Als einziges Auto parkte ein schwarzer 7er-BMW davor. Raúl schaute nach links und rechts und verschwand im Eingang.

Sollte Richard ihm folgen? Dazu bestand kein Anlass, obwohl er nur zu gern gewusst hätte, was ein Strandverkäufer in einer Bar, in der eine Flasche Champagner mehr kostete, als Raúl in einer Woche verdiente, zu suchen hatte. Vermutlich lieferte er dort nur etwas ab oder holte sich illegale Ware. Aber das ging ihn nichts an.

Gerade als Richard sich abwenden wollte, kamen zwei Männer aus der Bar auf ihn zumarschiert. Ihrem Körperbau und dem Outfit nach zu urteilen, waren das die Rausschmeißer.

»Was suchst du?«, wollte der eine auf Deutsch wissen, und der andere wiederholte die Frage in schlechtem Englisch. Beide waren kahlgeschoren und ihrer Aussprache nach zu urteilen Russen.

»Nichts. Ich schau mir nur gerne Bars von außen an.«

»Verpiss dich.«

In ihm regte sich Widerstand, den er unter Kontrolle zu halten versuchte. Im Moment schien es klüger zu sein, sich auf keine Konfrontation einzulassen. Im Prinzip hatte er durch das Erscheinen der beiden bereits genug erfahren. »Bin schon fort.«

»Dawai, dawai.« Der eine wollte seinen Oberarm ergreifen, doch Richard wich schnell zurück, hob die Hände und zeigte ihre Innenflächen. »Keinen Kampf, no fight. Ich gehe, okay?«

Von der anderen Straßenseite eilte der Mann herüber, den er an seinem Ankunftstag bei einem Streit mit Raúl beobachtet hatte. Auch er sah sich prüfend um, bevor er die Bar betrat. Einer der Türsteher drohte Richard noch mit der Faust, aber er winkte nur freundlich zurück und nahm sich vor, Inspector Morell von dem Vorfall zu berichten, wenn er seinen Pass abholte.

12 MARCEL

Die zweite Nacht ohne Kilian. Sein Herz schlug schmerzhaft in der Brust, übertönte sogar das Pochen in seinem Knie, das er durch das viele Herumlaufen überlastet hatte. In der Suite herrschte Stille, nur eine sanfte Brise wehte durch die geöffnete Terrassentür ins Schlafzimmer. Linda wollte, dass die Türen offen blieben, damit Kilian hereinkommen könnte. Marcel setzte sich in seinem Kingsize-Bett auf und schaute auf den leeren Platz neben sich.

Ein Gefühl der Reue wollte ihm schier den Atem rauben. Er hatte Linda betrogen, seit sie verheiratet waren all seine

Zeit der Karriere geopfert und, schlimmer noch, sich nicht um Kilian gekümmert, als der seinen Vater gebraucht hatte. In der Firma galt er als der Macher, aber privat hatte er versagt. Mit bleischweren Gliedern wankte er ins Bad, jede Bewegung strengte ihn an. Seine zitternde Hand machte eine Nassrasur unmöglich. Er könnte Lindas elektrischen Apparat verwenden, aber das ließ sein Stolz nicht zu. Lieber würde er sich wie Levin einen Dreitagebart wachsen lassen. Er legte den Rasierer wieder auf der Konsole ab.

Linda saß immer noch auf dem weißen Sofa am Kaffeetisch, wo er sie gegen Mitternacht verlassen hatte. Gestern Abend war ihre fahrige Aufgeregtheit in Apathie umgeschlagen, und nur ihr vor- und zurückwiegender Körper hatte davon gezeugt, dass sie noch lebte. Der Kopf war mittlerweile auf ihre Brust gesunken, und er schlich auf Zehenspitzen an ihr vorbei, um sie nicht zu wecken. Normalerweise war Alkohol am Vormittag ein Tabu für ihn, aber er brauchte jetzt einen Whiskey. Der würde Kilian zwar nicht herbeizaubern, ihn selbst aber von der Leere ablenken, die das Appartement erfüllte – zumindest für den Moment.

Obwohl er keinen Appetit verspürte, bestellt er beim Zimmerservice Orangensaft, Kaffee und Croissants mit Butter und Marmelade für sie beide. Zu einem reichhaltigeren Frühstück sah er sich außerstande.

Als der Kellner das Tablett und eine zusammengefaltete Tageszeitung vor ihnen auf dem Kaffeetisch abstellte, erwachte Linda. Er gab dem Angestellten ein Trinkgeld, der sich bedankte und ihr Appartement verließ.

»Ich habe keinen Hunger«, sagte sie.

»Du musst etwas essen.«

»Seit wann sorgst du dich um mich?«

»Wir sollten jetzt fest zusammenhalten, Linda.«

Sie seufzte und ergriff das Glas Orangensaft. »Gut, dann bring mir ein Aspirin.«

Froh, dass sie nicht weiter auf ihn einhackte, stand er auf und kehrte mit der gewünschten Tablette zurück. Als Linda die Zeitung aufschlug, begann sie zu weinen. Auf der Titelseite prangte Kilians Bild, darüber die Schlagzeile: »Deutsche Eltern vermissen Sohn«.

Marcel starrte darauf. »Was bedeutet das?«

»Dass die Polizei nicht weiterkommt. Hoffentlich hilft's.«

Die Schatten unter ihren rot geränderten Augen glänzten nass. Er zog ein Papiertaschentuch aus seiner Hosentasche und reichte es ihr.

In dem neutral geschriebenen Zeitungsartikel rief die Polizei die Bevölkerung zur Mithilfe auf. Er erwähnte auch das Mordopfer, das man am nächsten Morgen gefunden hatte: ein Senegalese, ohne Ausweis, den sein Bruder identifiziert hatte. Das war alles. Wenn schon die Eltern nichts wussten, woher sollten dann die Reporter neue Erkenntnisse haben? Der Rest der Zeitung blieb ungelesen.

Linda knabberte an ihrem Croissant. Er nahm es ihr ab, schmierte Butter und eine Messerspitze Erdbeermarmelade darauf. Erdbeeren aus Teneriffa, versicherte das Etikett. »Da. Iss.«

Sie griff sich das Gebäck und biss hinein. »Dich scheint das alles kaltzulassen«, fauchte sie plötzlich, wobei ihr ein Krümel aus dem Mund fiel, auf ihrem nackten Oberschenkel landete und dort unbeachtet liegen blieb.

»Einer muss schließlich einen kühlen Kopf bewahren.« Er füllte die Tassen zur Hälfte mit Kaffee und den Rest mit Milch auf.

»Warum finden sie ihn nicht? Meinst du, er ist tot?«

Ihm fiel die Tasse aus der Hand, und ein hässlicher brauner Fleck breitete sich auf dem weißen Sofa aus. »Das darfst du nicht einmal denken. Er lebt – verstanden? Du, als seine Mutter, müsstest das doch spüren.«

Sie schlug die Hände vors Gesicht und schluchzte laut auf. Er sollte sie in die Arme nehmen, doch zwischen ihnen stand nach wie vor die Mauer der Entfremdung. Er sprang auf, rannte aus dem Zimmer hinaus in den Morgen, wo Eltern mit ihren Kindern zum Frühstück gingen. Er hätte schreien mögen wegen dieser Ungerechtigkeit.

Levin entstieg soeben dem Pool: durchtrainiert, blasser Oberkörper, aber braune Arme; typische Bräune für jemanden, der keinen Wert auf Sonnenbaden legte. Zwei Frauen blieben stehen und drehten sich nach ihm um. Offensichtlich hatte Levin ihn bemerkt, denn er griff nach einem Handtuch, trocknete sich flüchtig damit ab und kam auf ihn zu.

»Guten Morgen, Herr Levin«, sagte Marcel. »Haben Sie einen Moment Zeit?«

»Freilich.«

Levins Haut zeigte einige Narben sowie ein Tattoo am linken Oberarm, das Marcels Interesse weckte, da es nicht der übliche Drache oder Totenkopf war, sondern ein Eichenlaubkranz, der ein aufrecht stehendes Schwert umrahmte.

Levin schien seinen Blick zu bemerken und verzog spöttisch den Mund. »Wenn man jung ist, macht man allerlei Unsinn.«

»Darf man so etwas bei der Polizei tragen?«

»Solange es nicht verfassungsfeindlich oder beleidigend ist und von der Uniform oder Kleidung verdeckt wird.«

Marcel hoffte, Levin würde ihm die Bedeutung des Symbols erklären, was er aber nicht tat.

»Gibt es was Neues?«, fragte Levin stattdessen.

»Nein, nichts. Die lokale Presse hat darüber berichtet.«

»Das bringt meistens dann was, wenn der Gesuchte keinem Verbrechen zum Opfer gefallen ist.«

»Danke, das haben Sie sehr taktvoll ausgedrückt. Linda hat sich ähnlich geäußert.«

»Vermutlich liegt das daran, dass sie als Richterin meist nur Fälle mit schlimmem Ausgang auf den Schreibtisch bekommt – genau wie ich.«

»Wollen Sie mir den letzten Rest Hoffnung rauben?

»Hoffen kann man immer.«

»Sie meinen, es besteht eine Chance, dass die Sache gut ausgeht?«

Levin zögerte eine Sekunde zu lange mit seiner Antwort. »Absolut.«

»Haben Sie Verbindung zur örtlichen Polizei aufgenommen?«

»Nein. Aber ein Inspector ist bei mir aufgetaucht, weil Ihre Frau mich beschuldigt hat, Ihren Sohn entführt zu haben, um meine perversen Neigungen auszuleben.«

Marcels Kopf wurde heiß, die Wangen glühten. »Das tut mir leid. Sie ist nicht mehr sie selbst.«

»Ich denke, sie weiß sehr wohl, was sie tut. Aber lassen wir das. Erfahrungsgemäß müssen Sie sich jetzt auf eine längere Wartezeit einstellen. Die deutsche Botschaft wurde bereits von Ihrer Frau kontaktiert. Richten Sie sich darauf ein, dass hier bald die Boulevardpresse und andere Medien einfallen. Die werden nicht so rücksichtsvoll wie die lokalen Zeitungen vorgehen.«

»Sie meinen, dass ich …?«

»Dass Sie vor Fernsehkameras gezerrt werden. Hoffentlich können Sie gut schauspielern, denn sonst werden Sie gleich als Kindermörder abgestempelt.«

»Ich? Das … Das darf doch nicht wahr sein.«

Levins Augen wurden schmal. »Eine erstaunlich hohe Prozentzahl der Täter ist im näheren Verwandtenkreis des Opfers zu finden; gerade bei Sexualdelikten und Kindsmord.«

Marcel fuhr zurück, die Brust wurde ihm zum Platzen eng. »Unterstellen Sie mir etwa …?«

»Ich unterstelle gar nichts. Ich sage Ihnen nur das, was Ihre Frau auch weiß.«

»Demnach wäre ich der Hauptverdächtige?«

»Vorerst, ja.«

»Oh Gott!«

»Als Ihr Sohn verschwand, waren Sie mit Ihrer Frau am Strand unterwegs. Sie haben ein Alibi. Da davon auszugehen ist, dass Sie keine gemeinsame Sache mit einem anderen machen, sind Sie zunächst aus dem Schneider.«

Der Mann war erbarmungslos, sprach offenbar aber die Wahrheit.

Marcel holte tief Luft, um seine flatternden Nerven zu beruhigen. »Da habe ich ja noch mal Glück gehabt.«

»Kann sein – zumindest was die polizeilichen Ermittlungen angeht. Allerdings weiß ich nicht, wie die CNP darüber denkt. Und die Sensationspresse wird sowieso ihr eigenes Süppchen daraus kochen.«

»Lügenpresse?«

Levin stutzte. »Nein, das ist nicht zu vergleichen. Ich rede von denen, die Paparazzi viel Geld zahlen, nicht von denen, die seriösen Journalismus betreiben. Obwohl auch bei denen einiges manipuliert wird.«

»Verstehe. Werden Sie uns helfen?«

»Ich kann hier nicht mehr tun als jeder andere. Nur einen Rat noch: Nehmen Sie sich einen Rechtsanwalt. Man kann nie im Voraus sagen, wie lange so etwas dauert und wie es endet.« Levin legte kurz seine Hand auf Marcels Arm. »Sie wissen, wo Sie mich finden.«

Als Levin gegangen war, blieb Marcel noch kurz stehen, ließ die Worte des Kommissars nachwirken. Was wollte Linda mit ihrer wahnwitzigen Anschuldigung gegen Levin bezwecken? Damit nahm sie ihnen die einzig vernünftige Unterstützung, die ihnen vor Ort zuteilwurde.

Als Marcel zu seiner Suite zurückkehrte, stand Inspector Morell vor der Tür, die Hand zum Klopfen erhoben.

13 RICHARD

Trotz der Wärme fühlte Richard sich unangenehm kalt in seinen nassen Badesachen. Er machte sich auf den Weg in sein Zimmer, um sich umzuziehen. Wachters verständliche Verzweiflung ging ihm an die Nieren. Er wusste, dass eines der wichtigsten Hilfsmittel eines Ermittlers darin bestand, Neutralität zu wahren. Emotionen mussten außen vor bleiben, da man sonst Gefahr lief, unbewusst Partei zu ergreifen und mögliche Täter von vorneherein auszuschließen und dafür Unschuldige zu verdächtigen. Jahrelange Erfahrung hatte ihm die Richtigkeit dieser Prämisse bewiesen, doch fiel ihm deren Umsetzung jetzt besonders schwer, wobei seine Gedanken vor allem bei dem Jungen waren.

Was wäre, wenn eines der Elternteile oder gar beide wussten, was ihrem Kind zugestoßen war?

Auch am zweiten Tag waren sie noch keinen Schritt weitergekommen. Hoffentlich erbrachte der Zeitungsaufruf einen Hinweis. Oh, wie er dieses ewige Warten auf Informationen, auf die eine heiße Spur oder den entscheidenden Tipp hasste.

Er warf einen Blick auf die Uhr. In Deutschland würde nun der Dienst beginnen. Er griff nach seinem Diensthandy und sah, dass neue E-Mails eingegangen waren sowie eine WhatsApp-Nachricht von Peter. Das angehängte Foto zeigte einen traurig dreinblickenden Peter in seinem üblichen Hemd auf dem Bürostuhl hockend. Im Hintergrund war ihr Computerfreak Jan zu erkennen, der sich demonstrativ mit dem Oberkörper auf den Schreibtisch gelegt hatte. Richard lachte auf.

»Habt ihr nichts zu tun, ihr faules Pack«, tippte er zurück.

»Dir ist wohl langweilig?«

»Nee, hier ist die Hölle los. Lauter heiße Hasen.«

»Na dann – viel Spaß.«

Er unterließ es, Peter von den Geschehnissen zu berichten, und scrollte durch die E-Mails. Siedend heiß wurde ihm bewusst, wonach er suchte: nach einer Nachricht von Maxi. Enttäuscht warf er das Handy aufs Bett. Warum sollte sie ihm schreiben? Er war am Zug und würde Farbe bekennen müssen. Einer Frau zu zeigen, dass er gern mit ihr ins Bett wollte, war normalerweise kein Problem für ihn, nur bei ihr ging das leider nicht. Das hatte nicht nur damit zu tun, dass sie seine Vorgesetzte war, sondern auch damit, dass er eine tiefe Zuneigung zu ihr empfand. Nach seiner ersten großen Liebe mit 17 hatte er feste Bindungen zu vermeiden gesucht, wobei ihm die Keine-Familie-Devise der Bundeswehr-Spezialeinheit gelegen gekommen war.

Maxi von den Ereignissen zu erzählen, wäre eine gute Ausrede, ihre Stimme zu hören.

Gerade als er sie anrufen wollte, klopfte es an der Tür. Davor standen Marcel und Inspector Morell.

»Würden Sie bitte mit uns mitkommen?«, bat Marcel. »Ich weiß, Sie sind im Urlaub …«

Urlaub? Im Prinzip hatte er längst beschlossen, sich der Sache anzunehmen. »Ich bin gleich wieder da.« Er schlüpfte in ein graues T-Shirt, steckte das Handy ein und folgte Marcel in dessen Suite.

»Leider gibt es nichts Neues«, sagte Morell dort und nahm damit das Wichtigste vorweg. »Der Zeitungsaufruf ist zu jung, da kann immer noch etwas kommen. Falls nicht, müssen wir eine weitere Suchmeldung schalten.«

»Und eine Belohnung aussetzen«, warf Linda mit dünner Stimme ein.

»Das wäre eine Möglichkeit.«

»Was ist mit dem Ermordeten?«, fragte Marcel. »Hat er etwas damit zu tun?«

»Wir wissen leider nicht viel mehr als seinen Namen.«

»Was wissen Sie überhaupt?«, fauchte Linda.

Morell sah kurz zur Decke. »Señor Levin, würden Sie

Ihren Landsleuten bitte erklären, wie schwierig Ermittlungen in einem Vermisstenfall sind?«

»Die Ungeduld der Wachters ist verständlich, oder etwa nicht? Obwohl Frau Doktor Wachter beruflich mit solchen Fällen zu tun hat. Immerhin bekommt man einen Gerichtstermin auch nicht gleich am nächsten Tag.« Er hatte damals ein halbes Jahr auf seinen eigenen warten müssen, und das war nur deshalb so schnell gegangen, weil seine Kriminalinspektion ein berechtigtes Interesse gehabt hatte, ihn so schnell wie möglich wieder außendienstfähig zu bekommen. Linda warf ihm einen giftigen Blick zu.

»Sie wollten mich gestern sprechen, Señor Levin?«, fragte Morell.

»Ja, genau. Als ich meinen Pass abgeholt habe.«

»Das Kind betreffend?«

»Nicht unbedingt. Nur eine Beobachtung.«

Linda fuhr auf. »Da bin ich aber gespannt. Raus damit.«

Morell zog die Augenbrauen hoch. »Nur wenn Señor Levin das an diesem Ort für richtig hält.«

Oha. Morell hatte sich also entschlossen, ihn als Kollegen anzuerkennen. »Lieber draußen, weil es vielleicht gar nichts mit Kilian zu tun hat. Ich möchte nicht unnötig die Pferde scheu machen.«

»Erstens bin ich kein Pferd und zweitens Richterin!«, rief Linda. »Meinen Sie nicht, dass ich Wichtiges von Unwichtigem zu trennen vermag? Alles kann wichtig sein, selbst der kleinste Hinweis, alles.«

Das stimmte allerdings, denn mitunter bestanden zwischen scheinbar unabhängigen Einzelereignissen Zusammenhänge, die erst später sichtbar wurden. »Es ist bestimmt nichts von Bedeutung«, sagte er trotzdem.

»Sie schulden mir noch etwas, Levin.«

Das fand er nicht, vor allem, weil er das Gefühl nicht loswurde, dass er immer noch bei ihr auf der Anklagebank saß. »Gestern Nachmittag habe ich diesen Strandhändler Raúl in einer Bar verschwinden sehen.«

»Daran ist nichts Besonderes«, sagte Marcel.

Morells Gesicht nahm einen gespannten Ausdruck an. »Etwa in die Happy-Hour-Bar? Das ist in der Tat interessant, hat wahrscheinlich aber nichts mit Kilians Verschwinden zu tun, sondern eher mit dem Mord an dem Senegalesen.«

»Ist diese Bar denn ein Treffpunkt von zwielichtigen Gestalten?«

Morell schnaubte. »Sie gehört Diego González Lopez. Der ist nicht nur Bürgermeister, sondern auch Besitzer von mehreren Hotels und Resorts, wie zum Beispiel diesem hier. Manche seiner Objekte hat er an die Cabildo Insular verkauft, und er nennt zudem einige Abgeordnete im Pleno seine Freunde.«

»An wen?«, fragte Linda.

»An die Inselverwaltung.«

Sofort musste Richard an Korruption denken. Wäre nicht das erste Mal, dass jemand sich mit Immobilienverkäufen freikaufte. »Ist die Bar sauber?«

»¡Claro! Die Bar wird nach den Richtlinien der Gesundheitsbehörde kontrolliert.«

»Das meinte ich nicht. Ich wollte wissen, ob dort illegale Geschäfte abgewickelt werden.«

»¡Lo siento!«, sagte Morell und lachte, was ihn sehr sympathisch erscheinen ließ. »Mein Fehler. Wir haben keine gegenteiligen Erkenntnisse.«

Selbst wenn Morell mehr wüsste, würde er dies vor den Wachters nicht preisgeben, nahm Richard an.

»Wir hätten gern, dass Sie Herrn Levin mit in Ihre Ermittlungen einbeziehen.« Linda sprach zu Morell, deutete aber auf ihn. »Das könnte für beide Seiten von Nutzen sein.«

»Vielleicht will ich das nicht?«

Morell blickte zu Boden. »Die Idee ist mir auch schon gekommen. Das geht nur inoffiziell. Señor Levin bekommt – wie sagt man – keine Autorität. Er muss an mich berichten – und nur an mich.«

Das hieße, Morells Chef würde davon nichts erfahren und seine Chefin auch nicht. »Das wäre machbar. Werde ich von Ihnen auf dem Laufenden gehalten, oder bin ich auf mich allein gestellt?«

»Letzteres. Wobei …« Morell machte eine kurze Pause. »Soweit wie möglich.«

»Entiendo, ich verstehe.«

Morells Gesicht erhellte sich. ¿Habla usted español?

»Un poco.«

Morell nickte zufrieden und zog eine Visitenkarte aus seiner Gürteltasche. »Bueno. Meine Mobilnummer.«

»Fernand Morell i Puig«, las Richard. Morell und Puig. Seltsam. »Leider habe ich keine Karte dabei, aber ich gebe Ihnen meine Privatnummer.« Er rief Morell kurzerhand an, und damit war die Sache geregelt. Dass er sich damit auf dünnes Eis wagte und ein geruhsamer Urlaub dadurch endgültig vom Tisch war, nahm er in Kauf.

Er verabschiedete sich, ging zurück in sein Zimmer und griff zum Diensthandy. Gewohnheitsgemäß fing er beim Umfeld des Opfers an: bei den nächsten Angehörigen des Jungen.

14 MAXI

Der Regen im Coburger Lande sowie das grau-trübe Wetter passten so richtig zu ihrer Stimmung. Kriminalrätin und Leiterin des K1 Maximilia Frohn stützte das Kinn auf die Hand und scrollte die E-Mails auf ihrem Monitor rauf und runter. Leider war keine von Richard darunter. Er beherrschte sowieso schon einen Großteil ihrer Gedanken, und die Anfrage aus Spanien hatte Öl ins Feuer ihrer Sehnsucht nach ihm gegossen.

Sie könnte ihn anrufen, aber wie sähe das aus ohne triftigen Grund? Oder würde die Erwähnung des Anrufs der spanischen Polizei genügen?

Durch die offene Tür sah die Assistentin des K1 prüfend zu ihr hinein. Anfangs hatte sie in ihr eine Konkurrentin im Kampf um den begehrenswertesten Junggesellen der Kriminalinspektion gewittert, aber seit Sabine von einem anderen jungen Mann schwärmte, hatten sich ihre Befürchtungen schnell zerstreut. Hoffentlich würde sich daraus eine feste Beziehung entwickeln, sie würde es der alleinerziehenden Mutter wünschen.

Sie sollte Richard anrufen, denn schließlich war sie seine Chefin und hatte ein Recht zu erfahren, was in Teneriffa vorgefallen war. Sie gab sich einen Ruck und griff zum Telefonhörer, als es zu läuten begann. Wahrscheinlich der Chef der Kriminalinspektion, der über den Fortgang der Ermittlungen eines schweren Raubüberfalls informiert werden wollte. Er würde sie auf dem falschen Fuß erwischen, denn vom Anstarren der E-Mails erledigte sich keine Arbeit.

»Levin«, kam es vom anderen Ende der Leitung, und ihr Herz machte einen Sprung.

Bevor sie sich meldete, atmete sie leise durch und sammelte sich. Nur nicht anmerken lassen, wie sehr sie sich freute, seine Stimme zu hören. Zum Glück konnte er die Gänsehaut auf ihren Armen nicht sehen. »Na, wie ist der Urlaub?«, fragte sie einigermaßen beherrscht.

»Geht so. Hat die CNP bei euch angerufen?«

»Ist das die spanische Nationalpolizei? Die hat angerufen, ein Inspector Morell. Was ist los?«

»Einiges.« Er machte eine Pause, als suchte er nach den passenden Worten. »Ein deutsches Urlauberkind ist verschwunden.«

Das musste ein Albtraum für die Eltern sein. »Du meine Güte. Hat es sich vielleicht verlaufen?«

»Ich denke, das kann ausgeschlossen werden. Die Eltern … Nun, ich kenne die Mutter aus meiner Dienstzeit in Nürnberg. Frau Doktor Wachter ist Richterin am dortigen Landgericht.«

»Könnte auch ein Racheakt sein«, sagte sie. »Hat sie einen Verdacht?«

»Im Moment ist sie völlig am Boden zerstört und hat mich in ihrer Verzweiflung beschuldigt, weil ich das Kind zuletzt gesehen habe.«

»Daher die Anfrage der CNP?«

»Genau.« Er zögerte erneut. Irgendwas lag ihm noch auf der Seele. »Sie wünscht jetzt plötzlich, dass ich mich an den Ermittlungen beteilige.«

»Oh.« Maxis Gedanken begannen zu rasen. Ging das überhaupt? Sie hatte keine Ahnung, wie die rechtlichen

Voraussetzungen dafür waren und was dabei alles zu berücksichtigen war. Vermutlich müsste das LKA eingeschaltet werden oder gar das BKA? Und was war mit Brüssel?

»Inoffiziell natürlich«, sagte er. »Bis der Amtsschimmel durch alle Instanzen getrabt ist, bin ich pensioniert.«

»Dann darf ich also nichts davon wissen.«

»Richtig. Wie heißt es im Film immer so schön: Ich habe nie angerufen, wenn dich jemand fragt.«

»Ich mache mich mal schlau, wie die Rechtslage ist.«

»Lieber nicht. Wir wollen doch keine schlafenden Hunde wecken.«

»Stell keinen Blödsinn an, Richard. Halte dich da raus.«

»Keine Sorge. Ich helfe ihnen nur im Umgang mit der örtlichen Polizei – als Berater sozusagen.«

Eindeutig, dass er abwiegelte. »Aber mehr nicht.« In der kurzen Zeit ihrer Zusammenarbeit kannte sie seine Neigung, alles, was kein direkter Befehl war, nach eigenem Ermessen auszulegen. »Richard?«

»Ja?«

Ihr Herz schlug heftig. »Halte mich bitte auf dem Laufenden«, sagte sie schnell.

»Na klar. Adios!« Klick, und weg war er.

Sie starrte den Hörer eine Weile an und legte dann auf. Er hatte etwas zurückgehalten, weil sie seine Einmischung nicht befürwortet hatte. Aber was hätte sie als seine Vorgesetzte anderes tun sollen? Es wäre besser gewesen, er hätte sie überhaupt nicht informiert, denn jetzt müsste sie tatsächlich eine Anfrage starten, schon allein deshalb, um das nächste Mal besser vorbereitet zu sein.

Wenn er seine Informationen nicht von ihr bekäme, würde er sie sich woanders holen. Peter. Sie stand auf und ging in das angrenzende Zimmer, in dem Peter Weingarth, Jan Schultheiß und normalerweise Richard arbeiteten. Peter lachte gerade.

»Logisch, mach ma'.«

Jetzt hatte sie den Salat. Als sie eintrat, stutzte Peter, sagte »Servus« ins Telefon und versuchte, ein unschuldiges Gesicht aufzusetzen, das aber mehr nach schlechtem Gewissen aussah.

»Was sollt ihr für Richard erledigen?«, fragte sie, an den Türrahmen gelehnt.

Peters Gesichtsfarbe wechselte von Weiß zu Rot. »Wir? Nix. Oder, besser g'sagt, nix B'sonders. Nur 'ne Auskunft.«

»Zufällig über die Familie Wachter?«

»Ist doch ein Klacks, Chefin«, sagte Jan. »Das erledigen wir mit links.«

Eigentlich war es wirklich kaum der Rede wert, es ärgerte sie nur, dass Richard sie hintergangen hatte. Zwischen ihnen hatte sich nichts geändert, sie standen wie Mitarbeiter und Vorgesetzter zueinander, und zwar wie welche, die Schwierigkeiten miteinander hatten. Wie man damit umgehen sollte, hatte sie in Seminaren gelernt. Ließ man zu viel durchgehen, tanzten einem schwierige Mitarbeiter auf der Nase herum. Wenn da nur nicht die Gefühle für ihn wären. Wie sollte sie sich ihm gegenüber zukünftig verhalten? Besser distanziert. Dass er ihr vor zwei Wochen das Leben gerettet hatte, sollte dabei keine Rolle spielen. Auf der anderen Seite, was wäre gewonnen, wenn sie Peter und Jan die Recherche untersagen würde?

Das würden die Kollegen nicht verstehen, und sie wäre die Buhfrau. Und schaden wollte sie Richard auf keinen Fall. Sie sollte den Dingen einfach ihren Lauf lassen.

»Schon passiert«, sagte Jan in ihre Überlegung hinein.

»Marcel Wachter fährt gerne ein bisschen flott und hat einige Punkte angehäuft, und Linda Wachters Weste ist weiß wie Peters Unterhose.«

»Wenn du wüsstest …«, erwiderte der lachend.

15 RICHARD

Er hatte nichts anderes erwartet, weder vom Ergebnis des Datenabrufs der beiden Wachters noch von Maxi. Im Prinzip hätte er sich den Anruf sparen können, denn sie war für alles verantwortlich, was die Beamten ihrer Abteilung verbrachen; eine ziemliche Bürde für eine junge Frau ohne große Erfahrung. Jüngere Sachgebietsleiter kamen höchstens bei den Langfingern oder Betrügern vor, wie die Kollegen der jeweiligen Kommissariate scherzhaft genannt wurden. Von ihrem Vorgänger hätte er ebenfalls keine Unterstützung erwarten können, aber ihr Chef, der Leiter der KPI Coburg, würde sein Tun mit einem Augenzwinkern und den erhobenen Händen der Unschuld akzeptieren. Auf dessen Rückendeckung würde es ankommen, und Richard wusste sehr genau, wem er die Beförderung zum Hauptkommissar in erster Linie zu verdanken hatte.

Zwar nahm er Maxi nichts übel, war aber doch irgendwie enttäuscht. Ob das daran lag, dass er sie dienstlich angerufen hatte? Sollte er es privat versuchen? Oder wäre das zu gewagt? Wenigstens wüsste er danach Bescheid, wie sie zu ihm stand.

Er stand im Raum wie bestellt und nicht abgeholt. Was sollte er jetzt anfangen? Ein Buch lesen. Er hatte keins mitgenommen. Eine Spritztour entlang der Küste Richtung Norden könnte helfen. Etwas zu unternehmen erschien besser, als verloren im Zimmer zu stehen. Nebenbei konnte er mehr über die Insel erfahren.

Bewusst nahm er die Landstraße, die sich an der eng bebauten Küste entlangschlängelte. Wunderschöne Ausblicke auf die Buchten mit ihren Sandstränden und Hotels eröffneten sich hinter jeder Kurve. Nach einer Weile zog sich die Straße mehr ins Landesinnere zurück, führte durch Ortschaften mit Kreisverkehren und Bremsschwellen sowie an etlichen mit Hohlblocksteinen ummauerten Bananenplantagen vorbei. Auf der einen Seite war in der Ferne immer noch der Atlantik zu sehen, während auf der anderen der mächtige Vulkan Teide in den Himmel ragte, stets bereit, den Menschen zu zeigen, wie machtlos sie gegen Naturgewalten waren.

Hinter Puerto de Santiago endete seine Küstenfahrt. In unzähligen Serpentinen wand sich die Straße dem Küstenort Los Gigantes zu. Das ehemalige Fischerdorf hatte sich völlig dem Tourismus ergeben. Kleine, der Steilküste abgetrotzte Strände, enge Gassen, viele Hotels und Menschen. Die Straße fand ein abruptes Ende an einem Yachthafen und an den Klippen, die sich an dieser Stelle auf 500 Meter erhoben.

In einem Restaurant mit Meerblick bestellte er sich eine Fisch-Kasserolle sowie ein Glas Rotwein aus dem benachbarten Orotava Tal, bei dem er Lavagestein herauszuschmecken vermeinte. Der Fisch war rot und mit Paprika, Knoblauch, etwas Pfeffer und vermutlich Kurkuma gewürzt, dazu wurden kleine Kartoffeln serviert sowie Escaldón de Gofio – eine Beilage, die man den Ureinwohnern der Kanaren, den Guanchen, zuschrieb, wie das Internet wusste. Sie bestand aus dem gerösteten Mehl verschiedener Getreidesorten und Zwiebeln, wie er unter Zuhilfenahme seines Handys herausgefunden hatte. Es schmeckte pikant, und der Ausblick war traumhaft schön. Gut gestärkt fuhr er die Serpentinen wieder hinauf und auf der TF1 Richtung Hotel zurück. Auf halber Strecke erreichte ihn ein Anruf von Morell, der ihn bat, in die Comisaría zu kommen.

Señora Idaira Álvarez Henkel – wie auf einem Schild auf ihrem Schreibtisch zu lesen stand – war er vor Kurzem schon einmal begegnet, als sie ihm mit seinem Pass geholfen hatte. Mit Perlenkette und passenden Ohrringen, halblangen dunkelblonden Haaren, die vermutlich mit Haarspray fixiert waren, sowie einem dezenten Kleid war sie perfekt gestylt. Offenbar bevorzugten Spanier im Amt eher einen formellen als einen legeren Kleidungsstil. Sie begrüßte ihn mit einem Lächeln. »Guten Tag, Señor Levin«, sagte sie auf Deutsch mit spanischem Akzent.

Er erwiderte den Gruß. »Inspector Morell wünscht mich zu sprechen«, fügte er hinzu.

»Der Inspector ist gerade bei seinem Vorgesetzten, dem Comisario Díaz. Er wird bald zurück sein.«

»Darf ich fragen, was es mit Ihrem Nachnamen auf sich hat? ›Henkel‹ hört sich Deutsch an.«

»Oh ja, natürlich. Meine Mutter ist Deutsche. Kennen Sie sich mit den Gebräuchen bei der spanischen Namensgebung aus? Spanische Frauen geben ihren Geburtsnamen bei einer Heirat nicht auf, jeder der Ehepartner behält seinen Nachnamen. Der erste Nachname ist stets der erste Nachname des Vaters, der nachfolgende der erste Nachname der Mutter. Diese Verfahrensweise stammt aus dem 16. Jahrhundert. Seit einigen Jahren kann jedoch bei der Geburt eines Kindes die Reihenfolge umgedreht und der Nachname der Mutter an erster Stelle geführt werden. Alle Einwanderer müssen inzwischen bei der Einbürgerung ihren Namen anpassen, also den Namen des Vaters oder den der Mutter hinzufügen.« Sie strahlte und holte Luft, um mit ihrem Redeschwall fortzufahren.

»Danke«, sagte Richard schnell, bevor sie weitersprechen konnte. »Morell i Puig?«

Sie zuckte demonstrativ mit den Schultern. »Die Katalanen. Müssen immer alles anders machen.«

»Ach«, sagte er, weil ihm nichts Besseres einfiel.

Sie sah ihn aus braunen Augen an, in denen ein Feuer loderte, das von ihrem Temperament zeugte, spitzte offensichtlich indigniert die Lippen und deutete auf die Tür. »Inspector Morell ist jetzt für Sie zu sprechen.«

»Vielen Dank, Idaira. Sie sehen heute wieder blendend aus.« Morell winkte Richard zu sich und grinste. »Lektion 1 in spanischer Kultur: Unterbrich niemals eine Señora, und Lektion 2: Sei immer interessiert.«

»Das habe ich gerade gelernt.«

»Lektion 3: Machen Sie ihr Komplimente. Piropo, wie wir hier sagen, ist wichtig, vor allem hier auf Teneriffa.«

»Ich werde es mir merken.«

»Haben Sie Zeit? Ich fahre zur Happy-Hour-Bar.«

Vermutlich nicht zu einem Drink, aber da er nichts Besseres vorhatte, sagte er zu.

Er folgte Morell zu einem Kleinwagen, auf dem das Emblem der CNP prangte. Von verdeckten Ermittlungen schien die spanische Polizei nicht viel zu halten. Morell bemerkte seinen Blick. »Ihr Deutschen habt schickere Autos?«

»Das kommt auf den jeweiligen Einsatz an.« Langsam faltete Richard seine 1,84 Meter in die Sardinenbüchse. »Aber unsere sehen neutral aus, wie jedes andere Auto auch, damit keiner merkt, mit wem er es zu tun hat, und sich nicht sofort aus dem Staub macht.«

»Wir wollen, dass sie es wissen. Wir setzen auf Transparenz und höfliche Zurückhaltung. Eine Folge von Francos Geheimpolizei, die damals viel Unheil angerichtet hat. Vertrauensbildung wird bei uns großgeschrieben.«

»Wie seid ihr bei der Bevölkerung angesehen?«

»Die Älteren begegnen uns noch mit Furcht und Misstrauen.« Morell fuhr los. »Der Guardia Civil hängen die Ungerechtigkeiten des früheren Regimes bis heute nach.«

Inzwischen waren sie bei der Happy-Hour-Bar angelangt. Sie hätten auch hinlaufen können, das wäre dann aber wohl nicht transparent genug gewesen. Pfui, er benahm sich wie der typische Besserwisser. Andere Länder, andere Sitten.

Morell stellte den Wagen auf einem offiziellen Parkplatz ab und öffnete die Fahrertür. »Mal sehen, ob wir Raúl antreffen. Keine leichte Aufgabe, denn die Gegend ist nicht sauber, wie Sie das nannten. Korruption und Banden sind hier unsere ständigen Gegner. Überlassen Sie das Reden mir.«

Die zwei Russen rahmten den Eingang der Bar wie zwei Statuen ein. Fast erwartete Richard, dass sie Maschinenpistolen in den Händen hielten. Vermutlich hatten sie sogar welche im Innern des Gebäudes. Der, der ihn das letzte Mal angesprochen hatte, grinste und rieb sich die Knöchel seiner Faust. Ohne Hilfsmittel oder entsprechende Tricks würde ihnen nur schwer beizukommen sein. Hoffentlich war Morell für eine Konfrontation gut gewappnet. Oder verließ er sich auf ein Sondereinsatzkommando, wie in Deutschland üblich? Auf die Policía Local garantiert nicht, denn die entsprach eher der Verkehrspolizei. Die deutsche Schutzpolizei erschien ihm da im Vergleich wesentlich besser aufgestellt zu sein.

Er hatte es wieder getan, die beiden Systeme verglichen.

Morell ignorierte die russischen Kleiderschränke und marschierte, nachdem er einen roten Vorhang vor dem Eingang beiseitegeschoben hatte, erhobenen Hauptes in die Bar: diffuses Licht, verhängte Fenster, üppige Innenausstattung mit Separees. Zwei dürftig bekleidete Damen auf Barhockern flirteten mit zwei Männern. Vor den Männern standen mit Eiswürfeln gefüllte Whiskygläser, vor den Damen Sektgläser. Sofort erfasste Richard, dass im hinteren Teil der Bar eine Tür mit dem Leuchtzeichen »Salida« – »Ausgang« – gekennzeichnet war und sich rechts daneben, etwas versteckt, eine weitere befand.

Von Raúl keine Spur, aber Morell schien sich sicher zu sein. Er steuerte auf den Tresen zu, sagte etwas in Maschinengewehr-Spanisch zu dem Barkeeper, der aber nur mit den Schultern zuckte. Morells Hand schoss vor, packte den Mann am Kragen und zog ihn zu sich her. Donnerwetter, wenn das die höfliche Zurückhaltung war, wie mochte dann erst die unhöfliche Version aussehen?

Der Festgehaltene deutete auf die versteckte Tür. »Ich würde da nicht reingehen.«

»Wen glaubst du, vor dir zu haben? Einen deiner Kunden?«

Der Barmann zuckte erneut mit den Schultern. *»¡Buena suerte!«*

Viel Glück? Richard fühlte sich ohne seine Kanone nackt. Zwischen ihm und der Gefahr stand nur dieser Spanier, der eine seltsame Auffassung von höflicher Zurückhaltung hatte. Hoffentlich würde er nicht gezwungen sein, die zum Teil tödlichen Tricks seiner Einzelkämpferausbildung anzuwenden.

Morell öffnete die Tür und hielt sie ihm auf. Jetzt gab es kein Zurück mehr. Im Augenwinkel nahm er eine Bewegung wahr: die Russen.

In dem kleinen Büroraum saß hinter einem Schreibtisch ein fetter Mann mit Halbglatze in Seidenweste und Zigarre im Mundwinkel – und vor ihm Raúl. Zwischen beiden lag eine Rolle Eintrittskarten auf der Tischplatte.

»Was soll das?«, fragte der Dicke.

»Inspector Morell von der CNP, Señor Maniolo.«

»Sind Sie wegen mir hier?«

»Nein, wegen Raúl.«

»Da. Er steht Ihnen zur Verfügung.«

»Wir nehmen ihn mit.«

»Kommt er wieder frei?«

»Mal sehen.«

»Dann will ich den richterlichen Beschluss sehen.«

Richard spürte, wie sich die Situation zuspitzte. Morell legte seine Hand auf die Waffe und ließ sie darauf ruhen. Als die Türsteher näher rückten, wich Richard zur Seite aus.

»Wollen Sie die Udyco hier einrücken sehen?«, fragte Morell gelassen. »Oder was glauben Sie, was passieren wird, wenn Sie uns Schwierigkeiten machen?«

Der Mann musterte Morell schmaläugig. »Okay, Sie können mit ihm reden – aber hier.«

»In der Comisaría.«

Maniolo nickte bedächtig. »Und was hat *der* hier zu suchen?«, fragte er auf Englisch.

»Ich bin nur Zaungast – Zeuge sozusagen«, antwortete Richard.

»Es sind schon Touristen von den Klippen gefallen.«

Das war eine offene Drohung. »Ebenso wie Einheimische. Besonders wenn sie zu fett sind, verlieren sie leicht das Gleichgewicht. Wenn Sie es auf ein Kräftemessen anlegen, werden Sie den Kürzeren ziehen.«

Morell warf ihm einen warnenden Blick zu. Was ihn dazu veranlasste, war schlecht zu sagen. Richard trat einen Schritt zurück und rempelte dabei einen der Russen an. Dessen Hand schoss vor, um ihn zu packen, aber Richard wich blitzschnell zur Seite aus. Okay, wenn der Russe unbedingt ins Krankenhaus wollte, konnte er das haben.

Mit einem Schlag seiner flachen Hand auf die Schreibtischplatte unterband der Dicke einen erneuten Angriff seines Wachhundes. »Stopp, Dimitrij! Lass ihn in Ruhe. Raúl, du gehst mit ihnen.«

Damit war die Sache geklärt. Richard und Fernand nahmen Raúl in die Mitte und führten ihn zum Wagen.

16 FERNAND

Levins Verhalten in Maniolos Büro hatte Fernand stark beeindruckt. Der Mann hatte Mumm bewiesen. Da er unbewaffnet gewesen war, hatte er sich auf seinen Beistand sowie die eigenen Fähigkeiten verlassen müssen. Die verbalen Attacken des Barmanagers waren nichts weiter als Säbelrasseln gewesen. Hätte man sie in der Bar angegriffen, wäre die Udyco über Maniolo hergefallen, und die stand in dem Ruf, nicht gerade zimperlich zu sein.

Die Happy-Hour-Bar war ihnen schon lange ein Dorn im Auge. Deren Besitzer, Diego González, trat nie direkt in Erscheinung. Bei all seinen Aktionen setzte er Strohmänner wie Maniolo ein. Ihm beizukommen oder etwas nachzuweisen war deshalb nahezu ein Ding der Unmöglichkeit. González gehörte zum alten Landadel, dessen Reichtum sich zu Francos Zeiten vervielfacht hatte. Vor allem, als deutsche Bauunternehmer auf der Insel eingefallen waren, um ein Baumonster neben das andere entlang der Küste zu setzen, ohne Rücksicht auf Verluste, aber im Hinblick auf Millionengewinne. Guillermo Maniolo Vega war ein Festlandspanier, der sich höchst ungern in die Karten schauen ließ. Raúl hingegen war Einheimischer und bei der Polizei kein unbeschriebenes Blatt, bislang war er aber nur wegen kleinerer Betrügereien in Erscheinung getreten.

Sie nahmen Raúl mit zur Comisaría und brachten ihn ins Vernehmungszimmer. Dort musste Raúl sich ihm gegenüber setzen, an die kurze Seite des Tischs, von wo aus er ihn frech angrinste. Fernand bedeutete Levin, an der langen Seite Platz zu nehmen, vis-à-vis von Idaira, die Protokoll führte.

»Was gibt's?«, fragte Raúl auf Spanisch.

Da sie sich in der Landessprache unterhalten würden, müsste Fernand Levin notfalls das Gesagte übersetzen. »Nur ein paar Fragen.«

»Ich glaube kaum, dass ich euch eine große Hilfe sein kann.«

»Wir werden sehen. Wo warst du am Samstagabend?«

Raúl warf einen Blick auf Levin. »Da, wo der war.«

»Von wann bis wann?«

Raúl biss sich auf die Unterlippe. »Kann ich nicht sagen.«

»Was ist? Leidest du an Gedächtnisschwund?«

»An die genaue Uhrzeit kann ich mich nicht erinnern. Ich bin abends an den Strand, um noch einiges zu verkaufen.« Er zuckte mit den Schultern. »Dann hab ich ein Nickerchen gemacht und wurde dabei von dem deutschen Señor geweckt. Danach bin ich heim.«

Fernand wandte sich auf Englisch an Levin. »Haben Sie ihn verstanden?«

»So einigermaßen.«

»Stimmen seine Angaben?«

»Nein. Als ich ihn zwischen den Büschen entdeckte, hat er nicht geschlafen, sondern sich versteckt.«

Fernand übersetzte Levins Aussage für Raúl, doch der zuckte nur erneut die Achseln. »Hat dich jemand gesehen?«, fragte Fernand.

»Einige Leute am Strand und der Securitymann vom Resort. Er hat mich verjagt, als die Sonne gerade unterging. Genau so war's, Señor Inspector.«

»Und was hast du nach Sonnenuntergang gemacht?«

»Hmm.« Sein Blick wanderte in die Ferne. »Eigentlich nix. Bin ein bisschen hier, ein bisschen da rumgelatscht.«

»Im Resort auch?«

Raúl machte eine ausladende Geste. »Nein, in der Stadt. Halt da, wo man viel verkaufen kann.«

»Was weißt du von dem vermissten Jungen?«

»Welchem Jungen?«

»Dem deutschen.«

Raúl schüttelte den Kopf und lehnte sich grinsend zurück. »Nada.«

Levin beugte sich vor und visierte Raúl scharf. »¡No digas tonterías!« Er sollte keinen Unsinn reden, hatte er ihn angefahren. »Du weißt, dass wir einen Jungen vermissen, hast selbst gesagt, dass du nach ihm suchst.«

Levins Spanisch war einfach, aber verständlich genug. Auch schien er sich auf sein Handwerk während einer Vernehmung zu verstehen. Darum ließ Fernand ihn weiterreden.

»Wenn Sie das sagen, wird es wohl stimmen«, erwiderte Raúl.«

»Na also. Warum nicht gleich so?«

Raúl wandte sich Levin zu und kniff die Augen zusammen. »Sind Sie Polizist?«

»Ja. Allerdings deutscher, kein spanischer.«

»Ah, verstehe«, sagte Raúl. »Dürfen deutsche Polizisten lügen?«

Nun lehnte sich Levin zurück und ahmte Raúls Schulterzucken nach.

»Also wusstest du, dass ein Junge vermisst wird«, nahm Fernand den Gesprächsfaden wieder auf.

»Kann sein.«

»Hast du etwas Ungewöhnliches beobachtet?«

»Nein, was denn?«

»Zum Beispiel wie jemand ein Kind wegschleppt?«

»Ganz sicher nicht.«

»Woher hast du vom Verschwinden des Jungen erfahren?«, fragte Levin dazwischen.

»Von nirgendwoher.«

»Gerade hast du das Gegenteil behauptet.«

»Kanntest du Oumar Tuore?«, fragte Fernand.

»Wer soll das sein?«

»Ein Senegalese und Straßenhändler wie du.«

»Nein.«

»Welches Kind hast du dann gesucht?«, fragte Levin, der sich seinem maschinengewehrartigen Fragestil angepasst hatte. Raúls Kopf flog zwischen ihm und Levin hin und her.

»Den blonden deutschen Jungen.«

»Ich dachte, du wusstest nicht, dass er vermisst wird?«

»Ich ... Ich ...«

Jetzt nur nicht nachlassen. »Wieso ist dir Oumar Tuore nicht bekannt? Du kennst doch sonst jeden.«

»Wir ... Wir ... Flüchtig, nur vom Sehen.«

Levins Kopf näherte sich Raúl, der zurückwich. »Wer ist der Deutsche, mit dem du am Samstag gestritten hast?«

»Das war ... Ich habe keine Ahnung.«

»Lüge. Der Mann hat die Happy-Hour-Bar nach dir betreten. Also?«

Raúl wischte sich über den Mund.

Fernand räusperte sich. »Hast du den Senegalesen am Samstag gesehen?«

Raúl blickte sie jetzt offensichtlich verzweifelt an. »Was wollt ihr von mir?«

»La verdad«, sagte Levin.

Die Wahrheit hätte Fernand auch gern gewusst. Raúl war eine harte Nuss, die sie aber knacken würden.

»Gib's zu, du hast zusammen mit dem Deutschen den Jungen entführt. Oumar Toure hat euch dabei beobachtet, und deshalb musste er sterben.«

Raúls Mund klappte auf und zu. »Ich … Ich sag jetzt gar nix mehr.«

»Bueno, dann lasse ich dich dem Richter vorführen«, fügte Fernand hinzu. »Du bist hier nicht als Zeuge, sondern als Tatverdächtiger.«

Raúl atmete tief durch und gab seine Abwehrhaltung auf. Seine Sprache wurde schneller, die Tonlage höher. »Ich habe nichts getan und nichts gesehen – weder das Kind noch den Oumar. Señor Heim kann das bestätigen.«

»Wer ist das?«

Raúl sank in sich zusammen und legte die Hände auf den Tisch. »Der Mann, mit dem mich der da gesehen hat. Stefan Heim. Wir haben uns getroffen, weil er mit mir Geschäfte machen möchte. Danach wollte ich nach Hause. Als dann der Deutsche hier mit noch einem Mann kam, habe ich mich versteckt, weil ich im Resort Hausverbot habe.«

»Wo wohnt dieser Heim?«

Raúl schüttelte den Kopf. »Keine Ahnung, ehrlich. Aber ich habe seine Telefonnummer. Wenn ich darf?« Seine Hand glitt in die Hosentasche.

Sie hatten Raúl vorher auf Waffen abgetastet, dennoch spannte Fernand sich an, und auch Levin richtete sich auf. Er schien Fernands Blick bemerkt zu haben, denn er zwinkerte ihm zu.

»Nur zu«, sagte Fernand zu Raúl. »Aber keine Tricks.«

»Nein, nein.« Er zog ein Smartphone der neuesten Bauart hervor, legte es auf den Tisch, öffnete eine App und las eine Telefonnummer vor. »Señor Heim kann alles bestätigen«, sagte er.

»Ganz bestimmt wird er das.«

»Kann ich gehen?«

»Vorhin konntest du es noch. Okay, von mir aus.«

Nachdem Raúl aus dem Zimmer war, geleitete Fernand Levin in einen kleinen Pausenraum und lud ihn auf einen Kaffee ein. »Welchen mögen Sie?«

»Einen Solo, bitte.«

Fernand bereitete sich selbst einen Cortado. »Sie haben sich gut angestellt«, sagte er auf Englisch. »Das Kreuzverhör war perfekt und Ihr Spanisch ganz passabel.«

»Danke.«

»Was ist Ihre Meinung zu Raúl?«

»Ein Gauner, der mit allen Wassern gewaschen ist und mehr weiß, als er zugibt.«

»Denken Sie auch, dass er etwas mit der Sache zu tun hat?«

Levin nahm einen Schluck aus der Tasse. »Hm, der ist gut. Kilian könnte das Appartement auch verlassen haben, um seine Eltern zu suchen. Dabei wird er Zeuge des Mordes und wird deshalb beseitigt.«

»Oder entführt, um Lösegeld zu erpressen.«

»Dann lassen sich die Entführer aber ziemlich viel Zeit mit ihrer Forderung. Ich bin allerdings kein Experte für solche Fälle. In Deutschland spezialisiert man sich auf sein jeweiliges Sachgebiet.«

»Und welches ist Ihres?«

»Tötungsdelikte.«

Der Deutsche bedankte sich nochmals für den Kaffee und verabschiedete sich dann. Fernands Angebot, ihn zu fahren, lehnte er dankend ab.

Levin wird sich bestimmt an Raúls Fersen heften wollen, dachte Fernand. Aber wer konnte schon sagen, wie die deutschen Kollegen tickten.

17 MARCEL

Endlich hatte er Linda davon überzeugen können, sich nach einer Dusche etwas Schlaf zu gönnen. Nun fand er selbst den Weg unter das erfrischende Nass. Das Shampoo roch stark nach Zitrone, was den schweißigen Geruch in der Suite wenigstens für den Moment übertönte. Er schlang sich das Handtuch um den Bauch, riss die Terrassentür auf und erschrak. Draußen standen zahlreiche Leute, vor ihren Gesichtern Smartphones.

Das durfte doch nicht wahr sein. Schnell schlug er die Tür zu und zog sich ins Innere zurück.

Sein Handy auf dem Nachttischchen quiekte. Er hatte Kilian zuliebe ein Schweinequieken als SMS und ein »Oink, oink« als Klingelton eingestellt. Damals hatten sie das lustig gefunden, jetzt tat es nur weh.

Das Display zeigte den Eingang einiger neuer Nachrichten. Wichtige, von Inspector Morell oder Levin, waren jedoch nicht darunter. Argwöhnisch öffnete er eine Mail von Sylvie. Sie wollte wissen, ob er Facebook schon gecheckt habe. Auf Instagram stehe es auch.

Er starrte auf die Nachricht. Automatisch strich sein Daumen über die FB-App. In seinem Newsfeed wurde als Erstes die Schlagzeile eines deutschen Medienkonzerns angezeigt, die Kilians Verschwinden betraf. Als er die Kommentare darunter zu lesen begann, stieg Hitze in ihm auf. Es gab viele positive, mitfühlende Stimmen, allerdings auch andere. »Rabeneltern«; »Das passiert, wenn man seine Kinder vernachlässigt«; »Die Eltern gehören eingesperrt«, stand da unter anderem zu lesen.

Der nächste Beitrag verwies auf Instagram. Dort sah er sich mit Linda abgebildet. »Marcel, seid ihr das?«, fragte der Freund, der ihn dort verlinkt hatte.

Marcel ließ das Handy sinken. Jetzt ging das Kesseltreiben also los. Aber was konnte er dagegen tun?

Einen Rechtsanwalt einschalten, wie Levin geraten hatte? Doch woher einen deutschsprachigen nehmen? Und welches Fachgebiet käme infrage? Rechtsanwälte spezialisierten sich. Sollte es einer sein, der sich im Medienrecht auskannte? Frustriert wischte er sich über das Gesicht und warf einen Blick ins Schlafzimmer, wo Linda zusammengekauert und ohne Decke auf dem Bett lag. Selbst im Schlaf sah man ihrem Gesicht den Stress der vergangenen Stunden an. Er zog die Bettdecke über ihren Körper.

Das Hoteltelefon auf seinem Nachttisch klingelte. Die Rezeption teilte ihm mit, dass ihn ein Herr Dr. Landsknecht zu sprechen wünschte. Wer das wohl sein mochte?

»Jens Landsknecht«, sagte eine angenehme Stimme am anderen Ende der Leitung, nachdem Marcel zugestimmt hatte. »Ich wollte Ihnen meine Dienste anbieten.«

»Sind Sie Journalist oder Detektiv? Derartige Angebote kriegen wir zuhauf.«

»Ich bin Rechtsanwalt aus Nürnberg. Ihre Frau kennt mich.«

Da Linda nur selten über Berufliches sprach, sagte ihm der Name nichts. Doch dieser Anwalt käme ihnen wie gerufen. Marcel entschloss sich, trotzdem vorsichtig zu sein. »Ich komme an die Rezeption und hole Sie ab.«

Er rief Levin an, dessen Handynummer er sich aufgeschrieben hatte, und der sagte zu, ihn zu begleiten. Als er die Tür seiner Suite öffnete, stand Levin bereits davor. »Sie haben Glück, ich bin gerade erst zurückgekehrt.«

Glück definierte Marcel anders. Glück wäre gewesen, wenn Kilian an der Hand Levins auf ihn warten würde. Schweigend gingen sie nebeneinander zur Lobby. Die Dame hinter der Rezeption deutete auf einen Herrn, der in einem der großzügigen Ledersessel Platz genommen hatte. Er erhob sich: mittelgroß, graue Augen, kurz geschnittene braune Haare, Dreitagebart, hellgrauer Anzug, dazu eine lachsrote Krawatte, die in dieser Umgebung etwas fehl am Platze wirkte.

»Jens Landsknecht«, stellte er sich vor.

»Guten Tag«, erwiderte Marcel und schlug in die ausgestreckte Hand ein. »Darf ich vorstellen: Richard Levin.«

Landsknecht musterte Levin kurz und nickte. »Wir kennen uns, wenn ich mich recht entsinne. Kriminalkommissar im Kriminalfachdezernat 1, nicht wahr?«

»Das war einmal. Inzwischen bin ich Kriminalhauptkommissar in Coburg.« Levin schüttelte seine Hand, während er die andere unhöflich in der Hosentasche seiner Jeans beließ. Besonders erfreut über das Wiedersehen schien Levin nicht zu sein. Er musterte Landsknecht scharf, der nervös blinzelte.

»Wir hatten im Fall Klaus Müller miteinander zu tun«, sagte Levin.

»Schon ewig her.«

»Acht Jahre. Damals war ich ziemlich neu im Geschäft.«

»Und sind gleich desillusioniert worden, stimmt's?« Landsknecht lächelte gewinnend, aber Levin behielt seinen stoischen Gesichtsausdruck bei. »Ziemlich lehrreich, denn es war auch mein erster Fall.«

Jetzt steckten Levins beide Hände in den Hosentaschen.

»Wie sind Sie darauf gekommen, den Wachters helfen zu können?«

»Ich bin eben allzeit bereit – genau wie Sie.« Landsknecht lachte erneut. Anscheinend war er eine Frohnatur, oder mussten Rechtsanwälte von Berufs wegen Optimismus ausstrahlen? Bislang hatte Marcel nicht viel mit dieser Gattung zu tun gehabt, höchstens mit denen in der Firma. Er nahm sich vor, Linda zu fragen, was es mit dem von Levin erwähnten Fall Klaus Müller auf sich hatte.

»Ich mache hier Urlaub und unterstütze die Familie«, sagte Levin, dem offensichtlich der Humor abhandengekommen war.

»Sehen Sie«, antwortete Landsknecht nun ebenfalls ernst, »das Gleiche will ich auch. Ich habe aus der Zeitung davon erfahren und mir gedacht, dass ich als Rechtsbeistand nützlich sein könnte.«

»Wir sind in Spanien.«

»Richtig, aber es sind deutsche Bürger involviert, und für die spanische Seite werde ich einen Proxy suchen – falls Sie mich engagieren, Herr Wachter.«

Marcel stutzte. »Was meinen Sie mit Proxy?«

»Einen Stellvertreter, der mich vor den örtlichen Behörden vertritt. Übrigens werde ich pro bono arbeiten.«

»Pro bono – also kostenlos?«, sagte Levin mit deutlich ironischem Unterton. »Seit wann sind Rechtsanwälte so großzügig und uneigennützig?«

»Mich hat das Unglück der Familie sehr bewegt, Herr Kommissar. Und wenn ich einen guten Job mache, wird das durch die Medien positiv hervorgehoben. Sie arbeiten ja wohl auch umsonst.«

»Ich bin Beamter.«

»Wir sind in Spanien«, sagte Landsknecht.

Mittlerweile hatten sie Marcels Appartement erreicht. Die Tür stand offen, eine Hotelangestellte huschte leise mit einem Sack voll zusammengerollter Handtücher heraus und nickte freundlich. »Limpié el cuarto un poco. Zimmer gemacht. Eine bisschen.«

»Muchas gracias«, erwiderte Levin.

Marcel bat die beiden Herren, hineinzugehen. Von Linda war nichts zu sehen, aber in der Luft lag ein frischer Duft.

»Ein Whisky gefällig?« Marcel ging an die Anrichte, auf der eine halb leere Flasche und frische Gläser standen. Offenbar hatte das Zimmermädchen die andere Flasche entsorgt. Er schämte sich ein wenig, aber momentan war Alkohol das einzige Mittel, die tobende Panik in seinem Kopf zu betäuben, obwohl er gewiss kein Trinker war.

»Danke«, sagte Levin. »Ich hätte lieber einen Kaffee.«

»Gute Idee«, sagte Landsknecht. »Könnten wir für mich einen Café Leche y leche beim Zimmerservice bestellen? Das ist eine Spezialität hier.«

Marcel nickte. »Nur zu.«

Levin gab die Bestellung telefonisch durch, wobei Marcel den Eindruck gewann, dass sich dessen Spanisch verbessert hatte. Danach stellte der Kommissar sich lässig vor die Anrichte und blockierte so den Zugriff auf den Whisky. Die Hände hatte er inzwischen aus den Hosentaschen gezogen, dafür die Arme über der Brust gekreuzt.

»Was können wir tun?«, fragte Marcel in die Runde. »Ich bin zu müde, um noch einen klaren Gedanken zu fassen.«

»Gab es ein Erpresserschreiben?«, fragte Landsknecht.

»Bis jetzt nicht.«

»Haben Sie einen Verdacht, Herr Levin?«

»Nein. Ich arbeite anders. Zuerst werden alle Spuren

ausgewertet und alle Fakten zusammengetragen, und erst dann habe ich eine Vermutung.«

»Und die spanische Polizei? Wer ist bei denen zuständig? Leider kenne ich mich mit den spanischen Gepflogenheiten nicht so gut aus.«

»Die CNP, das ist die Nationalpolizei. In der Nacht gab es einen Toten und die CNP vermutet, dass ein Zusammenhang mit Kilians Verschwinden bestehen könnte.«

Landsknecht sog die Luft pfeifend durch die Zähne. »Auweh.«

»Das wusste ich nicht«, sagte Marcel. »Das könnte bedeuten, dass …« Der Rest des Satzes blieb ihm im Halse stecken. Er wollte an Levin vorbei nach der Flasche greifen.

»Könnte oder könnte nicht.« Levin wich keinen Millimeter zur Seite. »Jetzt nicht. Ich habe für Sie einen normalen Filterkaffee bestellt. Betrunken nützen Sie uns nichts.«

Das waren deutliche Worte.

»Ich hole Linda.« Marcel ging ins Schlafzimmer, drückte seiner Frau einen Kuss auf die Wange, wodurch sie erwachte. Zärtlich umschloss sie seinen Nacken. Ihr Schlaf musste tief genug gewesen sein, um sie vergessen zu lassen, dass sie auf alle und jeden böse war.

»Nebenan ist ein deutscher Rechtsanwalt, der uns vertreten möchte«, sagte er sanft.

»Mmh.« Sie rekelte sich und setzte sich auf. »Der wird sich eine Stange Geld verdienen wollen.«

»Er bietet seine Dienste umsonst an.«

»Oh, ein Wohltäter?« Sie glitt aus dem Bett und griff nach ihrem Morgenmantel. »Ich komme gleich.«

Von drüben drangen die Stimmen der beiden Männer herüber. Linda legte den Kopf ein wenig schief und schüttelte ihn dann. »Wie ist der Name des Anwalts?«

Marcel trat an das großzügige Fenster und blickte hinaus. Oleander blühte, Palmenwedel bewegten sich im Wind. Kein Kilian. »Jens Landsknecht. Er behauptet, du würdest ihn kennen.«

Es dauerte ein paar Sekunden, bis sie antwortete. »Ja, stimmt.«

»Levin kennt ihn auch.«

Sie schnaubte. »Natürlich. Schließlich hat Landsknecht Levins ersten Verdächtigen herausgehauen. Mir blieb keine Wahl, als den Kerl freizusprechen. Das hat Landsknechts Karriere sehr vorangebracht.«

»Das erklärt einiges.« Marcel drehte sich um und schritt auf sie zu. Linda war schneeweiß im Gesicht. »Wie geht's dir?«

»Ich sollte mich wieder hinlegen. Die Wirkung des Valiums ist noch nicht abgeklungen.«

Er geleitete sie zum Bett zurück. »Brauchst du etwas?«

»Ruhe. Sei so lieb und kümmere dich um die Herren.«

18 RICHARD

Dr. Jens Landsknecht war einer jener Typen, die Richard auf den Tod nicht ausstehen konnte: karrieregeil, ohne Rücksicht auf Verluste, verdrehte einem die Worte im Mund. Er stand in dem Ruf, einer der besten Strafverteidiger im Kreis Nürnberg-Fürth zu sein. Moralisches Gewissen gleich null. Es gab keinen Zwang für einen Rechtsanwalt, jemanden zu vertreten, von dessen Schuld er wusste.

Der Zufall hatte es gewollt, dass Landsknechts erster Gerichtsfall auch Richards erster gewesen war. Richard war als Zeuge der Anklage geladen worden. Natürlich wäre es Sache der Staatsanwaltschaft gewesen, den Angeklagten hinter Gitter zu bringen, aber Landsknecht hatte Richard derart auseinandergenommen, ihm Voreingenommenheit vorgeworfen und rechte Tendenzen unterstellt, dass das Verfahren mit einem Freispruch geendet hatte, obwohl die Beweislage eindeutig auf die Schuld des Angeklagten hingewiesen hatte. Der Leiter seines damaligen Fachdezernats hatte es als ein Lehrstück bezeichnet und der Staatsanwalt als Sauerei, weil die Richterin – Frau Dr. Linda Wachter – dem Antrag des Rechtsanwaltes stattgegeben hatte.

Landsknecht musterte ihn mit einem Grinsen, das Richard ihm am liebsten aus dem Gesicht geschlagen hätte. Machte sich der Kerl über ihn lustig?

Vermutlich sah Landsknecht ihm das an, denn er setzte eine ernste Miene auf. »Sie haben es damals persönlich genommen, den Fall verloren zu haben.«

»Klaus Müller war schuldig.«

»Stimmt, das war er. Überrascht, dass ich das zugebe? Sie sollten wissen, dass die Aufgabe eines Rechtsanwalts nicht darin besteht, einen Schuldigen zu überführen. Die Lücken in der Beweisführung hatten Sie sich selbst zuzuschreiben. Und die habe ich genutzt, weil das mein Job ist. Es ist ja nicht so, dass Sie dadurch Schaden erlitten hätten, außer was ihren Stolz angeht.«

»Ich nicht, aber Müllers späteres Opfer.«

Landsknecht zuckte zusammen, fasste sich sofort erneut. »Wir sollten die alten Geschichten ruhen lassen. Hier geht es um den Sohn der Familie Wachter. Es wäre gut, wenn wir alle am selben Strang zögen.«

Richard nickte als Zeichen des Waffenstillstandes. »Sie sagten, Sie hätten aus der Zeitung davon erfahren.«

»Richtig, die Geschichte steht in jedem Käseblatt. Würde mich nicht wundern, wenn heute die ersten Journalisten der Boulevardpresse auftauchten und Angebote über die Exklusivrechte machten. Warum fragen Sie?«

»Nur so. Sprechen Sie Spanisch?«

»Außer ›grazie‹ und ›prego‹ leider nichts.«

Merkwürdig. War der Kerl so dumm oder sollte das ein Scherz sein? »Das ist Italienisch.«

»Oh, erwischt«, lachte Landsknecht.

Hoffentlich tauchten die Wachters bald auf, damit er mit diesem Lackaffen nicht noch länger Small Talk betreiben musste. Doch an ihrer Stelle kam der Zimmerservice mit dem bestellten Kaffee und einigen Keksen.

Landsknecht zückte einen Fünfeuroschein und drückte ihn dem Zimmerkellner in die Hand. »Und wie schaut es mit Ihren Spanischkenntnissen aus, Herr Levin?«

»Es reicht, um ein Bier zu bestellen.«

»Gut. Zunächst brauchen wir einen spanischen Anwalt.« Landsknecht deutete auf sein Handy. »Ich habe schon einige Namen herausgesucht, bin mir aber unsicher, wie die Verständigung vonstattengehen soll.«

»Englisch sollte gehen.« Richard starrte auf die Schlafzimmertür, als könnte er sie dadurch zwingen, sich zu öffnen – und tatsächlich, sie schwang auf und Marcel trat zu ihnen.

»Meine Frau lässt sich entschuldigen«, sagte er. »Sie fühlt sich nicht wohl.«

»Kann ich gut verstehen«, sagte Landsknecht. »Ginge mir genauso.«

»Haben Sie Kinder?«

»Nein. Ich gerate immer an Frauen, die keine wollen.« Er lachte erneut. »Aber ich habe zwei jüngere Schwestern, falls das zählt. Wir verbringen viel Zeit miteinander.«

Marcel setzte sich auf die Couch und schlürfte seinen Kaffee. »Schon gut. Was ich jetzt überhaupt nicht brauchen kann, sind irgendwelche Medien. Vor unserer Suite standen sogar schon Hotelgäste, die uns fotografieren wollten. Bestimmt, um damit auf Facebook anzugeben.«

»Deswegen bin ich hier.«

Richard warf einen Blick nach draußen. Tatsächlich lungerten dort einige junge Männer in Badeshorts mit schussbereiten Handys herum. »Ich werde mit dem Hoteldirektor sprechen, ob sich da etwas machen lässt. Und auch mit der Polizei, aber von denen können wir kaum Unterstützung erwarten. Es ist nicht verboten, mit einem Handy in der Hand herumzustehen.«

»Aber ohne Einwilligung Fotos und Videos zu veröffentlichen. Sollten Sie wissen, Herr Levin.«

Arschloch, dachte Richard, verkniff sich jedoch einen Kommentar.

Marcel Wachter räusperte sich. »Meine Herren, könnten wir zur Sache kommen?«

»Gespräche zwischen Klienten und Anwalt sind stets vertraulich, Herr Levin«, sagte Landsknecht.

»Sollte ich wissen, nicht wahr?«

Landsknecht antwortete mit einem Grinsen. Marcel sah nur zwischen ihnen hin und her. Richard trank seinen Kaffee leer. »Na dann.«

Draußen empfing ihn drückende Hitze und ein scharfer Wind. Der Atlantik stürmte gegen die Küste an. Rote Fahnen am Strand verboten das Schwimmen im Meer. In der Hoffnung, Raúl oder einen seiner Verkäuferkollegen zu erwischen, schlenderte er Richtung Strand und dann die Promenade entlang.

Eine Gruppe Straßenverkäufer stand lautstark diskutierend beisammen. Als sich ihnen ein Streifenwagen der Policía Local näherte, stoben sie fluchtartig auseinander. Dessen ungeachtet fuhr das Polizeiauto weiter. Raúl war nicht unter ihnen gewesen, dafür dieser Stefan Heim, der allein zurückgeblieben war und jetzt seine Nase in ein Notizbüchlein steckte. Das rot gemusterte Hawaiihemd spannte über seinem Bauch, passte aber gut zu seiner roten Gesichtsfarbe. Dazu trug er khakifarbene Shorts und braune Slipper mit weißen Socken. Offenbar in der Absicht, die Straße in Richtung Stadtmitte zu überqueren, setzte Heim sich in Bewegung.

»Hallo, Herr Heim!«, rief Richard. »Warten Sie!«

Der blickte mit überraschtem Gesichtsausdruck zu ihm herüber und blieb stocksteif stehen. »Woher kennen Sie meinen Namen?«

»Von Raúl.«

Heim stellte einen Fuß auf die Straße, vermutlich, um

sich schneller aus dem Staub machen zu können. »Wer sind Sie?«, fragte er.

»Nur ein Tourist, der ein paar Fragen hat.«

»Dann gehen Sie am besten ins Tourismusbüro.«

»Da finde ich nicht, was ich suche.«

Heim musterte ihn aus schmalen Augen. »Was suchen Sie denn?«

Sollte er ihn nach illegalen Suchtstoffen fragen? Nein, das ging ihn nichts an. Morell würde seine Schlüsse bezüglich Heims Verbindung zu Raúl von allein ziehen. »Einen Jungen.«

»Ich habe keinen, oder sehen Sie einen?« Heim drehte sich um und ließ ihn stehen. Richard überlegte kurz, ob er ihm hinterhergehen sollte, ließ diesen Gedanken aber schnell fallen, denn er hatte auf der Insel keinerlei Befugnisse. Außerdem war Heim bereits von der Polizei befragt worden.

Was nun? Mit seinen Nachforschungen kam er nicht weiter. Sie drehten sich im Kreis, ohne etwas zum Vorschein zu bringen, wie eine Mühle ohne Mahlwerk. Die Selbstvorwürfe, nicht bei Kilian geblieben zu sein, ließen ihm keine Ruhe. Wieso hatte sich Peter eigentlich noch nicht gerührt?

Er rief die Polizeiinspektion Coburg an.

»Was gibt's, Herr Haupturlauber?«, meldete sich Peter.

»Das frage ich dich.«

»Fehlanzeige. Die beiden sind sauber. Haste was anderes erwartet?«

»Ehrlich gesagt, nein. Ich wollte nur euren Büroschlaf stören.«

Peter lachte gackernd. »Des haut net hin, dafür sorgt scho' uns're schöne Maxi.«

Ja, die schöne Maxi. Er musste schmunzeln. »Einer muss euch Sesselfurzer doch auf Trab halten.«

»Verräter.«

»Schau mal, was du über einen Stefan Heim herausfinden kannst. Mehr habe ich leider nicht. Er scheint jetzt in Adeje oder Costa Adeje zu wohnen.«

»Des sin' fei üppige Angaben. Du gönnst uns wirklich kei' bissle Ruh'.«

»Wer rastet, der rostet«, sagte Richard.

»Genau. Deshalb soll des der Jan machen.«

»Aber nichts Illegales.«

»Kennst ihn doch.«

»Eben deshalb.« Als ein anderer Anruf bei ihm einging, verabschiedete sich Richard knapp.

»Herr Levin?« Das war Marcel, mit einer Stimme, die bestimmt eine Oktave höher als gewöhnlich klang. »Kommen Sie schnell.«

Schweißgebadet und den Kopf voll Fragen trabte Richard zurück zum Resort und dort direkt zur Suite der Wachters. Wäre Kilian gefunden worden, hätte Wachter ihm das mitgeteilt, also musste etwas anderes vorgefallen sein.

Landsknecht öffnete ihm. »Kommen Sie rein«, sagte er leise. Marcel saß auf der einen Seite des Sofas, die Arme auf den Knien, ließ den Kopf hängen, während Linda am anderen Ende mit abgewandtem Körper kauerte.

Das sah nicht gut aus. Richard blieb stehen, da das Platzangebot beschränkt war.

»Hier. Das wurde uns unter der Tür durchgeschoben«, sagte Marcel und hielt ihm mit zitternden Händen einen Umschlag entgegen. »Sólo para los padres de Kilian«, stand in Großbuchstaben darauf geschrieben. Filzstift. Eine üble Vorahnung befiel ihn.

»Lesen Sie«, sagte Marcel.

In dem Umschlag steckte ein weißes, handschriftlich beschriebenes Blatt Papier. Richard wusste auf den ersten Blick, um was es sich handelte: ein Erpresserschreiben.

»Haben Sie es gelesen?«

»Nein. Ich wusste nicht, ob ich es anfassen darf. Herr Dr. Landsknecht meinte, wir sollten es Ihnen überlassen.«

Déjà-vu. Erst vor drei Wochen hatte Richard einen ähnlichen Erpresserbrief in Händen gehalten und dessen Empfänger hatte genauso reagiert. »Haben Sie Handschuhe oder wenigstens ein Papiertaschentuch?«

»Im Bad sind welche.«

Landsknecht erhob sich und kehrte kurz darauf mit einigen Taschentüchern wieder. Damit zog Richard den Brief heraus und las vor: »Wenn du wiederhaben willst Sohn, du zahlen 1 Million Euro«, stand da in krakeliger Handschrift geschrieben.

»Auf Deutsch?«, sagte Landsknecht. »Ich hätte eher Spanisch erwartet.«

»Ich auch«, erwiderte Richard und fuhr fort zu lesen: »Halb 100 Euro Scheine, halb 500 Euro Scheine in Rucksack. In 4 Tagen lege Rucksack um 20 Uhr unter kleine Brücke in Barranco del Infierno Schlucht. Dort Nachricht, wo Kind ist. Wenn Polizei – Kind tot!«

Richard drehte den Brief um, die Rückseite war blank. »Merkwürdiges Schreiben. Ist die Höllenschlucht überhaupt geöffnet?«

»Noch wichtiger wäre zu wissen, ob die Summe in einen Rucksack passt«, sagte Landsknecht.

»Ich denke schon. Die 500er-Scheine machen den Unterschied.« Richard zog sein Handy hervor und suchte im Internet nach Informationen. »Hier steht: 500.000 Euro in 100er-Scheinen wiegen satte 5,10 Kilo. Ein einziger Geldstapel mit 5.000 neuen Banknoten wäre 50 Zentimeter hoch. Derselbe Betrag in 500er-Noten wiegt nur 1,12 Kilo. Alles zusammen sind das etwas mehr als 6 Kilo und die haben ein Volumen von 7 Litern. Das sollte in einen Rucksack passen.«

Landsknecht schüttelte den Kopf. »Was wollen die mit den vielen 500-Euro-Scheinen? Die sind schlecht an den Mann zu bringen. Sie zur Bank zu tragen, dürfte schwierig werden, denn die werden Fragen stellen, wenn du ihnen einen Sack mit Geldscheinen auf den Tresen stellst.«

»Ab einer bestimmten Summe will jede Bank wissen, woher das Geld stammt.« Richard legte Brief und Umschlag auf den Tisch. »Eingraben oder verstecken macht auch keinen Sinn, denn man will schließlich mit der dicken Kohle protzen und sich nicht mit Kleingeld abgeben. Die 500er-Version wurde bestimmt wegen des Volumens und des Gewichts gewählt. Ausgeben kann man die kaum, ohne Verdacht zu erregen.«

»In kleinen Scheinen und nicht mit fortlaufender Nummer, heißt es in Filmen doch immer«, sagte Landsknecht.

»Es könnte eine Verbrecherorganisation dahinterstecken, und diese Leute wissen, wie man Geld wäscht«, erklärte Richard. »Was sich die Geldwäscher teuer bezahlen lassen.«

»Oder sie sind schlichtweg dumm.«

»Auch möglich. Ich bin zwar kein Experte für Erpressungen, weiß aber, dass die Aufklärungsquote recht hoch ist – eben wegen der Schwierigkeiten, das Bargeld unter die Leute zu bringen.«

Landsknecht beugte sich vor. »Aber sicher einer für Entführungen.«

»Das auch nicht.«

Marcel zog die Oberlippe hoch. »Mir war nicht bewusst, dass bei der Polizei nur Fachidioten hocken.«

Das traf Richards Berufsehre. »Und Sie? Haben Sie kein Spezialgebiet? Ich weiß nicht, was Sie studiert haben, aber ich rate Ihnen, Ihre Zunge im Zaum zu halten, sonst könnte es sein, dass Sie wirklich einen Rechtsbeistand benötigen. Vor allem, wenn Sie einem spanischen Kollegen auf die gleiche Art kommen.«

»Als Rechtsanwalt habe ich mich auch spezialisiert, daher kann ich Herrn Levin nur beipflichten«, sagte Landsknecht. »Trotzdem halte ich mich nicht für einen Fachidioten. Der deutsche Paragrafendschungel ist für einen Einzelnen sehr schwer durchschaubar. Das weiß Ihre Frau auch.«

Linda nickte stumm. Wachter atmete tief durch. »Entschuldigung, ich habe das nicht so gemeint, meine Herren. Der Stress …«

»Schon gut«, sagte Richard und nahm sich vor, in Zukunft zurückhaltender zu sein, weil es wichtig war, dass die Wachters ihm und der Polizei vertrauten. Jetzt, nach Eingang eines Erpresserschreibens, sogar noch mehr. »So oft kommen Entführungen in Deutschland nicht vor. Zurück zur Ausgangslage. Wir haben also eine Lösegeldforderung.«

Alle drei sahen ihn gespannt an. Was sollte er sagen? Er kramte ein bisschen in seinem Gedächtnis. »Das läuft nicht ab, wie es sein sollte, wenn ich mich recht an eine Schulung erinnere. In Deutschland zwar nicht, aber in vielen Ländern wird ein Unterhändler bestimmt, der über die Höhe der Geldforderung und die Übergabemodalitäten verhandelt. Mir kommt das alles sehr dilettantisch vor.«

»Deutsche Vorgehensweise?«, fragte Linda. Und Herr Wachter schob nach: »Müssen wir zahlen?«

»Vermutlich, ja.«

»Ihr benehmt euch wie Stammtischbrüder.« Linda rieb

sich die Stirn. »Fakt ist, wir werden zahlen und uns nicht darüber die Köpfe zerbrechen, wie die Ganoven das Geld auszugeben gedenken.«

»Für die Erstellung eines Täterprofils sind solche Überlegungen aber wichtig, Frau Doktor Wachter.«

»Was Sie brauchen, um den Täter zu fassen, ist Ihre Angelegenheit. Meine Priorität ist, dass ich mein Kind lebend wiederbekomme.«

»Es ist nicht gesagt, dass Kilian freigelassen wird, wenn das Lösegeld bezahlt wurde.«

Linda riss die Augen auf. »Was wollen Sie damit sagen, Herr Levin?«

»Wie in aller Welt sollen wir diese Summe innerhalb von vier Tagen auftreiben?« Wachters Stimme klang zornig. »Noch dazu in Spanien?

»Haben Sie Freunde, die Ihnen aushelfen könnten?«, fragte Landsknecht.

»Mir fällt keiner ein, der so viel flüssig hätte.«

»Vielleicht, wenn mehrere zusammenlegen? Ich könnte auch etwas beisteuern.«

»Danke für das Angebot, Herr Landsknecht.« Wachter bedeckte sein Gesicht mit den Händen. »Scheiße!«

Mit diesem einen Wort hatte er die Stimmung im Raum trefflich beschrieben. »Ich rufe Inspector Morell an«, sagte Richard. »Er muss darüber informiert werden. Der hat bestimmt ein Expertenteam zur Verfügung.«

»Keine Polizei!«, rief Wachter.

Landsknecht lehnte sich vor. »Ja, ich weiß. Man muss die Forderung ernst nehmen. Aber vielleicht könnte er das mit dem Geld regeln? Schließlich hat heutzutage keine Bank mehr eine Million im Safe herumliegen.«

»Es geht um das Leben meines Sohnes. Ich bestimme,

wer davon erfährt. Oder wie siehst du das, Linda?« Marcel drehte sich zu seiner Frau um, die vor sich hin stierte.

Richard wurde es zu bunt. »Selbstverständlich muss die CNP davon erfahren. Die haben für solche Fälle bestimmte Vorgehensweisen entwickelt. Ich sehe darin die größte Chance, Kilian zu retten und die Täter dingfest zu machen.«

Wachter schwieg, Landsknecht nickte. »Ich unterstütze Herrn Levins Vorschlag, würde Sie aber bitten, mir die Verhandlungen zu überlassen.«

»Wir sind nicht vor Gericht«, sagte Linda scharf. »Was wäre, wenn die Entführer einen Spitzel bei der Polizei haben? Selbst in Deutschland ist man vor Korruption nicht gefeit, hier gleich gar nicht.«

Ein gutes Argument. Dennoch widerstrebte es Richard, den Inspector nicht ins Vertrauen zu ziehen. Als Polizeibeamter war er sogar dazu verpflichtet – zumindest nach deutschem Recht.

Linda sah ihn lange an. »Ich denke, ich kann Herrn Levins Denkweise nachvollziehen. Es wäre besser gewesen, wir hätten ihm die neue Entwicklung vorenthalten. Nicht wahr, Herr Levin?«

»Zu spät«, sagte Richard.

»Wie ist die Rechtslage dazu in Spanien?«, fragte Linda. »Müssen Sie die Mitteilung anzeigen?«

»Keine Ahnung. Ich habe auch keine Lust, mich durch die hiesigen Gesetzestexte zu quälen, nur um herauszufinden, wie hier die Anzeigepflicht gehandhabt wird. Wie Sie wissen, würde ich mich in Deutschland durch das Verschweigen einer Straftat strafbar machen.«

»Haben Sie kein Vertrauen zu mir?«

»Offen gesagt, nein. Geht alles gut, ist es okay, aber dafür gibt es keine Garantie. Wir wissen nicht einmal, ob wir tatsächlich mit dem Entführer oder mit einem Trittbrettfahrer zu tun haben. Warum hat es so lange gedauert, bis er seine Forderung gestellt hat?«

»Um die Eltern weichzuklopfen«, sagte Landsknecht.

»Oder weil er erst jetzt aus der Zeitung davon erfahren hat. Wie dem auch sei, ich werde es melden. Alles Weitere müssen Sie mit der CNP ausmachen.«

19 FERNAND

Mit einem ähnlich strengen Gesichtsausdruck, wie ihn seine Mutter immer aufsetzte, wenn Fernand etwas ausgefressen hatte, legte Idaira ihm eine Nachricht auf den Tisch. Fernand hatte keine Ahnung, worüber sie sich ärgerte, aber vielleicht könnte ihr Vorgesetzter Díaz der Grund dafür sein.

»Von der Udyco«, sagte sie knapp.

Díaz hatte ihn vorgewarnt. Entsprechend neugierig war Fernand, um was es sich im Detail handelte. Die Happy-Hour-Bar fiel ihm ein. Wäre an der Zeit, diesem Maniolo endlich mal auf die Finger zu klopfen – und bei der Gelegenheit González gleich mit.

Er faltete das Blatt auseinander. Außer dass er gebeten wurde, alles vertraulich zu behandeln, stand nichts darin. »War das alles?«, fragte er Idaira, die wie eine Rachegöttin vor ihm stand. »Da fehlt doch was.«

Sie zuckte mit den Achseln. »Was weiß ich. Señor Díaz kommt heute jedenfalls nicht mehr zum Dienst. Der alte Drückeberger ist heute früh hier aufgetaucht, hat den Zettel gelesen und sich gleich wieder verabschiedet. Wahrscheinlich ist er nach Santa Cruz.«

»Was macht er da?«

Sie blies die Backen auf. »Arschkriechen, was sonst.«

Damit stapfte sie aus dem Raum und knallte die Tür hinter sich zu. Konnte Díaz' Abwesenheit tatsächlich etwas mit der Nachricht der Udyco zu tun haben? Wenn ja, würde Díaz' sich ins Hauptquartier in Las Palmas auf Gran Canaria fliegen lassen. Das bedeutete, dass er hier für einige Zeit freie Hand haben würde.

Er trommelte einen Marsch auf die Schreibtischplatte. Als Nächstes würde er seinen Subinspector Jonay zu sich rufen und ihn fragen, wie der Stand der Ermittlungen im Fall des toten Senegalesen war.

Jonay Bravi González war ein typischer Tinerfeño und mit Diego González weder verwandt noch verschwägert. González war der vierthäufigste Nachname in Spanien und der zweithäufigste auf den Kanaren. Es gab Millionen von González und noch mehr Garcías.

Jonay war klein und stämmig, was er stolz auf seine Vorfahren, die Guanchen, zurückführte. Er war ein Meister im kanarischen Ringkampf, dem Lucha Canaria, hielt sich aber auch im Kampf mit Stock und Steinschleuder wacker. Beides waren von jeher die bevorzugten Waffen, mit denen sich Guanchen zur Wehr setzten. Diese alte Tradition wurde heutzutage noch in einigen Clubs als Kampfsportart gepflegt, in der sogar Meisterschaften ausgetragen wurden.

Jonay kam hereingeschlichen, in der einen Hand eine dampfende Tasse, in der anderen einen Notizblock. Augenblicklich füllte sich der Raum mit dem Duft aromatischen Kaffees, den Fernand gierig einsog. Er sollte sich auch einen holen.

»Wir haben alles abgegrast«, sagte Jonay, »aber mehr konnten wir über Oumar Toure nicht in Erfahrung bringen. Du kennst die Senegalesen ja. Die halten zusammen wie Pech und Schwefel, weil sie fürchten, abgeschoben zu werden – bis auf einen seiner Freunde. Der wäre bereit, mit uns zu verhandeln.«

»Wir verhandeln nicht.«

»Das habe ich ihm auch gesagt, aber er wollte nur ein Ticket nach Gran Canaria, weil sein Bruder dort lebt.«

»Wir haben kein Budget, um Illegale in der Gegend herumzuschippern.«

»Er ist kein Illegaler.« Jonays brauner Teint wurde um eine Nuance dunkler. Vermutlich hatte er dem Afrikaner das Geld für die Überfahrt mit der Fähre bereits gegeben.

Jonay schnupperte an seinem Kaffee. »Hm, riecht der gut. Idaira hat ihn mir besonders stark gemacht.«

Der Ablenkungsversuch funktionierte bei Fernand nicht. »Raus mit der Sprache, was hat der Kerl ausgesagt?«

»Leider nicht viel. Nur dass Toure mit seinen Verkäufen unzufrieden war und in der Hierarchie der Händler aufsteigen wollte, um das Geld für eine Überfahrt aufs Festland zusammenzubekommen.«

»Was heißt das?«

»Dass er mit höherwertigen Waren handeln wollte.«

»Garantiert nicht mit echten Rolex-Uhren? Er hatte Kokain bei sich. Die Udyco interessiert sich dafür. Woher stammt der Stoff? Normalerweise handeln die Afrikaner damit nicht.«

»Sein Freund meint, er hätte sich den Rucksack unter den Nagel gerissen, ohne von der heißen Ware zu wissen, und glaubt, dass Toure deshalb sterben musste.«

Fernand zog die Luft durch die Zähne ein. »Hört sich plausibel an. Toure verspricht sich von der besseren Ware eines Kollegen mehr Umsatz und findet in dessen Rucksack das Rauschgift. Das wäre ein Mordmotiv.«

Jonay strahlte und trank schlürfend aus seiner Tasse. »¡Caramba! Ist der heiß.«

»Kalt kann man ihn nicht aufbrühen. Und wem hat er den Kaffee abgenommen …? Du machst mich mit deinem Scheißkaffee ganz irre. Ich meine natürlich den Rucksack.«

Jonay kicherte. »Hauptsache, er schmeckt. Wem er den geklaut hat, konnte der Freund nicht sagen.«

»Hast du dir seine Papiere zeigen lassen.«

»Glaubst du alles, was da drinsteht?«

»Wenn sie gefälscht sind, ist er fällig.«

»Falls er noch da ist. Du kennst die Burschen doch, Fernand.« Jonay zog die Nase hoch und blätterte in seinem Notizblock eine Seite zurück. »Laut eines Dokuments der Einwanderungsbehörde heißt er Nfansu Obule. In unserer Datenbank ist nichts über ihn vermerkt. Hat vor zwei Jahren einen Asylantrag gestellt.«

»Also darf er nicht arbeiten.«

»Das dürfen alle nicht, aber was sollen sie sonst tun?«

Darauf wusste Fernand keine Antwort. »Also gut. Nehmen wir an, Obule hat die Wahrheit gesagt, dann brauchen wir ihn als Zeugen. Hier auf Teneriffa und nicht auf Gran Canaria.«

Jonay blinzelte ihn an. »Nach Afrika zurückschwimmen wird er wohl kaum. Er kommt von den Kanaren nicht weg, ohne dass wir davon erfahren. Und es wird doch kein Problem für unsere Kollegen sein, ihn dort aufzuspüren.«

Das stimmte auch wieder. Verdammte Hitze. Fernand richtete den Tischventilator so aus, dass er ihm direkt ins Gesicht blies. Es wurde Zeit, dass die Klimaanlage endlich wieder funktionierte.

Das Telefon klingelte, auf dem Display eine Nummer aus Madrid: die Udyco. Jonay sah ihn mit unverhohlener Neugier an, als Fernand abhob. »Un momento«, sagte er in den Hörer und zu Jonay: »Bleib am Ball. Ich vermute, dass Maniolo etwas mit dem Mord an Oumar Toure zu tun hat. Aber sei vorsichtig. Wenn's um Drogen geht, wird's meistens ungemütlich.«

»Kennst mich doch.« Jonay stand auf und ging hinaus.

Eben deshalb. Fernand wartete, bis er die Tür hinter sich geschlossen hatte, bevor er sich am Telefon wieder meldete.

»Wir haben Hinweise erhalten, wonach bei euch im Taucho etwas stattfinden soll«, sagte der Mann, der sich García del García nannte und im Range eines Inspector Jefe stand, also eine Rangstufe über Fernand. Das »del« vor dem zweiten García hatte er eingefügt, wie Fernand wusste, um klarzumachen, dass dies der Nachname seines Vaters war.

Das Tauchoviertel lag an den Hängen des Teide, war früher ein Dorf gewesen und bestand heute fast ausschließlich aus Ferienwohnungen. »Um was handelt es sich?«

»Nicht am Telefon. Wir haben inzwischen genügend

Beweise und brauchen für eine Razzia eure Unterstützung.«

»Und wieso wenden Sie sich an mich und nicht an Señor Díaz?«

»Weil Sie Katalane sind. Wir haben Grund zu der Annahme, dass es in Ihrer Dienststelle eine undichte Stelle gibt. Ich treffe morgen am Flughafen Süd ein, alles Weitere dort.«

García gab ihm noch Flugnummer und Uhrzeit durch und beendete dann das Gespräch. Es wurde immer mysteriöser. Fernand ließ den Hörer sinken und legte ihn auf, als es an der Tür klopfte. »Herein!« Señor Levin betrat sein Büro. Er war leger, aber korrekt gekleidet, was Fernand positiv auffiel, da Touristen meistens respektlos in Shorts und Flipflops bei ihnen auftauchten. In der Hand hielt Levin eine Klarsichthülle, in der ein Umschlag steckte. Intuitiv wusste Fernand, was das war.

»Lassen Sie mich raten«, sagte er. »Ein Erpresserbrief.«

»Richtig.« Levin legte den Umschlag auf seinen Schreibtisch und setzte sich auf den Besucherstuhl. »Eine Million Euro. Zu deponieren in einem Rucksack in drei Tagen in der Höllenschlucht.

Fernand zog Einmalhandschuhe aus einer Schublade seines Schreibtischs, fischte den Umschlag aus der Hülle und betrachtete ihn ausgiebig, bevor er das Schreiben las. »Hm, keine Polizei.«

»Das Übliche. Halten Sie das Schreiben für authentisch oder will sich jemand die Not der Eltern zu Nutze machen?«

Fernand fummelte das Schreiben in den Umschlag zurück. Er musste das seinen Oberen melden, die Experten zu Rate ziehen würden. Dies alles kostete Zeit. »Schwer zu sagen. Können wir es uns leisten, nicht darauf einzugehen?«

»Ich würde es nicht riskieren.«

»Was sagen die Eltern dazu? Können die so viel Geld in der kurzen Zeit auftreiben?«

»Sie versuchen es zusammenzukratzen und wollen auf die Bedingungen eingehen.«

»Ohne ein Lebenszeichen des Jungen?«

»Sieht so aus. Nach Tagen der Ungewissheit ist ihnen alles recht. Außerdem ist keine Möglichkeit angegeben, wie wir mit den Entführern in Kontakt treten könnten.«

»Was es schwerer macht, sie zu finden.«

»Das ist wohl die Absicht. Wir können auch keinen Lebensbeweis fordern. Aber ich gehe ohnehin davon aus, dass es sich um einen Trittbrettfahrer handelt.«

»Auch möglich. Dumme Situation. Ich werde das Schreiben auf Spuren untersuchen lassen.«

»Auf dem Brief sind eventuell meine Fingerabdrücke und auf dem Umschlag außerdem die von Herrn Wachter. Der Umschlag wurde unter der Tür durchgeschoben. Ich habe das Hotelpersonal befragt, ob die etwas bemerkt haben; aber Fehlanzeige.«

Diese Deutschen mit ihrer Gründlichkeit. Es war seine Aufgabe, diese Befragungen durchzuführen. Die Leute würden denken, dass sie unfähig dazu waren. »Wir werden auch die Überwachungskameras auswerten.« Auf die hatte Levin sicher keinen Zugriff.

Levin nickte, wobei ein leichtes Lächeln seine Mundwinkel umspielte. »Es gibt eine weitere Neuigkeit: Ein Herr Doktor Jens Landsknecht, Rechtsanwalt aus Nürnberg, hat der Familie Wachter seine Dienste angeboten. Er kennt die Mutter aus Deutschland.«

»Noch einer, der profitieren will.«

»Angeblich will er umsonst arbeiten. Zurzeit sucht er sich einen örtlichen Stellvertreter.«

»Sonst noch irgendwelche Überraschungen?«

Levins Gesicht verschloss sich sofort wieder. Offensichtlich hatte Fernand den falschen Ton angeschlagen. »Keine. Und bei Ihnen?«

»Nichts, was den Fall des Kindes betrifft.«

Levin erhob sich abrupt. »Kann ich davon ausgehen, dass Sie sich mit den Eltern in Verbindung setzen werden?«

»Das können Sie.«

Damit war ihr Gespräch beendet. Nachdem Levin gegangen war, kratzte sich Fernand im Nacken. Er brauchte jetzt einen Kaffee, und zwar einen starken.

20 MARCEL

Gefangen in den Wirren dieses Albtraums, drohte die Dunkelheit der Nacht Marcel zu ersticken. Selbst im Bett fand er keine Ruhe, denn in seinem Körper kribbelte eine

Armee Ameisen, und das Stechen im Knie erinnerte ihn schmerzhaft daran, dass er Strand und Straßen unzählige Male abgesucht hatte.

Am Morgen blickte ihn ein fremder Mann im Spiegel seines Badezimmers an: Tränensäcke unter den Augen, Sonnenbrand auf Stirn und Nase, Dreitagebart.

»Wenn du schon im Bad bist, könntest du dich mal rasieren.« Lindas Gesicht tauchte neben seinem Spiegelbild auf, dunkle Ringe um die Augen, aber keinen Sonnenbrand, da sie ihr zielloses Suchen eingestellt hatte.

Der Inspector hatte sie vorgestern aufgesucht und ihnen die Lagebeurteilung der spanischen Behörden dargelegt. Sie wollten zunächst herausfinden, ob es sich wirklich um eine Entführung handelte. Das sei ihm scheißegal, hatte Marcel geantwortet, er wolle seinen Sohn wiederhaben.

Heute war der Tag, an dem er das Geld in der Höllenschlucht deponieren sollte. Er rieb sich das rechte Knie und griff dann zum Rasierapparat. »Hoffentlich haben wir das Geld endlich beisammen.«

»Schaffst du die Übergabe überhaupt?«, fragte Linda. »Das soll bloß ein Eselspfad sein, dem du da folgen musst. Mit deinem Knie …«

»Ich muss.«

»Soll ich es lieber übernehmen?«

»Bist du des Wahnsinns?«

»Es ist auch mein Kind.«

»Kommt nicht infrage. Ich kriege das schon hin.«

»Ich fürchte, dass wir am Ende die Million los sind und Kilian trotzdem nicht wiedersehen.«

Als wollte sie keine Widerrede zulassen, ließ sie ihren Bademantel fallen und verschwand unter der Dusche. Früher wären sie jetzt leidenschaftlich übereinander hergefallen, hätten so das Angenehme mit dem Nützlichen verbunden oder wären zumindest im Bett gelandet. Sie drehte das Wasser ab und trat wieder heraus.

Beim Griff nach dem Handtuch warf sie einen prüfenden Blick auf seine Schlafanzugshorts, aber die Umstände ließen es nicht zu, dass dort eine größere Wölbung entstand. »Du solltest dich auch frisch machen. Du stinkst.«

Gehorsam kam er ihrer Aufforderung nach. Sylvie fiel ihm ein. Er hatte sie schon einige Tage nicht mehr gesehen. Vermutlich ging sie ihm aus dem Weg oder war abgereist. Im Prinzip war es ihm gleich, Hauptsache, sie ließ ihn in Ruhe. Nach wie vor verdächtigte er sie, etwas mit Kilians Verschwinden zu tun zu haben, aber Erpressung oder gar Mord traute er ihr nicht zu. So sehr konnte man sich in einem Menschen nicht täuschen. Oder doch?

Linda hatte zum Frühstück Rühreier mit Speck und gebratener Tomate, Joghurt mit Früchten sowie Orangensaft und Cappuccino in die Suite bestellt, die sie nun schweigend verzehrten. Kaum fertig, läutete das Zimmertelefon. Linda griff zum Hörer. »Wachter … Ja, machen wir … Soviel ich weiß, ja … Okay.«

Linda war wie erstarrt und kreidebleich im Gesicht.

»Wer war dran?«

»Levin. Er kommt mit Morell und dessen Leuten in einer Stunde bei uns vorbei, um dich noch einmal für die Übergabe zu präparieren. Ob das Geld zur Verfügung steht, wollte er wissen.«

Hoffentlich. Marcel wählte die Nummer der deutschen Bankfiliale in Santa Cruz, mit der er – unter Mithilfe von Morells Vorgesetztem – die Modalitäten der Auszahlung vereinbart hatte. Freunde, von denen er das nie erwartet hätte, waren ihm finanziell zur Seite gesprungen, und seine

Firma hatte ihm ein Darlehen über den Rest gewährt. Einer der Bankangestellten, ein Deutscher, informierte ihn, dass die Million abgeholt werden konnten.

Von nun an würde alles von ihm abhängen. Der bloße Gedanke, was alles schiefgehen könnte, trieb ihm den Schweiß auf die Stirn. Mit brüchiger Stimme rief er zuerst Morells Dienststelle und danach Levin an, um ihnen mitzuteilen, dass sie das Geld zusammenhätten.

Nacheinander trafen eine Stunde später zuerst Morell und dann Levin ein. Zuvor hatte Linda den Zimmerservice bestellt, um das Geschirr abzuräumen und die Räume zu säubern. Ihm wäre das in der jetzigen Situation nicht eingefallen. Morell nahm auf dem Stuhl Platz, Linda suchte erneut ihre Couchecke auf und er setzte sich in die andere, während Levin wieder stehen blieb.

Ohne großes Vorgeplänkel übernahm Morell sofort die Gesprächsführung, wie immer in leidlichem Englisch, und kam gleich zur Sache. Er und Levin ähnelten sich in ihrer kühlen, kompetenten Art, wobei Morell eine ihm eigene Arroganz zur Schau trug. Levin hingegen erschien Marcel zurückhaltender und mit hintergründigem Humor ausgestattet. In die beiden und ihre Fähigkeiten setzte er seine ganze Hoffnung.

»Wir haben bislang keine Indizien dafür gefunden, dass es sich um einen Trittbrettfahrer handeln könnte«, sagte Morell. »Deshalb liegt die Entscheidung bei Ihnen, ob Sie, ohne ein Lebenszeichen des Jungen, auf die Forderung, eingehen wollen oder nicht.«

»Wir zahlen und erfüllen die Forderungen.«

»Sie können das Geld nachverfolgen?«, fragte Linda.

»Nein! Das merken die doch sofort.«

Morell machte ein pfiffiges Gesicht. »¡Lo siento! Die Nummern der Banknoten sind durchlaufend, und der Rucksack wurde mit einem GPS-Sender versehen. Tut mir leid. Das machen wir immer so.«

Alles schien Marcel aus der Hand zu gleiten. Hätte er doch nie Levin den Brief gezeigt. Oder das Ganze Landsknecht überlassen. »Ich hoffe, dass wenigstens keine Polizei vor Ort ist?«

»Nicht in der Schlucht.«

Hinterm Brustbein begann es zu stechen. »Wo dann?«

»Sie können uns ruhig unsere Arbeit machen lassen.«

»Vertrauen Sie ihm.« Levin lehnte inzwischen an der Anrichte. »Die Polizei hat ihre Erfahrungswerte.«

Seine ruhige Art brachte Marcel wieder auf den Boden zurück. »Was ist meine Aufgabe?«

»Sie gehen hin, deponieren den Rucksack und kommen zurück zum Ausgangspunkt.«

»Kennen Sie die Stelle, Inspector?«

»Ja. Sind Sie dafür fit genug?«

»Das ist er nicht«, sagte Linda. »Marcel hatte vor Kurzem eine Operation am Knie, und das andere ist demnächst dran.«

»Ich schaffe das, Linda.«

»Nein. Herr Levin soll gehen.«

Levin machte einen Schritt vorwärts. »Die werden Ihren Mann erwarten.«

»Das meinen Sie, aber nicht ich.« In Lindas Stimme schwang Ärger mit. »Die erwarten einen Rucksack voll Geld und keine Polizei. Inspector Morell oder einer seiner Männer scheiden aus, weil sie den Entführern bekannt sein könnten. Dass Sie Polizist sind, weiß keiner außer uns.«

»Von den Knieproblemen hätten Sie uns eher etwas

sagen müssen, dann hätten wir jemanden vom Festland oder von Gran Canaria eingeflogen«, sagte Morell. »Dafür ist es jetzt zu spät. Daher stimme ich zu, Señor Levin ist eine gute Wahl.«

»Hoffentlich bin ich dem Entführer unbekannt.«

»Sie meinen, es könnte sich um jemanden aus unserer näheren Umgebung handeln?«, fragte Linda.

»Jedenfalls wusste derjenige, wann das Kind unbeaufsichtigt war und er zuschlagen konnte. Das setzt eine gewisse Nähe voraus.«

Also doch Sylvie, schoss es Marcel durch den Kopf. Wer sonst?

»Außerdem muss sich derjenige auf der Insel auskennen.«

»Damit fällt Sylvie aus«, sagte Marcel laut und zuckte zusammen. Hitze stieg ihm ins Gesicht. Nun war es heraus. Jetzt würde er Farbe bekennen müssen. Verdammter Mist.

»Wer ist das?«, fragte Linda prompt auf Deutsch mit messerscharfer Stimme.

»Eine … Eine Bekannte.«

»Hier?«

»Ein Zufall.« Warum sollte er nicht jemandem auf der Insel begegnet sein, den er beruflich kannte. Bei Linda war das mit Levin und Landsknecht schließlich auch so gewesen. »Aus der Firma.«

»Du hast sie nie erwähnt.«

In die Enge getrieben verweigerte sein Gehirn den Dienst. »Linda …« war alles, was er hervorbrachte.

»Was hat sie mit Kilian zu tun? Raus mit der Sprache!«

»Könnten wir uns auf das Kommende konzentrieren?« Levins kühle Stimme drang in Marcels Bewusstsein. »Ihre Privatangelegenheiten regeln Sie bitte später.«

Lindas Blick brannte ein Loch in Marcels Stirn. Die Intuition einer Frau sollte man nie unterschätzen. »Du Schwein. Hier im Urlaub? Und das nennst du Neuanfang?«

»Darf ich daran erinnern, dass es jetzt vorrangig um das Leben Ihres Kindes geht.«

Linda blinzelte und wandte sich ab. »Sie haben recht, Herr Levin; entschuldigen Sie, Señor Morell.«

Morell hob beide Hände und nickte. »Kein Problem, Señora.«

Sie holte tief Luft. »Ich gehe davon aus, dass Sie alles tun werden, um die Übergabe nicht zu gefährden, Herr Levin?«

Der hob die Hände. »Warum sollte ich?«

»Haben Sie eine Waffe?«

»Nein. Ich werde keine brauchen. Ich gehe hin, deponiere den Rucksack und verschwinde. Für alles andere ist Inspector Morell zuständig.«

Der nickte. »Dann sollten wir los und das Geld holen. Es sind eineinhalb Stunden Fahrzeit bis zur Bank. Wir werden Sie begleiten.«

»Was ist, wenn der Entführer das mitkriegt?«

»Sofern er kein Idiot ist, wird er davon ausgehen, dass wir involviert sind. Die Bank würde uns sowieso alarmieren, wenn jemand eine Million in Cash abheben möchte.«

Marcel erhob sich. Nur raus aus dem Zimmer, nur weg von Linda. Vielleicht würde sie sich etwas später beruhigt haben. »Wir sollten gleich losfahren.«

»Sie warten bitte, bis ich Sie anrufe«, sagte Morell. »Ihre Begleitung wird gleich da sein.«

»Dazu brauchen Sie mich nicht«, sagte Levin. »Rufen Sie mich an, wenn Sie bereit sind. Ich fahre zur Schlucht, um mich mit der Umgebung vertraut zu machen.«

»Und ich bleibe hier und knöpfe mir diese Sylvie vor«,

sagte Linda mit fester Stimme. »Das mit dem Geld bringst du auch ohne mich zustande.«

»Das wirst du nicht tun. Ich habe schon vor dem Urlaub mit ihr Schluss gemacht. Sie ist mir einfach hinterhergereist. Und als ich ihr das noch einmal verdeutlicht habe, ist sie ausgeflippt und hat gedroht, dass ich es bereuen würde.«

»Woher wusste sie, dass du hier bist?«

»Sie ist … die Abteilungsassistentin. Frau König.«

»Oh Gott!«

Die Türe fiel ins Schloss, Levin war gegangen. Morell murmelte etwas, dann war auch er draußen und Marcel mit Linda allein.

21 RICHARD

Die Höllenschlucht in der größten Mittagshitze zu bewandern, konnte nur einem Touristen einfallen. Auf dem Weg zu seinem Auto traf Richard in der Lobby auf Sylvie, die, ebenso wie er, mit kurzen Hosen, festem Schuhwerk und einem kleinen Rucksack ausgestattet war.

»Hallo. Wohin geht's denn?«, fragte sie.

Sollte er ehrlich sein? Warum nicht. »Zur Höllenschlucht.«

»Oh, da will ich auch hin. Darf ich bei Ihnen mitfahren? Das würde mir das Taxi ersparen.«

Im Prinzip hatte er nichts dagegen, Hauptsache, er wäre rechtzeitig zurück.

»Bitte.«

»Also gut. Von mir aus.«

Sie folgte ihm zu seinem Mietwagen. »Klein und praktisch.«

»Sie sind wahrscheinlich mehr Luxus gewohnt.«

»Na, na, na, keine Anspielungen, Herr Levin. Darf ich Richard sagen? Ich bin Sylvie.«

»Ich weiß.« Obwohl er als Privatmann unterwegs war, mochte er es nicht, mit plumpen Vertraulichkeiten überrumpelt zu werden. Zudem fühlte er sich immer noch irgendwie im Dienst. Andererseits war sie jung und attraktiv, was ihn seine Vorbehalte schnell vergessen ließ.

Er musste über sich selbst lachen.

»Was ist daran so lustig, Richard?«

»Nichts weiter.« Er griff zum Telefon, um die App für die Navigation aufzurufen.

»Ich weiß, wo es langgeht. Da vorne musst du links abbiegen.«

»Wieso kennst du dich so gut aus?«

»Meine Eltern besitzen ein Haus im Norden, gleich hinter Tacoronte. Dreimal darfst du raten, wer Marcel davon überzeugt hat, dass die Costa Adeje ein hammergeiles Urlaubsziel ist.«

»Das ging wohl in die Hose, denn er ist mit seiner Familie gekommen.«

Sie schlug sich mit der Faust auf den Oberschenkel. »Zu dem Zeitpunkt war nur von uns beiden die Rede. Marcel wollte sich scheiden lassen.«

»Du solltest wissen, dass das alle verheirateten Männer ihrer Geliebten versprechen.«

»Immer diese Verallgemeinerungen. Außerdem, woher sollte ich das wissen? Marcel war mein erster Verheirateter. Das mit Marcel war mir eine Lehre. Das passiert mir kein zweites Mal. Und du? Ganz ohne Anhang?«

»Wie bitte?«

Sie lachte. »Keine Angst, ich stehe nicht auf Bleistift spitzende Beamte, die außer dem Blubbern einer Kaffeemaschine nichts aufregend finden.«

Er blickte stur auf die Fahrbahn, stellte sich aber vor, dass sie ihm frech die Zunge herausstreckte, was ein angenehmes Prickeln verursachte. »Ich bin solo hier, und – wie du richtig bemerkt hast – der geborene Langweiler. Deshalb bin ich Single und bei der Polizei.«

Sie lachte erneut. Anscheinend hatte sie einen Sinn für seine Art von Humor.

Wortreich dirigierte sie ihn durch die Straßen. »Du magst zwar langweilig sein, aber für meine persönliche Sicherheit werde ich keine bessere Reisebegleitung als einen deutschen Kriminalbeamten finden.«

Richard musste sich aufs Fahren konzentrieren, denn aus der breiten Straße wurden enge Gassen, die sich steil bergauf durch den malerischen Ort Adeje wanden. »Wenn deine Eltern auf Teneriffa wohnen, warum bist du dann in einem teuren Resort abgestiegen?«

»Um mal was anderes zu sehen.«

»Ehrlich?«

»Okay, wegen Marcel.« Sie schmollte eine Weile, bis

sie mit der rechten Hand herumzufuchteln begann. »Jetzt rechts hoch und danach eine Parkmöglichkeit suchen. Hinter dem Restaurant dort vorne gibt es einen Parkplatz, aber der ist nur für Gäste. Die lassen abschleppen.«

Richard fuhr die sehr steile Sackgasse ohne Wendehammer hinauf. Am Straßenrand parkten bereits einige Autos, alle mit eingeschlagenen Vorderrädern, um ein Wegrollen zu verhindern. Bei einem hatte der Fahrer sogar einen großen Stein hinter ein Rad gelegt.

Eine Gruppe Wanderer kamen ihnen mit verschwitzten Gesichtern entgegen. In einem Kiosk mussten sie sich in ein Gästebuch eintragen, da nur 300 Besucher pro Tag zugelassen waren, und Tickets lösen. 430 Höhenmeter, 6,4 Kilometer gesamt hin und zurück. Da sollte der ganze Weg machbar sein.

»Heut' nur wenig los«, wusste die Dame in holprigem Deutsch zu berichten. »Touristen lieber schwimmen in Meer. Helm ist Pflicht.«

Unter Sylvies Kichern setzten sie sich die Dinger auf; zumindest keine aus Aramid, wie beim Gefechtshelm der Bundeswehr. Er konnte sich ein Selfie nicht verkneifen.

Zwischen einer Besucherplattform und dem Restaurant gab es einen mit einem Metallgittertor verschließbaren Felsendurchgang zum Wanderweg. Zur Schlucht hin sicherte anfangs ein Mäuerchen den Pfad, der später jedoch nur noch von klobigen Stummelpfählen begrenzt wurde. Links der Berghang, rechts die Tiefe, die ein Bach ins Gestein gefräst hatte. Es ging stetig, aber nicht zu steil bergauf. Zwischen Bergeinschnitten eröffneten sich mitunter wunderbare Ausblicke über das ausgedörrte Land bis hin zum Meer. Nachdem sie eine Weile schweigend aufgestiegen waren, drehte sich Sylvie zu ihm um. »Etwas Information über die Gegend gefällig?«

»Immer her damit.«

»Hier unten findet man vor allem Wolfsmilchgewächse, weiter oben dann Drachenbäume und wilden Jasmin und später, wenn wir ganz oben sind, Kiefern und Besensträucher.«

»Letzteres sagt mir gar nichts.«

»Ginster?«

»Das schon eher.«

»In der Schlucht wachsen einige Pflanzen, die es sonst nirgendwo auf der Welt gibt.«

Ein junges Pärchen kam ihnen entgegengetrabt und passierte sie. Allerlei Kakteen und andere Gewächse, die der Trockenheit trotzten, säumten ihren Weg. Berge türmten sich auf, ein großer Greifvogel segelte über der Schlucht, in der sich der Bach mühsam den Weg Richtung Meer suchte.

»Schau, ein Adler! Das bringt Glück!«, rief Sylvie.

»Hoffen wir's.«

Nach einer Stunde erreichten sie den Punkt, an dem sich Bach und Pfad trafen. Viel Wasser führte er nicht. Eine Hinweistafel erinnerte daran, was man alles unterlassen sollte. Von nun an wurde die Schlucht enger und nach Kurzem erreichten sie die Stelle, an der er den Rucksack deponieren sollte: unter einem Steg, der über den Bach führte.

Wie der Erpresser hier entkommen wollte, war ihm rätselhaft; außer, er besaß die Kletterfähigkeit einer Bergziege. Es würde bereits dämmern, wenn er später den Rückweg anträte. Für einen, der mit den örtlichen Gegebenheiten nicht vertraut war, nahezu ein Ding der Unmöglichkeit, sich abseits des Weges zurechtzufinden.

»Gehen wir weiter?«, fragte Sylvie, die einen großen Schluck aus ihrer Wasserflasche nahm. »Dahinter wird der Weg etwas anspruchsvoller. T3 nach der Wanderskala, aber nur noch ein Kilometer bis zum Ende.«

Anspruchsvolleres Bergwandern. Auch er stillte seinen Durst. Es konnte von Vorteil sein, den ganzen Weg vorab abzulaufen, das hatte er eh tun wollen. Ein bisschen Anstrengung schadete ihm nicht, zudem lernte er das Terrain besser kennen. »Warum nicht? Ich muss nur rechtzeitig zurück sein.«

»Eine Verabredung?«

»Nicht das, was du denkst.«

Hintereinandergehend setzten sie ihre Wanderung fort. Allmählich wurde es kühler, Wolkenfetzen schwebten am Bergkamm über ihnen. Manchmal führte der Pfad durch den Bach, manchmal mussten sie einen Felsbrocken überklettern, der im Wege lag.

Das Rauschen des 80 Meter hohen Wasserfalls kündigte ihr nahes Ziel an. Feuchtkalte Luft schlug ihnen entgegen. Sie blieben stehen.

»Gefällt es dir?«, fragte sie.

»Sehr sogar. Aber bei diesem Namen hätte ich Dramatischeres erwartet, wie in der Höllentalklamm bei Garmisch-Partenkirchen zum Beispiel.«

»Der Name leitet sich vom Teide ab, der bei den Ureinwohnern ›Echeyde‹ hieß, was so viel wie ›Hölle‹ bedeutet. Die Schlucht des Echeyde, die Höllenschlucht also.« Sie zwinkerte. »Bist du bereits vergeben?«

Seine letzte feste Beziehung lag drei Jahre zurück, und seit Maxi in sein Leben getreten war, hatte sich manches verkompliziert. »Das hast du mich schon einmal gefragt.«

»Da wollte ich wissen, ob du verheiratet bist.«

»Warum?«

»Aus reiner Neugier. Wenn ein gutaussehender Mann wie du alleinstehend ist, ist er entweder schwul, hat irgendwelche Macken oder ist zu keiner Partnerschaft fähig.«

»Auf mich trifft dann am ehesten das Letzte zu.« Er machte kehrt. »Ich muss jetzt zurück.«

Da Richard auf dem Rückweg vorausging, gab er das Tempo vor, war dabei aber bemüht, dass Sylvie gut mithalten konnte. Kommentarlos marschierte sie hinter ihm her, was ihm ermöglichte, darüber nachzudenken, ob ihre Begegnung in der Lobby Zufall gewesen war oder sie ihn abgepasst hatte. Keine Frage, sie war der Typ Frau, der Männern den Kopf verdrehte. Alle Beziehungen, die er nach seiner Bundeswehrzeit begonnen hatte, waren unkompliziert und unverbindlich verlaufen. Mit Sylvie wäre das gewiss auch möglich, aber er vermutete, dass sie entweder einen Lückenbüßer für Marcel suchte oder schlimmere Absichten hegte. Sie hatte sich ihm förmlich aufgedrängt, aber es sollte ja Frauen geben, die die Dinge selbst in die Hand nahmen.

Der Abstieg bot neue Ausblicke, und da der Weg nicht besonders steil war, hielt sich die körperliche Belastung für ihn in Grenzen. Marcel kam ihm nicht besonders fit vor, und ein operiertes Knie konnte den unbefestigten Weg schnell beschwerlich werden lassen. Daher war Marcels Entscheidung, die Geldübergabe ihm zu überlassen, richtig gewesen. Linda hatte den Anstoß dazu gegeben. Sie hatte sich erstaunlich schnell von dem Schock erholt, war von der panischen Mutter wieder zu der kalt berechnenden Frau geworden, die er aus dem Gerichtssaal kannte.

Ab und zu machte Sylvie ihn auf einen Vogel oder eine besondere Pflanze aufmerksam, die sie beim Aufstieg verpasst hatte. Sie tat dies, ohne schulmeisterhaft zu wirken, was ihn beeindruckte. »Was du alles weißt«, sagte er auf halbem Weg.

»Ich bin eben ein Genie«, sagte sie glucksend. »Und

außerdem die Tochter eines Biologieprofessors. Mein Bruder, meine Schwester und ich wurden von klein auf darauf getrimmt, die Pflanzen- und Tierwelt als etwas Besonderes zu betrachten. Zu seinem größten Bedauern wagte es keiner von uns, in seine Fußstapfen zu treten.«

Sein eigener Vater war ein hohes Tier bei der Bundespolizei und interessierte sich weder für Richards Karriere noch für die seines Bruders. »Wie man's macht, macht man's falsch.«

»¡Sí, Señor! Nach dem Abi habe ich in einem Anfall von geistiger Umnachtung mein Biostudium im ersten Semester abgebrochen.«

»Und deine Geschwister?« Er blieb stehen, denn sie waren wieder an der Stelle angelangt, wo er den Rucksack ablegen sollte.

»Meine Schwester arbeitet als Softwareentwicklerin bei derselben Firma wie ich.« Nachdem sie zu ihm aufgeschlossen hatte, blickte sie ihn scharf an. »Deine eisgrauen Augen bilden einen wunderschönen Kontrast zu deinen dunkelbraunen Haaren. Ui, da ist ein weißes.«

Sie hob die Hand, um es ihm herauszureißen, doch er wich zurück. Neben einigen Gedanken, die sich um den Übergabeort und darum drehten, warum sie die Frage nach ihrem Bruder nicht beantwortet hatte, schoss ihm plötzlich die Vorstellung durch den Kopf, wie es wäre, mit ihr Sex zu haben. Er blickte auf seine Armbanduhr. »Wir müssen weiter.«

Zwei Stunden später, nachdem er Sylvie ins Resort zurückgebracht hatte, stand er wieder am Beginn des Pfades, dessen Zugangstor, ebenso wie der Kiosk, jetzt geschlossen waren. Die Sonne näherte sich bereits dem Horizont, als Inspector Morell ihm einen prall gefüllten Rucksack sowie eine Taschenlampe aushändigte.

»Sie wissen, was Sie zu tun haben?«, fragte er.

»Hingehen, Rucksack unter dem Steg ablegen, weggehen.«

»Keine Eigenmächtigkeiten.«

»Garantiert nicht.«

»Dann viel Glück.«

Die Wachters hatten ursprünglich hierher mitkommen wollen, aber Richard und Morell hatten ihnen das ausgeredet. Morell stand deshalb allein bei ihm, doch in der Ferne auf der Straße weiter unten konnte Richard ein Fahrzeug der Policía Local ausmachen.

»Haben Sie noch mehr Wagen postiert?«

»Mein Subinspector ist beim Taucho, und auf der anderen Seite, im Ifonche-Viertel, haben wir auch Position bezogen. Falls der oder die Gesuchten mit dem Auto gekommen sind, können sie nur dorthin.«

»Undercover oder in Uniform?«

Morell stutzte, und erwiderte dann: »Wir zeigen, wer wir sind, Señor.«

Innerlich schüttelte Richard den Kopf, zog es aber vor, dies unkommentiert zu lassen, um nicht als deutscher Besserwisser zu gelten. Er schulterte den Rucksack, nickte zum Abschied und machte sich auf den Weg.

Nur wenige Wanderer begegneten ihm jetzt, von denen ihn manche skeptisch musterten. Einer sagte sogar im bayrischen Dialekt: »Sie san aber spät dran. Der Weg is' scho seit halbe dreie g'schlossen.«

Er hob kurz die Hand zum Gruß und marschierte weiter. Gut, dass er den Weg heute schon einmal gegangen war, das bewahrte ihn vor Überraschungen. Eine eigenartige Stimmung lag über der Schlucht. Ein Salamander huschte schnell ins Gesträuch. Sylvie hätte bestimmt gewusst, um welche Art es sich handelte. Er war nun allein auf der Strecke unterwegs und kam zügig voran. Alle paar Minuten hielt er an, um die Umgebung auf verdächtige Aktivitäten zu checken, konnte aber nichts entdecken.

Endlich erreichte er den kleinen Holzsteg. Erneut schaute er sich prüfend um und legte dann den Rucksack darunter ab. Angespannt lauschte er in die hereinbrechende Dunkelheit.

Stille. Die Natur ging schlafen.

Plötzlich das Geräusch rollender Steinchen über ihm. Hatte sie jemand losgetreten? Da, schon wieder.

Sein Blick flog nach oben. Ein wuchtiger Schlag gegen seinen Kopf. Er fühlte, wie er rutschte. Der Abgrund. Dann nichts.

22 FERNAND

Inzwischen hatte Fernand seinen Polizeiwagen auf dem Parkplatz des Restaurants abgestellt und suchte nun mit seinem Fernglas die Schlucht ab. Bald würde es zu dunkel sein, um damit noch etwas erkennen zu können.

Zwei junge Polizisten, die ihn begleiteten, traten zu ihm.

»Das Restaurant ist leer. Die Wirtsleute haben ganz schön protestiert, als wir mit der Räumung begannen.«

»Sag ihnen, sie können sich beim Comisario beschweren oder im Hauptquartier in Santa Cruz, wenn sie wollen. Du kannst ihnen die Telefonnummern geben.«

»Was jetzt?«

»Stellt euch ein Stück weiter unten auf und kontrolliert jeden, der in die Straße einfahren will.«

Sie ließen ihn allein und Fernand nahm voll Spannung die Beobachtung der Schlucht wieder auf. Seiner Berechnung nach müsste der deutsche Kollege schon an dem Steg angelangt und auf dem Rückweg sein. Nach nicht ganz einer Stunde wäre er dann zurück. Bis dahin galt es zu warten.

Kurz darauf funkte er Jonay an, um sich einen Lagebericht geben zu lassen. Er hatte ihn nicht nur hingeschickt, um nach Erpressern Ausschau zu halten, sondern auch nach dem Ort der Hundekämpfe. Es war durchaus möglich, dass ein Zusammenhang mit der Lösegelderpressung bestand. Nur das organisierte Verbrechen konnte etwas mit 500-Euro-Scheinen anfangen.

Aber so recht glaubte er nicht daran. Weder an die Verbindung zur Erpressung noch an Taucho als Austragungsort. Im Barrio Taucho, das wegen der steilen Hänge nur dünn besiedelt war, standen teure Ferienbungalows, aber auch leer stehende Gebäude und heruntergekommene Anwesen, wo sich allerlei zwielichtiges Gesindel herumtrieb. Der Austragungsort könnte ebenso gut in Orten wie La Quinta oder an der von Touristen weniger besuchten Ostküste liegen. Vermutlich eher da. Möglichkeiten gab es viele.

Fernand riss sich zusammen. Er sollte seinen Fokus auf

das Auffinden und die Befreiung des Jungen richten, alles andere war momentan zweitrangig.

Jonay meldete sich erst nach dem dritten Anruf. Was trieb der dort oben? »Warum gehst du nicht ran?«

»Hab nur gerade einer Alten beim Ausladen geholfen. Dabei habe ich sie ein bisschen ausgefragt.«

»Und?«

»Sie hat keine Fremden gesehen.«

»Sonst etwas Ungewöhnliches?«

»Nein, nichts.«

»Halte weiter Augen und Ohren offen.«

Auch der Posten im Ifoncho-Gebiet, auf der anderen Seite der Schlucht, konnte nichts Verdächtiges melden.

Ihm blieb keine andere Wahl, als geduldig zu warten. Wie lange noch? Inzwischen konnte er den Weg in die Schlucht kaum mehr erkennen. Wo blieb das Licht der Taschenlampe von Levin? Die beiden Polizisten hielten sich im Hintergrund und redeten leise miteinander.

Fernand gab noch eine Viertelstunde drauf. Es war jetzt stockdunkel. Er verlor langsam die Nerven. Etwas musste schiefgelaufen sein. Er wählte Levins Handynummer.

23 RICHARD

In seinem Kopf brummten tausend Hummeln und durch seinen Hinterkopf schoss ein stechender Schmerz, der bis in den Nacken ausstrahlte. Wo war er? Für ein Bett war der Untergrund, auf dem er lag, viel zu hart und zu uneben. Stöhnend drehte sich Richard auf den Rücken. Etwas klingelte in seiner Hosentasche. Aber was?

Sein Nacken fühlte sich feucht an. Als er danach tastete, spürte er eine klaffende Wunde knapp über seinem linken Ohr. Was war geschehen?

Er erinnerte sich, in der Höllenschlucht gegangen zu sein. Und dann? Nichts – Blackout. Wie lange hatte er bewusstlos auf dem steinigen Boden gelegen?

Die Schlucht unter ihm gähnte schwarz, im Zwielicht erkannte er bergaufwärts einen Weg. Mühsam richtete er seinen Oberkörper auf, drehte sich dann auf die Knie und erhob sich schwankend. Übelkeit stieg in ihm hoch.

Sein Sturz hatte kurz unterhalb des Wegs geendet. Einen Meter weiter, und der Abgrund hätte ihn verschluckt. Auf allen vieren kroch er nach oben, wobei sich das flaue Gefühl im Magen noch verstärkte. Er versuchte, sich zu erinnern. Er war hergekommen, um etwas zu tun. Was? Halb vom Steg verborgen lag etwas. Er tastete danach. Ein Rucksack, und jetzt wusste er auch wieder, warum er hier war.

Er ließ ihn, wo er war.

In welche Richtung sollte er gehen? Bergab natürlich.

Als er loslief, setzte Schwindelgefühl ein. Kein Zweifel, er hatte eine Gehirnerschütterung, und damit war nicht zu spaßen. Blut lief von seinem Ohr in den Hemdkragen. Die Wunde müsste genäht werden. Schwankend tastete er sich vorwärts und stolperte über einen Stein, da sein Gleichgewichtssinn nur bedingt funktionierte. Wie weit würde er gehen müssen? Wohin wollte er überhaupt? Er erinnerte sich nicht mehr.

Inzwischen war es dunkel geworden und der Weg nur schwer erkennbar. Der Lichtschein in der Ferne müsste die Stadt Adeje sein.

Eine Erpressung. Geldübergabe. Der Rucksack noch da. Das Geräusch rollender Steinchen fiel ihm ein. Steinschlag? Nein. Jemand hatte gezielt einen Stein auf ihn geworfen. Dort unten wartete Morell.

Wie ein Anfänger hatte er sich überrumpeln lassen. Fast schon zum Lachen. Keine Kugel aus einem Scharfschützengewehr, keine Granate, nein, ein simpler Stein hatte ihn außer Gefecht gesetzt.

Hatte Morell ihm nicht eine kleine Taschenlampe mitgegeben? Tatsächlich, in seiner Hosentasche fand er sie. Sie würde seinen Abstieg wesentlich erleichtern.

Erst langsam lichtete sich der Nebel um seine Gehirnwindungen, und auch der Schwindel ließ zumindest so weit nach, dass er sich auf dem Pfad einigermaßen sicher bewegen konnte. Er holte sein Handy aus der Hosentasche. Mehrere Anrufe waren eingegangen. Morell. Er rief ihn an.

»Señor Levin? Was ist passiert? Wir kommen Ihnen entgegen.«

Nach einer gefühlten Ewigkeit bewegten sich tanzende Lichtkegel auf ihn zu.

»Señor Levin?«, rief jemand.

Es war Morell mit zwei Polizisten. »Was war los? Sind Sie verletzt?«

»Ein Stein«, sagte Richard auf Deutsch.

Morell blinzelte, war offensichtlich irritiert. Einer der Polizisten übersetzte das Wort ins Spanische: »Piedra.«

»Steinschlag?«, fragte Morell auf Englisch. »Eigentlich sollte jeder, der hier entlanggeht, einen Helm tragen.«

Richard wechselte ins Englische, Spanisch schien aus seinem Kopf verschwunden zu sein. »Das war ein gezielter Angriff mit einem Stein.«

»Wahrscheinlich mit einer Schleuder. Der Erpresser?«

»Wer sonst.«

Morell jagte eine spanische Wortsalve in das Mikrofon seines Funkgeräts. Jemand antwortete, aber die spanische Sprachabteilung von Richards Gehirns war noch nicht wieder einsatzfähig. Er musste sich setzen.

Nach einer kurzen Pause führte Morell ihn auf dem Weg zurück zum Parkplatz. Dort wartete bereits eine Ambulanz, deren flackernde Lichter erneute Übelkeit bei Richard auslösten.

»Nein, die brauche ich nicht. Könnten Sie mich ins Hotel bringen?«, fragte Richard.

»Keine Widerrede, Señor. Sie lassen sich untersuchen. Wir bleiben in Kontakt.«

Richard ergab sich in sein Schicksal, denn es stimmte schon, die Wunde musste desinfiziert und geschlossen werden.

Nach kurzer Fahrt erreichten sie das Hospital Quirón Costa Adeje, das von außen nicht wie ein typisches Krankenhaus, sondern eher wie ein zweistöckiges Wohnhaus aussah. Dort sprach man Englisch und an der Rezeption sogar Deutsch. Übersetzer in acht Sprachen standen zur

Verfügung, doch er winkte ab. Er kannte das Prozedere, das nun folgen würde. Schließlich war es nicht das erste Mal, dass er zu Boden gegangen war. Das Liegen in der Notaufnahme tat ihm gut, aber allmählich begann er sich zu langweilen. Hoffentlich hatten sie den Erpresser fassen und Kilian befreien können. Die Ungewissheit darüber ließ ihm keine Ruhe.

Aber das interessierte das Krankenhauspersonal nicht die Bohne. Die Mitarbeiter wollten seine europäische Krankenversicherungskarte sehen.

»Wie geht's weiter?«, fragte er einen jungen Arzt mit unverkennbar britischem Akzent.

»The works.«

Das volle Programm also. Aber dazu hatte er keine Zeit. Er fuhr hoch, wurde jedoch sanft wieder nach unten gedrückt. Wenn die einen erst mal in der Mangel hatten, gab es so schnell kein Entrinnen.

24 FERNAND

Das Bild des verletzten Deutschen wertete Fernand als schlechtes Omen. Jegliche Kontrolle war ihm entglitten und der Ausgang der Entführung nicht vorhersehbar. Nachdem er den Deutschen bei der Ambulanz abgeliefert hatte, funkte er Jonay und den Posten auf der anderen Seite der Schlucht an, doch beide hatten nichts Auffälliges beobachtet. Levin hatte gesagt, dass der Rucksack am Übergabeort läge. Das würde eine lange Nacht werden. Ob der Erpresser überhaupt erscheinen würde? Sicher nicht am Tag.

Nach zwei Stunden kam ein Schichtwechsel. Kollegen aus Santa Cruz, in Zivil. Die Nacht verbrachte er schlaflos zu Hause, ein Ohr immer am Telefon. Kein Anruf. Eine Stunde vor Sonnenaufgang fuhr er zum Eingang der Schlucht zurück. Im ersten Tageslicht schickte er zwei Polizisten zum Übergabeort. Zwei Kaffees später tauchten sie auf – und mit ihnen der Rucksack. ¡Mierda!«, entfuhr es ihm.

»Scheint noch alles da zu sein«, sagte der eine und stellte ihn vor Fernands Füßen ab.

Fernand richtete den Strahl seiner Taschenlampe darauf. War der Rucksack wirklich unangetastet? Etwas schien anders zu sein. Er beugte sich hinunter.

Der Reißverschluss stand ein Stück weit offen. Er war sich sicher, ihn vor der Übergabe an den Deutschen vollständig geschlossen zu haben. Von dem anderen Kollegen ließ er sich Einmalhandschuhe geben. Nachdem er sie übergestreift hatte, spreizte er vorsichtig die Öffnung. Oben auf den Geldbündeln schimmerte ein weißer Zettel. Mit spitzen Fingern zog er ihn heraus und stutzte. Er verstand kein einziges Wort. Der Text musste auf Deutsch sein. Er hielt den Zettel dem Polizisten vor die Nase, der gestern das deutsche Wort »Stein« ins Spanische übersetzt hatte.

»So nicht«, las der vor. »Keine Polizei. Kein GPS. Sollen wir schicken Ohr oder Finger von Kind? Wenn nicht gut nächstes Mal, Junge tot.«

»Und?«

»Sonst nichts.« Der Polizist zuckte mit den Schultern.

Eine gescheiterte Geldübergabe war eine Schande für seine Dienststelle. Erschwerend kam hinzu, dass der deutsche Kollege verletzt worden war, die Udyco ihm im Nacken saß und Díaz sich nach Gran Canaria abgeseilt hatte, um dem Ärger zu entgehen. Fernand atmete tief durch. Er würde mit Kilians Eltern sprechen müssen, was eigentlich Díaz' Aufgabe war.

Der Rucksack musste nach Santa Cruz gebracht werden, um ihn auf Fingerabdrücke und DNA-Spuren untersuchen zu lassen. Er funkte seine junge Kollegin an und gab ihr den Auftrag, den sie freudig entgegennahm, da ihre Eltern in Santa Cruz wohnten.

Sein Magen drückte, als er an das bevorstehende Gespräch mit den Eltern des Kindes dachte, auch wegen des Steins, der den Deutschen beinahe umgebracht hätte. Dass dies vorsätzlich geschehen war, stand außer Frage. Er kannte die Fertigkeit mancher Tinerfeños, mit der Steinschleuder selbst entfernte Ziele zu treffen. Die Ziegenhirten schafften das auch ohne Hilfsmittel, sie dirigierten ihre Tiere mit Steinwürfen in die gewünschte Richtung. Für ihn war das eindeutig ein Mordanschlag gewesen, und das würde eine Menge unangenehmer Fragen nach sich ziehen.

Er schickte die Spurensuche auf den Weg, der heute gesperrt bleiben musste, und ließ sich in die Comisaría zurückfahren.

Etwas später stattete Fernand Levin einen Besuch im Krankenhaus ab, um nach ihm zu sehen. Er zeigte ihm eine Kopie des Erpresserschreibens. Das Original befand sich bei der Spurensicherung.

»Shit«, sagte Levin, doch bevor er mehr von sich geben konnte, wurde Fernand wegen der anstehenden Arztvisite aus dem Zimmer geschickt.

Also nutzte er die Gelegenheit, das unangenehme Gespräch mit den Wachters hinter sich zu bringen. Wie gewohnt saßen sie getrennt voneinander, als er in ihrer Suite eintraf. Instinktiv suchte er nach Anzeichen eines Streits oder einer handgreiflichen Auseinandersetzung, aber sie schienen ihre Meinungsverschiedenheiten wie zivilisierte Menschen ausgetragen zu haben.

Beide trugen Freizeitkleidung, und Frau Wachter hatte ihre Haare frisiert. Ihm fiel der Unterschied sofort auf, denn eine spanische Señora würde sich unter keinen Umständen ohne Lippenstift, mit ungestylten Haaren und mangelhafter Kleidung einem Fremden gegenüber präsentieren. Wissbegierig blickten sie ihm entgegen. Als er den Kopf schüttelte, schlug Herr Wachter die Hände vors Gesicht.

Fernand informierte sie in knappen Worten, dass die Lösegeldübergabe missglückt sei, was die Señora emotionslos hinnahm, während ihr Mann deutlich mitgenommen wirkte. Fernand meinte sogar, ihn weinen zu sehen. Er hätte das eher von der Mutter des Jungen erwartet. Aber in dieser Familie schien sowieso alles andersherum zu laufen, denn die Frau hatte zweifelsfrei die Hosen an, und das außerhalb ihres Zuhauses. Etwas, was er selbst nie akzeptieren würde.

Bevor er das Schreiben und die Verletzung des deutschen Kommissars erwähnen konnte, klopfte es an der Tür und Levin trat ein. Über dessen linkem Ohr prangte ein Pflaster, und er war ein bisschen blass um die Nase. Hatte man ihn schon entlassen? Unwahrscheinlich, außer Levin war auf eigene Verantwortung gegangen. Sähe ihm ähnlich.

Linda Wachter zeigte zum ersten Mal eine Emotion. »Levin! Was um Gottes willen …?«

»Das wollte ich gerade berichten«, sagte Fernand. »Er wurde von einem Stein getroffen.«

»Marcel, steh gefälligst auf und hol dir eine andere Sitzgelegenheit.« Sie zeigte auf den frei werdenden Sessel. »Setzen Sie sich, Herr Levin.«

Der zog die Augenbrauen hoch, kam ihrer Aufforderung aber umgehend nach. »Danke«, sagte er knapp.

»Waren Sie beim Arzt?«

»Nur eine kleine Gehirnerschütterung. In Anbetracht dessen, was hätte passieren können, ist das eine Bagatelle.«

»Untertreiben Sie nicht. Wir brauchen Sie gesund und nicht angeschlagen.«

»Was ist mit dem Geld?«, fragte Frau Wachter.

»Wurde nicht abgeholt. Stattdessen befand sich im Rucksack eine Nachricht.« Deren Kopie er nicht zeigen wollte. »Der Erpresser wollte keine Polizei dabeihaben und hat wohl bemerkt, dass der Rucksack mit einem Peilgerät ausgestattet war. Wir rechnen damit, dass er Kontakt aufnimmt, um Ort und Zeit für eine neuerliche Geldübergabe zu nennen.«

Die Drohung, dem Kind Leid zuzufügen, unterschlug er.

»Woher wusste er, dass Levin Polizist ist?«, fragte Frau Wachter.

»Das wäre ein weiterer Hinweis, dass der Täter in Ihrem näheren Umfeld zu suchen ist.«

»Es kann aber auch sein, dass er weiß, wie Herr Wachter aussieht und in mir einen Polizisten vermutet hat.« Levin sprach langsam, als hätte er Schwierigkeiten, sich zu konzentrieren.

»Wer hatte denn sonst noch Kenntnis von Ihrer Identität, außer uns?«, fragte Frau Wachter.

Die Antwort schien Levin unangenehm zu sein. Er warf Herrn Wachter einen Blick zu und atmete tief durch. »Frau König weiß es auch.«

Herr Wachter bedachte sie auf Deutsch mit einem Schimpfwort.

»Ach, eine Hure nennst du sie plötzlich?«, machte Frau Wachter auf Englisch weiter.

Der Anflug eines Lächelns huschte um Levins Mund. »Sie weiß deshalb davon, weil ich mich ihr gegenüber als Polizeibeamter zu erkennen gegeben habe, während Ihr Mann …« Er unterbrach sich erneut. »Das war notwendig.«

»Men!«, fauchte Frau Wachter. »Kaum wackelt so eine Bitch mit ihren Titten und ihrem Arsch, schießt bei denen das Blut vom Gehirn in den Schwanz.«

¡Díos mio! Die Señora begibt sich in die Niederungen der englischen Sprache, dachte Fernand. Und das vor ihm und Levin!

Frau Wachter schüttelte sich. »Fakt ist, dass Sie beide versagt haben. Dilettanten!«

»Lass es gut sein«, sagte Herr Wachter. »Nützt nichts. Etwas anderes. – Uns ist aufgefallen, dass Kilians Kuscheltier verschwunden ist.«

»War es vorher noch da oder haben Sie das erst jetzt bemerkt?«, fragte Levin.

Wachter sah ihn lange an, während Linda die Lippen fest zusammenpresste. »Ich möchte behaupten, dass es vorher noch da war.«

Levin fasste sich an die Stirn, schloss die Augen. »Ich glaube, mich daran erinnern zu können. Ein Stoffesel, nicht wahr?«

»Ja, genau.«

»Das hieße, dass wir beobachtet werden und jemand in Ihrer Suite war.«

»Was machen wir jetzt?«

»Ich für meinen Teil gehe ins Bett und versuche, meine Gehirnzellen zu sortieren, denn die sind noch nicht wieder da, wo sie sein sollten. Ansonsten bleibt uns keine andere Wahl, als auf ein neues Schreiben zu warten.«

Señora Wachter schlug mit der flachen Hand auf den Tisch. »Und ich werde versuchen, jemanden aus Madrid zu bekommen, der die örtliche Polizei, die offensichtlich überfordert ist, ersetzt!«

»Linda«, sagte Wachter.

Fernand drückte erneut sein Bedauern aus, keine besseren Nachrichten überbringen zu können. Viel würde Señora Wachter in Madrid nicht erreichen können. Er tat das ab. Dann erhob er sich, wünschte einen guten Tag und verließ mit Levin die Suite. Draußen entschuldigte er sich bei ihm für den schlechten Ausgang der Aktion.

»Das ist nicht Ihre Schuld.« Levin stützte sich an der Wand ab. »Das nächste Mal machen wir es anders.«

»Sie sollten sich heraushalten. Ich kann das nicht länger verantworten.«

»Das kann ich nicht, denn die Sache ist persönlich geworden, wenn Sie verstehen, was ich meine.«

Fernand verstand. Die Ehre des Deutschen war durch den Steinwurf angekratzt worden. Etwas in Levins Blick sagte ihm, dass dieser Mann nicht lockerlassen würde, bis sie wiederhergestellt war.

Und Fernand beabsichtigte nicht, ihm dabei Steine in den Weg zu legen.

25 MAXI

Maxi schloss ihren Regenschirm auf dem Flur der Kriminalpolizeiinspektion Coburg, begab sich in ihr Büro, setzte sich und stand gleich wieder auf. Die Unruhe, die sie gestern Abend erfasst hatte, hielt immer noch an, ohne dass sie sagen konnte, warum. Ihre Assistentin war nicht an ihrem Platz, beteiligte sich vermutlich am Austausch des morgendlichen Tratsches. Unentschlossen, ob sie sich wieder setzen oder auf ein Hallo bei den Kollegen vorbeischauen sollte, blieb sie stehen. Ein Blick auf ihren Schreibtisch überzeugte sie, sich für die Kollegen zu entscheiden.

»Was gibt's Neues?«, fragte sie Peter Weingarth, der an seinem Arbeitsplatz saß und gerade in einen Burger biss.

»Zu was?«, erwiderte er mit vollem Mund. »Ist ein Frühstücksburger.«

»Ich habe doch gar nichts gesagt.«

»Aber geguckt. Über was willste was wissen?«

»Über Richard.«

»Der alte Gauner macht Urlaub, während wir uns hier einen abkämpfen.«

Mit seinem lockeren Mundwerk wollte Peter sie provozieren, was er gern tat. Nicht darauf einzugehen, war die beste Reaktion darauf. »Hast du noch etwas über die Wachters rausgekriegt?«

»Nee.«

Jan Schultheiß löste seinen Blick von seinen beiden Computerscreens. Nicht mehr lange und er würde in das neu geschaffene Cybercrime-Kommissariat überwechseln. Sie würde ihn vermissen. »Richard wollte noch ein paar Informationen über einen gewissen Stefan Heim haben.«

»Wer ist das?«

»Offenbar jemand von Interesse.«

Am liebsten hätte sie mit den Augen gerollt, verschränkte stattdessen aber die Arme. »Liegt da schon was vor?«

»Freilich. Stefan Heim stammt nicht aus unserem schönen Bayernländle, sondern aus Köln. Dort ist er bekannt wie ein bunter Hund, hat eine Latte von Vorstrafen, aber alles nur Kleinkram.« Jan wies auf einen Ausdruck, der auf einem Papierstapel neben ihm lag. »Diebstahl, Betrug, Urkundenfälschung. Keine Gewalttaten oder Ähnliches. Ein typischer Kleinkrimineller, dem der Boden wohl zu heiß geworden ist.«

»Hält Richard ihn für den Entführer des Jungen?«

»Keine Ahnung. Wie du weißt, ist er nicht gerade der Auskunftsfreudigste.«

Das stimmte allerdings. Sie ging zu Jan, nahm den Ausdruck und las ihn durch. Heim passte nicht in das Profil eines Kindesentführers, das war mindestens eine Nummer zu groß für ihn. »Wenn er damit zu tun hat, muss er Komplizen haben.«

»Des hamma uns auch scho gedacht«, sagte Peter. »Wollen wir net nach Teneriffa fliegen, um unsern Richard zu unterstützen? Ich hätt kei' Problem damit.«

»Das denke ich mir. Dreimal darfst du raten, wie meine Antwort lautet.«

Peter seufzte theatralisch. »Dann halt net.«

Sie lachte. »Was du privat machst, ist deine Angelegenheit. Alles andere würde uns mächtigen Ärger einbringen. Richards Kapriolen verursachen mir schon genug Kopfschmerzen.« Sie hielt den Ausdruck hoch. »Ich rufe Richard mal an und fühle ihm auf den Zahn.«

Damit marschierte sie hinaus in ihr Büro. Richard unter der Hand zu helfen, fühlte sich gut an, fast wie in Kindheitstagen, wenn ihre Freunde und sie etwas ausgeheckt hatten. Sie zögerte kurz und wählte dann mit ihrem Privathandy seine Nummer. Es dauerte eine Weile, bis er das Gespräch entgegennahm. Er klang müde, schien aber nicht überrascht, ihre Stimme zu hören.

»Wohl zu viel gefeiert?«, fragte sie.

»Schön wär's. Bist du im Büro?«

»Klar, wo sonst. Ich habe das Ergebnis einer Abfrage über einen Herrn Heim für dich.«

Kurze Pause. Da staunst du, mein Lieber, was ich alles mitkriege, dachte sie.

»Und?«, fragte er.

Sie las ihm die Daten vor. »Der hat alles ausprobiert, was noch ohne Schöffen verhandelt werden kann.«

»So was Ähnliches habe ich vermutet.«

»Du klingst so gepresst. Ist was passiert?«

»Nur ein kleiner Betriebsunfall.« Pause. »Hast du Facetime auf deinem Handy?«

Ihr Herzschlag beschleunigte sich wie bei einem verliebten Teenager. »Habe ich.«

Tatsächlich erschien gleich darauf sein Gesicht auf dem Screen. Er führte sein Handy um seinen Kopf herum, bis ein großes Pflaster das Bild füllte. »Ein Stein war härter als mein Schädel.«

Sie erschrak. »Wo kraxelst du denn rum? Ich dachte, du liegst am Strand und sonnst dich?«

»In der Höllenschlucht.«

»Steinschlag?«

»Eher nicht. Dort sollte die Geldübergabe wegen des verschwundenen Jungens stattfinden. Weil der Herr Wachter aber fußkrank ist, habe ich das Geld abgelegt. Wenn ich den Steinewerfer erwische, dreh ich ihm die Gurgel um.«

Sie stutzte kurz, suchte nach Worten. »Mensch, du machst Sachen«, sagte sie sanft.

»Jedenfalls ging die Geldübergabe in die Hose, und ich habe einen Mordsbrummschädel. Dafür weiß ich jetzt, wie das spanische Gesundheitssystem funktioniert; zum Beispiel, dass es verstaatlicht ist.«

»Schone dich, mit einer Gehirnerschütterung ist nicht zu spaßen.«

»Ist mir bekannt.«

»Warum bist du dann nicht im Krankenhaus?«

»Die haben mich entlassen.«

»Was plant ihr als Nächstes?«

»Die Einsatzleitung liegt bei der CNP. Ich bin nur dabei, weil Frau Dr. Wachter das so wollte. Für mich ist nun erst mal Pause angesagt, und was die vorhaben, wissen die Götter. Ich bin nicht in die Ermittlungen miteinbezogen. Du brauchst also keine politische Verwicklung befürchten.«

»Glaubst du, dass der Erpresser auch wirklich der Entführer ist?«

»Schwer zu sagen.« Richard schaltete von der Front- auf die Rückkamera seines Handys um. »Ich zeige dir mal, wo ich gerade bin – damit du ordentlich neidisch wirst.«

Palmen, blauer Himmel, rosa blühender Oleander und sogar Papageienpflanzen mit ihren orange-blauen Blüten. Im Hintergrund roter Fels, davor ein Pool mit belegten Liegestühlen. Eine langbeinige Blondine, Modeltyp, in einem Nichts von Bikini, winkte ihm breit lächelnd zu. Die Kamera schwenkte schnell weiter.

»Schönes Plätzchen. Und die Leute?«, fragte sie.

Sein Gesicht erschien wieder. »Wenn man von Mördern und Entführern absieht, sind die ganz nett.«

Er wurde ernst. »Ich gehe besser wieder ins Bett, mir wird schwindelig. Ein Ruhetag wird mir guttun.«

»Mach das.«

»Wie läuft's in der Dienststelle?«

Wir vermissen dich, dachte sie. Und jetzt muss ich mir noch Sorgen um dich machen. »Alles okay. Wir kommen auch ohne dich klar.«

»Das kann nicht sein. Ihr braucht doch jemanden, der euch zeigt, wo's langgeht.«

»Gerade deswegen.«

Ein leichtes Lächeln hellte seine Gesichtszüge auf. »Als du anriefst, dachte ich, du willst mich daran erinnern, mich rauszuhalten.«

»Dazu habe ich zwei Meinungen. Die eine ist die offizielle, und die andere meine private.«

»Danke, das habe ich jetzt gebraucht.«

Plötzlich war eine weibliche Stimme in der Nähe zu hören. Vor Maxis geistigem Auge entstand sofort das Bild der winkenden Badenixe.

»Bis später«, sagte er knapp und beendete das Gespräch.

Maxi lehnte sich im Stuhl zurück und starrte eine Weile auf den Lockscreen ihres Handys, der die Münchener Frauenkirche zeigte. Peters Idee, nach Teneriffa zu fliegen, fand sie plötzlich gar nicht so schlecht.

»Störe ich?« Der leicht untersetzte Kriminaloberrat Adler stand im Türrahmen und kratzte sich den weißen Vollbart.

»Nein, absolut nicht.« Was nicht gelogen war, denn sie war ihm für die Ablenkung dankbar.

Er schloss die Tür und setzte sich ihr gegenüber. »Um es kurz zu machen: Was treibt Kollege Levin in Spanien?«

»Der … ist im Urlaub.«

»Ach ja?« Adlers Augenbrauen besuchten den Haaransatz. »Der Direktor des Polizeipräsidiums Bayreuth hat heute einen Anruf aus dem Bayerischen Innenministerium erhalten. Die Herren wollten wissen, was bei uns los ist.«

»Was soll schon los sein?«

»Das frage ich Sie. Herr Levin mischt sich in Spanien

in Sachen ein, die ihn nichts angehen. Haben Sie davon Kenntnis?«

»Nein, das heißt, ja, aber er ermittelt dort nicht.«

Adler zuckte mit den Schultern. »Ach so. Wie würden Sie es denn nennen?« Er beugte sich vor. »Am besten, wir beide geben uns unwissend.«

»Okay.« Sie schluckte. »Hat sich jemand über ihn beschwert?«

»Eine Frau Doktor Wachter, Richterin am Landgericht Nürnberg. Ich frage mich, was die damit zu tun hat? Wahrscheinlich fühlt sie sich in ihrem Urlaub gestört.«

»Ihr Kind wurde entführt«, brach es aus Maxi hervor.

26 RICHARD

Etwas verloren blieb Richard nach seinem Gespräch mit Maxi bei der Poolanlage stehen. Was sie nun von ihm denken mochte? Er hätte nicht wie ein Ertappter den Anruf beenden sollen. Warum störte ihn das überhaupt?
Sylvie kam inzwischen auf ihn zu, und er versuchte nicht, sich ihr zu entziehen.
Wohl fühlte er sich nicht dabei, also steuerte er kurz darauf wieder auf sein Zimmer zu.

Sylvies Lächeln erstarb, als sie das Pflaster an seinem Kopf sah. »Was ist dir denn passiert?«

»Steinschlag.«

»Hier im Hotel? Warst du nach unserem Ausflug noch mal weg?«

»Hm.«

»Bist du damit zum Arzt?«

»Keine Sorge, die im Krankenhaus haben gesagt, dass es nur ein Kratzer ist.«

Ihre Anwesenheit war ihm nicht unangenehm, aber Maxis Gesicht stand noch vor seinen Augen. Er konnte nicht auf Sylvies Flirt eingehen und gleichzeitig Maxi im Hinterkopf haben. Außerdem verstärkte sich der Schwindel. Schwarze Punkte tanzten vor seinen Augen.

»Du bist ganz blass!«, rief sie und griff nach seiner Hand. »Fall bloß nicht um. Komm, setz dich.«

Er entzog ihr seine Hand, folgte ihr aber dennoch zu einem der gepolsterten Liegestühle im Schatten der Palmen.

Das zweite Mal, dass er in diesem Urlaub am Pool lag. Sylvie zog sich einen Stuhl heran und stützte ihre Füße auf der Liege ab. »Schieß los.«

Rot lackierte Fußnägel mit Glitter, ebenso auf ihren langen Fingernägeln. Der Kosmetikwahn mancher Frauen war ihm unverständlich, aber über Geschmack ließ sich bekanntlich streiten. Er lehnte sich zurück und schloss die Augen. Hier konnte man es aushalten. »Viel gibt es nicht zu erzählen. Ich bin zurück zur Höllenschlucht und wurde dort von einem Stein getroffen.«

»Ohne Helm? Das Krankenhaus wird es melden.«

Das war ihm egal. Hinter seiner Stirn summte es, und der Schwindel klang nur langsam ab.

Sie legte eine kleine Pause ein, ehe sie fortfuhr: »Warum warst du noch mal dort?«

»Reine Neugier. Gerade du als Frau müsstest das verstehen.

»Du Macho. Ich kenne genügend Männer, die uns Frauen in puncto Neugier und Gesprächigkeit locker übertreffen. Muss ein Kripobeamter nicht schon allein von Berufs wegen neugierig sein?«

»Ich glaube, ich gehe ins Bett. Da habe ich mehr Ruhe.«

»Bin ja schon still.«

Er lehnte sich zurück, schloss die Augen, drängte die Erinnerungen zurück. Friede. Tatsächlich hörte er von ihrer Seite eine Weile nur das Umschlagen von Buchseiten. Er beobachtete sie durch die Wimpern. Ihre Pupillen wanderten hin und her – sie las also tatsächlich, wobei die Finger einer Hand mit den Haaren spielten. Was wollte sie von ihm? Sex oder Wachter eifersüchtig machen? Womöglich verbarg sich unter der schönen Oberfläche etwas ganz anderes.

Sie musste seinen Blick bemerkt haben, denn sie hob

den Kopf und schaute ihn an. »Hat es was mit Marcels Sohn zu tun?«

»Warum fragst du?«

»Also doch.« Als er dazu schwieg, sagte sie: »Ist schon gut, ich lass dich in Ruhe, pass aber auf, dass du mir nicht abnibbelst.«

Offenbar suchte sie seine Nähe. Seine Gedanken drifteten ab, Müdigkeit erfasste ihn und er entspannte sich, bis ihn sein Handy mit der unverkennbaren Melodie des Videoanrufs auf Facetime aus dem Dämmerschlaf riss.

Maxi. Sofort war er hellwach. Er fühlte sich ertappt, obwohl er ein reines Gewissen hatte. Ihr Gesicht erschien. »Bist du beschäftigt?«, fragte sie.

»Ja, mit Schlafen.«

Sylvie kicherte.

»Oh«, sagte Maxi, »du bist in Gesellschaft.«

Er erhob sich und lief zu seinem Zimmer. »Nicht, was du denkst.«

»Was soll ich nicht denken, Herr Levin?«

Verdammt und zugenäht. »Nichts.« Angriff war oft die beste Verteidigung. »Danke. Mit deinem Anruf hast du es mir ermöglicht, ihr zu entkommen.«

»Der hübschen Blonden mit dem knappen Bikini?«

»Ja, der«, sagte er etwas verlegen. »Sie heißt Sylvia König und ist die Ex-Geliebte von Marcel Wachter.«

»Und mit so einer gibst du dich ab? Ts, ts, ts.«

»So würde ich das nicht nennen.« Die Kühle seiner vier Wände hatte ihn wieder. Schwindel packte ihn, er war zu schnell gegangen. Er setzte sich auf einen Stuhl am Terrassenfenster. »Was gibt's?«

»Du wirst es nicht glauben, aber Adler hat mich gleich nach unserem Gespräch zur Brust genommen. Dein Engagement ist aufgrund einer Beschwerde aufgeflogen. Das ging sogar bis nach München hoch.«

»Da hat es aber einer eilig gehabt, mir auf die Füße zu treten, dabei habe ich gar nichts verbrochen.«

»Das sehen die Herren offenbar anders. Das Merkwürdige an der Sache ist, dass du gesagt hast, Frau Wachter wollte dich dabeihaben?«

»Ja, genau.«

»Sie war es, die sich beschwert hat. Die Anweisung aus München ist eindeutig: Du sollst dich aus allem raushalten.«

Das wurde immer besser. »Hat sie ihre Beschwerde begründet?«

»Keine Ahnung. Adler und ich haben beschlossen, uns dumm zu stellen. Deshalb sollten wir in Zukunft nur unsere Privathandys benutzen. Okay? Ich muss Schluss machen, da kommt jemand. Ciao.«

Er sah durch die Terrassentür in Richtung Pool, wo Sylvie immer noch saß. Allerdings stand jetzt dieser Rechtsverdreher Jens Landsknecht neben ihr. Die zwei wechselten einige Worte, bevor er auf Richards Gebäudekomplex zusteuerte, um wahrscheinlich die Wachters aufzusuchen.

»Okay, ciao«, sagte er ins Telefon, aber Maxi hatte das Gespräch bereits beendet.

Am Abend fühlte er sich wesentlich besser. Der Druck im Schädel hatte nachgelassen, der Schwindel sich gelegt. Ein leichtes Hungergefühl stellte sich ein und er beschloss, dem Restaurant einen Besuch abzustatten, um sich eine Kleinigkeit vom Buffet einzuverleiben.

Wie stets um diese Zeit war es gut besucht; kein Wunder bei dem vielfältigen Angebot. Das Brummen der Ventilatoren an der Decke, das Klappern des Geschirrs und die

Stimmen der Gäste vermischten sich zu einer Geräuschkulisse, die von dezenter spanischer Gitarrenmusik untermalt wurde. Wie zu erwarten, war von den Wachters weit und breit nichts zu sehen. Dafür kam Sylvie, aufgedonnert wie für eine Modenschau, direkt auf ihn zu. Sie musste ihn mit einem Peilsender ausgestattet haben.

»Du hättest ruhig bei mir bleiben können, als deine Freundin anrief.«

Darauf wollte er nicht eingehen. »Woher kennst du den Landsknecht?«

»Wen?«

»Den Mann, mit dem du heute Morgen am Pool gesprochen hast, kurz nachdem ich gegangen war.«

»Ach den. Bist wohl eifersüchtig? Wir sind uns mal flüchtig begegnet, in Nürnberg. Ich glaube, er ist Rechtsanwalt.«

»Was für ein Zufall, dass er auch hier ist.«

»Genau wie du oder die Wachters. Allmächt, du bist doch auch a Närnbercher Peterlesbub, oder? Dein leichter Zungenschlag verrät dich, besonders beim L. Hier sind so viele Nürnberger, dass wir einen eigenen Stammtisch aufmachen könnten. Bist du eifersüchtig? Ich kann dich beruhigen, wir kennen uns aus einem Club, den ich vor meiner Zeit mit Marcel öfters mit meinen Freundinnen besucht habe. Aber frag ihn doch selbst, dort drüben sitzt er.«

Er folgte ihrem ausgestreckten Arm mit seinem Blick. Landsknecht mühte sich mit einem Hummer ab. Ihm gegenüber saß mit angewidertem Gesichtsausdruck Linda, die Richard beim Hereinkommen anscheinend übersehen hatte. Zorn wallte in ihm hoch. Diese Frau hatte ihn mit hineingezogen und sich dann ganz oben über ihn beschwert. Warum sagte sie es ihm nicht ins Gesicht, wenn ihr etwas nicht passte?

»Soll ich mit?«, fragte Sylvie.

»Lass mal, das schaff ich gut allein.« Er ergriff das Glas mit Rotwein und den Salatteller, den er sich zuvor zusammengestellt hatte, und marschierte auf den Tisch zu. Ohne um Erlaubnis zu fragen, zog er den freien Stuhl zurück und ließ sich darauf nieder. »Störe ich?«

»Nachdem Sie bereits sitzen, ist Ihre Frage überflüssig.« Landsknecht lächelte breit. »Wie geht's Ihnen? Ich habe gehört, sie soll es übel erwischt haben.«

»Tut nur weh, wenn ich lache. Und da es hier nichts zum Lachen gibt, schmerzt es nicht.«

»Und dabei wollen wir es belassen«, sagte Linda säuerlich. Ihre Stirnfalten zeugten von Ärger, nicht mehr von Kummer. »Mir ist wirklich nicht nach Lachen zumute.«

»Meinen Sie, Ihr Rechtsanwalt kann etwas daran ändern?«, fragte Richard.

»Vielleicht. Die Rechtslage ist sehr verzwickt.«

Landsknecht versuchte immer noch, den Hummerschwanz zu öffnen. Gleich würde die Gabel abrutschen und der Hummer sonst wohin fliegen. »Ich habe einen Proxy aufgetrieben, der uns vor dem spanischen Gericht vertreten wird.«

»Haben *Sie* die Beschwerde gegen mich eingereicht oder waren Sie das, Frau Doktor Wachter?«

Betretenes Schweigen von beiden.

»Keine Antwort ist auch eine Antwort«, sagte Richard. »Ich habe kein Problem, mich da rauszuhalten. Es ist mein Urlaub, und eigentlich gehen mich auf Teneriffa verloren gegangene deutsche Kinder nichts an. Allerdings möchte ich daran erinnern, dass Sie es waren, die mich gebeten hat die Geldübergabe anstelle Ihres Mannes durchzuführen. Dabei habe ich nicht nur einen Stein an den Kopf gekriegt, sondern Sie haben mich zum Dank für meinen Einsatz bei meinen vorgesetzten Dienststellen angeschwärzt.«

»Das war keine richtige Beschwerde«, sagte Linda schwach.

»Nein, ganz gewiss nicht. Eher eine Anfrage«, bekräftigte Landsknecht.

Er glaubte ihnen kein Wort. Wütend stach er in den Salat. Ein Stück Erdbeere hüpfte davon.

»Wir wollten nur nicht, dass Sie wegen uns Schwierigkeiten bekommen«, sagte Landsknecht.

»Zu viel der Fürsorge. Das ist Ihnen beiden hervorragend gelungen.« Er nahm einen Schluck Rotwein. »Suchen Sie sich einen anderen Deppen, ich bin raus. Einen guten Rat möchte ich Ihnen aber noch geben: Die CNP hat erfahrene Leute. Die wissen, was in einem solchen Fall zu tun ist. Oder haben Sie sich über die auch beschwert?«

Linda blickte zu Boden, während Landsknecht versuchte, den Hummer zu hypnotisieren.

Denen war nicht zu helfen. Wenn die beiden dachten, sie wären die Einzigen, die lügen konnten, hatten sie sich getäuscht. Wieder einmal siegte seine Sturheit über den vernünftigen Vorsatz, sich raushalten zu wollen. Er hatte Blut geleckt und wollte die Wahrheit wissen, zumal der Junge kurz vor seiner Entführung unter seiner Obhut gestanden hatte. »Wo ist eigentlich Ihr Mann?«

»Der rennt in der Gegend herum und sucht Kilian«, sagte Linda.

»Warum unterstützen Sie ihn dabei nicht?«

»Weil ich nach wie vor hoffe, dass die Entführer ein Einsehen haben und dass die Polizei ihre Arbeit tut. Außerdem ist es gut, wenn jemand von uns erreichbar ist, falls eine neue Forderung eintrifft. Es reicht, wenn sich einer in der Familie zum Narren macht.«

»Harte Worte.«

Linda kniff die Lippen zusammen. Landsknechts Gabel hatte inzwischen den Weg ins Innere des Hummerschwanzes gefunden und er pulte nun das Fleisch aus der Schale. »Hm, sehr lecker. Kann ich nur empfehlen.«

»Ich muss mir das nicht ansehen.« Linda erhob sich und warf die Serviette auf den Tisch. »Mahlzeit. Sie wissen, was Sie zu tun haben, Herr Landsknecht. Ich bin in meiner Suite, sollte sich was Neues ergeben.«

Richard wartete, bis sie außer Hörweite war. »Für eine Mutter wirkt sie ziemlich gefasst.«

»Frau Wachter ist durch ihren Beruf hart geworden. Das muss man auch sein, wenn man ständig mit Kriminellen zu tun hat. Das sollten Sie eigentlich am besten wissen.«

Er nickte bedächtig. »Dort drüben die Frau, kennen Sie die?«

»Ich könnte die Aussage verweigern.« Landsknecht lachte sein jugendliches Lachen. »Sie können es nicht lassen, stimmt's? Ja, ich kenne Frau König und war sehr überrascht, sie hier anzutreffen. Früher bin ich oft mit meinen Kommilitonen durch die Kneipen am Dürerplatz gezogen. Hübsche Mädchen merkt man sich. Sie war damals aber zu jung, um in Betracht zu kommen – wenn Sie verstehen, was ich meine.«

Oh ja. Wenigstens stimmte seine Aussage mit ihrer überein. Er sollte sich damit zufriedengeben. Vorrangig war jetzt zu erfahren, was Morell plante. Und welche Forderungen als Nächstes gestellt würden, sollte der Erpresser sich durch die Polizeipräsenz nicht abschrecken lassen haben.

Nachdem er seinen Salatteller geleert hatte, entschied er sich für einen Strandbummel.

Grauer Sand, graues Meer und eine brennende Sonne, die sich anschickte, im Meer zu versinken. Passend zu dem Fall.

In einiger Entfernung bemerkte er zwei Männer, die ihn zu beobachten schienen. Auch ohne genau hinzuschauen, erkannte er die beiden sofort: Heim und dieser Raúl. Ohne den Kopf zu wenden, schlenderte er an ihnen vorbei. Kurz darauf drehte er sich um – sie waren verschwunden.

27 MARCEL

Mittags hielt es Marcel nicht länger in der Suite aus. Linda hatte zwar keine Vorwürfe gegen ihn erhoben, doch ihrem Gesicht war deutlich anzusehen gewesen, was in ihr vorging: Wärst du selbst in die Schlucht gegangen, wäre Kilian jetzt frei. Wäre, wäre, Heckenschere. Dabei war sie es gewesen, die Levin hinausgeschickt hatte. Er musste raus hier, etwas tun, selbst wenn es sinnlos war.

Als er am Pool vorbeiging, sah er Levin auf einer schattigen Liege ruhen. Die Kopfverletzung geschah diesem Dilettanten ganz recht, denn schließlich hatte er die Geldübergabe vermasselt. Wut kochte in ihm hoch, und hinter seinem Brustbein begann es zu zwicken. Vermutlich Sodbrennen, was sonst. Ob Levins Story überhaupt stimmte? Wer weiß, was sich dort oben wirklich abgespielt hatte. Am Ende machte er mit den Gangstern gemeinsame Sache? Er wäre nicht der erste Polizist, der käuflich war. Vielleicht war sein ungewöhnliches Tattoo am Oberarm der Schlüssel zur Lösung des Rätsels? Dienten diese Symbole nicht Mafiosi und Knackis als Erkennungszeichen? Dass Sylvie bei ihm saß, versetzte ihm einen zusätzlichen Stich. Die Schlampe sollte sich zum Teufel scheren. Er würde sie entlassen müssen, um sie loszuwerden.

Auf dem Parkplatz der Hotelanlage ging er zu seinem Leihwagen und fuhr damit in die Stadtmitte. Dort holte er einen Stapel Flyer, die er tags zuvor hatte drucken lassen, aus dem Kofferraum. Sie zeigten Kilians Bild und enthielten einen Suchaufruf. Auf Morells Anraten hin wurde eine Belohnung ausgelobt, jedoch keine Summe genannt, gleichwohl Marcel sein gesamtes Vermögen opfern würde, um Kilian unversehrt zurückzubekommen. Er marschierte los und begann, die Zettel an Straßenlaternen, Hauswänden und Zäunen anzubringen.

Dabei achtete er darauf, sie nicht nur im Touristenzentrum zu platzieren, sondern auch in Nebenstraßen, wo die Einheimischen wohnten. In den engen Gassen spielten Kinder Fußball, vor einem Hauseingang saß auf einem wackeligen Stuhl ein greiser Mann, der ihm freundlich zunickte. Zwischen weißen Hauswänden mit ihren blumengeschmückten Balkonen hörte er Spanisch sprechende Stimmen.

Dieser Raúl überholte ihn, bog in eine Abzweigung ein und war, als Marcel dort eintraf, wie vom Erdboden verschluckt. Was sollte das? Verfolgte er ihn? Sein Knie begann zu schmerzen und er beschloss, zum Resort zurückzukehren.

Abends stand Marcel am Strand, sah die Sonne im Meer untergehen. Ein weiterer Tag war verstrichen, ohne dass sie ein Lebenszeichen von Kilian erhalten hatten. Sollte er zurück in die Suite, um nach Linda zu sehen? Fast fürchtete er sich davor.

Er konnte sein Knie kaum belasten, die Füße taten weh und an der Ferse hatte ihm der Riemen der Sandale eine Blase beschert. Wohl verdient, denn er war selbst daran schuld. Hätte er doch Kilian nie allein gelassen, dann bräuchte er nicht in der Gegend herumrennen. Warum hatte Linda unbedingt nur mit ihm an den Strand gehen und ihr Kind zurücklassen wollen?

Böse Ideen wollten sich in seinem Gehirn einnisten. Als die Sonne gänzlich versunken war, glaubte er in der Ferne Levin zu erkennen. Was machte der hier am Strand? Offensichtlich genoss der Kerl seinen Urlaub. Hatte er ihm das eingebrockt?

Er musste zurück. Ein Whisky oder zwei sollten helfen, die Spitzen der Eindrücke zu entschärfen. Er machte sich auf den Rückweg, wobei er seine vom Zorn auf sich selbst und alle anderen verwirrten Gedanken zu ordnen versuchte. An irgendwem würde er seine Wut auslassen müssen.

Beim Betreten des Resorts bemerkte er zwei Männer,

die abseits des Wegs unter Palmen standen. Einer rauchte, den anderen erkannte er auf Anhieb wieder. Raúl, der sich neulich im Schutz der Dunkelheit bei Sylvies Zimmer herumgedrückt hatte und der ihm heute schon einmal über den Weg gelaufen war. Was zum Teufel lungerte der ständig hier herum?

»Guten Abend, Señor«, sagte Raúl und bleckte sein Gebiss wie ein zum Angriff übergehender Schimpanse.

Endlich hatte er ein Opfer gefunden, um seinen Frust loszuwerden. Mit wenigen Schritten legte er die Distanz zu den Männern zurück und packte Raúl mit beiden Händen am Shirt.

»Hey!«, rief der Raucher. »Stopp!«

»Wo ist mein Sohn?«, schrie Marcel.

»¡Qué demonios, suéltame, cabrón!«, antwortete Raúl.

»Keine Ahnung, wovon Sie sprechen«, erwiderte der andere in astreinem Deutsch. »Lassen Sie meinen Kumpel los, sonst gibt's was auf die Fresse!«

»Kilian, ihr habt ihn doch!«

Die Männer tauschten hektische Blicke aus. »Wir wissen nichts von Ihrem Sohn«, sagte der Deutsche.

»Warum spioniert ihr mir dann nach?«

»Hä? Ich glaube, Sie leiden unter Verfolgungswahn. Wir halten einfach nur ein Pläuschchen.«

Wutschnaubend verstärkte er den Zug an Raúls Shirt. »Du kommst mit zur Polizei.«

Ein Schlag in Marcels Magengrube, der schnappte nach Luft und ließ Raúl los.

Plötzlich blitzte ein Messer in Raúls Hand auf. »¡Pajero!«

Marcel schrie auf und sprang zur Seite. Das Messer stieß ins Leere. Der sticht dich ab und du weißt nicht mal warum, dachte er.

In dem Moment, als das Messer erneut vorstieß, wurde Raúls Unterarm gepackt und zurückgebogen. Levins Faust flog ins Gesicht des Angreifers. Das Messer fiel zu Boden, und Raúl landete auf dem Bauch.

Woher war Levin so plötzlich gekommen?

»Don't move!«, fuhr er den am Boden Liegenden an.

Raúl lag stocksteif, rührte kein Glied.

»Der Idiot hat Raúl angegriffen!«, schrie der Deutsche.

»Herr Heim? Wie praktisch, dass Sie auch da sind. Warum sollte Herr Wachter das ohne Grund getan haben?«

»Er hat was davon gefaselt, dass wir ihn verfolgen würden und sein Kind hätten. Lächerlich, das Ganze.«

Levin holte sein Handy aus der Hosentasche. Es war klar, dass er Morell anrufen würde.

Schweiß brach Marcel aus. Den Ärger hätte er sich sparen können, wäre er besonnen vorgegangen. Scham überlagerte kurz seine Wut, die jedoch weiterhin in ihm rumorte. »Es stimmt. Ich wollte den da zur Polizei mitnehmen.« Er deutete auf Raúl.

»Meinten Sie im Ernst, er würde freiwillig mitgehen?«

Marcel fühlte seine Wangen heiß werden. »Ich wollte doch nur …«

»Also haben Sie ihn zuerst angegriffen?«

Er zitterte immer noch am ganzen Leib. »Als Angriff würde ich das nicht bezeichnen. Ich habe ihn lediglich am Hemd gepackt.«

»Na sauber.« Levin steckte sein Handy wieder ein.

»Nix Policía! Ich nix gemacht!«, rief Raúl, nach wie vor auf dem Bauch liegend.

»Muss man sich als unbescholtener Bürger alles gefallen lassen?«, fragte Heim.

»Das mit dem unbescholtenen Bürger würde ich mir an Ihrer Stelle überlegen, Herr Heim. Was machen Sie hier eigentlich?«

»Das geht Sie einen Scheißdreck an. Ich bin ein freier Bürger in einem freien Land und kann mich aufhalten, wo ich will.«

»Eher ein freier Deutscher in einem fremden Land«, korrigierte Levin ihn, »der unter gewissen Voraussetzungen jederzeit ausgewiesen werden kann.«

Heim spannte die Kiefermuskulatur an, presste die Lippen zusammen, während Raúl sich auf den Rücken drehte und sich das Kinn rieb. Kaum war Raúl auf den Füßen, verzogen sich die beiden schleunigst.

»Das war absolut unnötig und führt zu nichts«, sagte Levin in tadelndem Tonfall. »Es wäre gut, wenn Sie sich aus allem heraushalten und die Ermittlungen den Profis überlassen würden.«

»Profis? Wie bei der Geldübergabe? Dass ich nicht lache.« Eigentlich sollte er Levin dankbar sein, aber Wut und Enttäuschung waren stärker. Er wandte sich ab und ließ Levin grußlos stehen.

28 FERNAND

Nach einer weitgehend schlaflosen Nacht begann der nächste Morgen für Fernand mit Kummer. Seine kleine Tochter Naira klagte über Ohrenschmerzen. Zu allem Verdruss empfing ihn seine Frau mit in die Hüften gestemmten Händen, als er vom Schlafzimmer in die Küche schlurfte. Naira stand an ihre Beine gelehnt, das Gesicht tränenverschmiert, die Faust am Mund. Ihm schwante Schlimmes.

Gleichberechtigung hin und moderner Mann her, zu Hause hatte sie das Sagen. Immer noch herrschten in vielen spanischen Familien konservative Ansichten. Chaxiraxi, deren Guanchen-Vorname sich von der gleichnamigen Göttin ableitete, pflegte die alten Traditionen vor allem dann, wenn sie Fernand zum Nachteil gereichten.

»Du musst sie zu unserem Hausarzt bringen«, sagte sie. »Unserer Angelita Naira geht es schlecht.«

Er stöhnte innerlich, denn das Wartezimmer des Hausarztes war gewöhnlich brechend voll, und mit einem Kind zum Arzt zu gehen, gehörte definitiv zu den Aufgaben der Mutter. »Das kann ewig dauern. Und dann überweist er uns womöglich noch zum Facharzt.«

»Wenn du mehr Geld heimbringen würdest, könnten wir uns eine private Krankenversicherung leisten.«

Die alte Leier. Fernand ergriff die Kaffeekanne, in der noch das Gebräu von gestern war. Notgedrungen schüttete er es sich in die Tasse. Es schmeckte wie erwartet. »Kannst du das nicht für mich erledigen?«

»Ich habe einen wichtigen Termin, den ich nicht verschieben kann. Mir zuliebe, mi cariño?«

Er hasste es, wenn sie ihn mit »mein Liebling« ansprach. Der Kosename erinnerte ihn an seine Oma, die ihn immer so genannt hatte, bevor sie ihm mit einem Schlag auf den Hinterkopf klargemacht hatte, wer im Haus das Sagen hatte. Fernand konnte ein Augenrollen nicht unterdrücken. Zu den wichtigen Terminen seiner Frau gehörte alles von einem Besuch bei der Schwiegermutter oder dem Friseur bis zu einem Kaufinteressenten, dem sie ein Haus oder Appartement zeigen wollte. Chaxi arbeitete für ihren Vater, einen Immobilienhändler, der vor Geld stank und seinen mittellosen Schwiegersohn nur mit Mühe akzeptieren konnte. Der Don setzte die Polizei mit der Gewaltherrschaft der Guardia Civil gleich, ebenso wie viele andere der Alteingesessenen. Dass er seinen Dienst bei der CNP leistete, verbesserte sein Ansehen in keiner Weise, eher im Gegenteil.

»Muss das wirklich sein? Ich habe Wichtiges zu erledigen.«

»Und das wäre?«

Er hatte einen Termin mit García del García. Fernand kämpfte mit sich, ob er ihr trotz des Dienstgeheimnisses davon erzählen sollte. Es waren Hinweise auf den Veranstaltungsort der Hundekämpfe eingegangen. Bisher hatten sie aber nur einen Hof mit vernachlässigten Mopshündinnen und deren Welpen entdeckt, die alle zu Höchstpreisen an leichtgläubige Ausländer verkauft werden sollten. Verlegen druckste er herum.

»Habt ihr das Kind gefunden?«

Chaxi wusste natürlich durch die TV-Reportagen und Aufrufe von der Entführung des deutschen Jungen. Auch hier hatte es inzwischen Hinweise gegeben, die jedoch alle im Sand verlaufen waren. Mit jedem Tag wurden mehr Stimmen laut, die sich über die Erfolglosigkeit der Polizei lustig machten.

»Nein. Wir stecken fest«, sagte er ehrlicherweise, denn sie würde eine Lüge von ihm sofort erkennen. Kein Wunder, denn wie die meisten Ehefrauen war sie ein wandelnder Lügendetektor.

»Na, dann hast du ja genügend Zeit, schnell beim Arzt vorbeizufahren.« Sie drückte ihm die greinende Naira in den Arm, hauchte ihm einen Kuss auf die Wange und klimperte mit dem Autoschlüssel ihres Mercedes, den sein Schwiegervater ihr großzügig zur Verfügung gestellt hatte. »Bis später. Ich habe einen Termin mit einem reichen Deutschen im Taucho. Adiós.«

Ihm blieb nichts anderes übrig, als Idaira eine Nachricht zu hinterlassen, dass es später werden würde, und zum Ortszentrum von Adeje zu fahren, um sich beim Familienarzt als Mann unter lauter Frauen und Rentnern ins Wartezimmer zu setzen. Wenigstens hatte er Glück und kam schnell dran, denn im Gegensatz zu Chaxis Familie schätzte der Arzt samt Personal seinen Beruf. Mittelohrentzündung lautete die Diagnose. Sehr schmerzhaft, wie er aus eigener Erfahrung wusste. Danach fuhr er Naira – ausgestattet mit Medikamenten – zur Schwiegermutter, die ihm die Kleine mit vorwurfsvollem Gesicht vom Arm pflückte, als trüge er die Schuld an ihrer Erkrankung. Die Tür wurde vor seiner Nase zugeknallt, bevor er Adiós sagen konnte.

In sein Smartphone vertieft, saß García del García mit übergeschlagenen Beinen in Fernands Büro, als dieser eintraf. Der aus Madrid stammende Kollege, mit kantigem Gesicht, muskulösem Körperbau, kurz geschnittenem Haar und schmalem Schnurrbart winkte ihm lässig zu. »Wie geht's der Kleinen?«, fragte García, ohne vom Telefon aufzublicken.

Fernand seufzte innerlich, denn offenbar hatte Idaira die Nachricht ungefiltert weitergeleitet. Vermutlich wussten jetzt alle, bis hin zum Comisario de Distrito del Tenerife Sud, dass *er* seine Tochter zum Arzt hatte fahren müssen. »Mittelohrentzündung.«

»Autsch.« García nickte wissend.

»Wird schon wieder. Vermutlich vom Wasser des Swimmingpools.«

García legte sein Smartphone beiseite. »Gibt es in unserer Sache irgendwelche neuen Erkenntnisse? Berichte über Lärmbelästigung oder Ähnliches?«

Es ärgerte Fernand, dass García um den heißen Brei herumredete. Wenn schon Geheimhaltung, dann hätten sie sich besser im Distriktskommissariat oder im Hauptquartier in Santa Cruz treffen sollen – oder wie beim letzten Mal auf neutralem Boden. »Kaum etwas Verwertbares. Nur Gerüchte, dass im Taucho jemand Hunde züchtet – Möpse. Die seien gerade in Mode und brächten gutes Geld.«

»Wir suchen Kampfhunde.«

Fernand schüttelte den Kopf und beschloss, erst einmal abzuwarten.

García räusperte sich. »Wie läuft es mit der Kindesentführung?«

»Auch da tappen wir im Dunkeln.«

García studierte seine Schuhe. »Und bei diesem ermordeten Senegalesen?«

In Fernand regte sich Widerstand. Was wollte García von ihm? Er war ihm gegenüber in keiner Weise auskunftspflichtig. García gehörte einer Spezialeinheit an, und die war ihm weder übergeordnet noch unterstellt. Dennoch antwortete er: »Wir glauben, dass Oumar Toure zufällig an heiße Ware gelangte und deshalb sterben musste.«

»Rauschgift? Davon müssten wir wissen.«

Fernand war sich sicher, diese Information an Díaz weitergegeben zu haben. »Wir haben Spuren von Kokain in seinem Rucksack gefunden. Dealen auf der Straße ist bei uns eher unüblich. Comisario Díaz hat euch darüber informiert. Wir vermuten …« Fernand zögerte. Wie viel sollte er preisgeben? Am besten alles, denn Garcías Udyco war für das organisierte Verbrechen zuständig. »Wir denken, dass ein gewisser Maniolo, der in der Happy-Hour-Bar im Ortsteil Costa Adeje Stammgast ist, damit zu tun hat. Leider fehlen uns Beweise.«

»Wie wär's mit einer Razzia?«

Fernand hob abwehrend die Hand. »Die Bar gehört Diego González Lopez. Er ist Hotelier und Bürgermeister von Güímar im Südosten. Außerdem hat er gute Verbindungen zur Inselverwaltung.«

Garcías Gesicht blieb unbewegt. »Das ist alles ziemlich dürftig.«

Dem musste Fernand zustimmen. Er hatte drei große Fälle am Hals und keine Ahnung, wo er ansetzen sollte. An den Maulwurf in seiner Abteilung mochte er gar nicht erst denken. Sein Chef weilte noch in Las Palmas auf Gran Canaria und überließ es ihm, die Kastanien aus dem Feuer zu holen. »Hat die Udyco Informationen über Rauschgiftaktivitäten in Adeje?«

»Das könnte ich nur kurz vor einem Zugriff bestätigen.«

Also nicht. Offenbar erging es anderen Abteilungen nicht besser als seiner eigenen.

García kratzte sich hinterm Ohr und fuhr dann langsam mit zwei Fingern am Kiefer entlang. »Besteht zwischen dem Mordopfer und dem verschwundenen Kind ein Zusammenhang?«

Fernand blieb kurz die Luft weg. Schon wieder jemand, der diese Verbindung zog, ohne zu warten, ob er nicht dieselbe Idee hätte. »Also, das wäre …«

»Angenommen, Toure musste sterben, weil er einem der Dealer Rauschgift gestohlen hatte. Der Junge hat den Mord beobachtet und wurde deshalb entführt. Das Lösegeld für ihn wird als eine Art Ausgleich für die entgangenen Geschäfte gefordert. Wenn wir den Dealer finden, haben wir den Mörder und vermutlich auch den Kindesentführer.«

Fernand nickte. »Eine Verbindung zu den …«, er verschluckte das Wort »Hundekämpfen« gerade noch rechtzeitig, »… dem anderen Thema sehe ich momentan nicht.«

»Außer, der Straßenhändler verkaufte die Tickets dafür.«

Vor Fernands geistigem Auge erschien die Rolle Eintrittskarten, die sie bei dem Toten gefunden hatten. »Das ist ziemlich weit hergeholt, oder? Wer geht schon auf Touristen zu und fragt, ob sie zusehen wollen, wie sich Hunde gegenseitig zerfleischen? Die Gefahr, an einen Tierschützer zu geraten, ist groß.«

»Den Guiris würde er sie kaum anbieten, aber den Tinerfeños.« García sprach das letzte Wort mit einer gewissen Verachtung aus, als wären die Inselbewohner primitive Steinewerfer. »Ich hatte gehofft, Sie wären mit Ihren Ermittlungen weiter vorangekommen. Uns läuft die Zeit davon. Die Planung für einen Zugriff auf dem Festland ist abgeschlossen. Wir sollten unsere Aktionen koordinieren, damit sich die Bandenmitglieder nicht untereinander warnen.«

Fernand wurde es heiß. Wenn er das verbockte, war Feuer auf dem Dach, und die Konsequenzen mochte er sich gar nicht erst vorstellen. Während er noch sein Gegenüber anstarrte, klopfte es an seiner Bürotür und Jonay steckte seinen schwarzen Wuschelkopf herein.

Er bedachte García mit einem neugierigen Blick, bevor er den Mund aufmachte. »Kann ich? Es ist äußerst wichtig.«

Was sollte er tun? Idaira hatte bestimmt dafür gesorgt, dass alle wussten, wer sein Besucher war. »Du kannst frei reden.«

»García del García, CNP Madrid«, stellte sich García vor.

»Aha. Jonay Bravi González, Subinspector.« Jonay streckte García die Hand entgegen, die dieser kräftig schüttelte, und hielt danach Fernand einen Zettel hin. »Den hat mir heute ein Informant in die Hand gedrückt. Angeblich hat er ihn gestern Nacht von einem seiner Freunde erhalten.«

Fernand nahm das Papier und las im Stillen: »Der Junge ist im Taucho.« Es folgten eine Adresse und der Name einer Finca. Er ließ den Zettel sinken und blickte in Garcías aufmerksame Augen.

29 RICHARD

Richard ging den nächsten Tag gemütlich an, bis ihn gegen Mittag Morells Anruf erreichte.

»Wir haben einen Hinweis auf den Aufenthaltsort des Jungen erhalten«, sagte Morell.

Eine Welle der Hoffnung durchflutete ihn. Sollte sich doch noch alles zum Guten wenden? Er konnte es kaum glauben. »Das ist eine gute Nachricht.«

»Finden wir auch. Einer unserer Informanten hat ihn uns auf einem Zettel zukommen lassen, den er von einem anderem bekommen haben will.«

»Das ist … ungewöhnlich.«

»Allerdings«, antwortete Morell. »Der Tippgeber muss wissen, wer für uns als Informant arbeitet, was die Zahl der infrage kommenden Personen stark einschränkt.« Er machte eine kurze Pause. »Folglich einer aus dem Milieu, der anonym bleiben möchte.«

»Was noch ungewöhnlicher ist: Wer verzichtet schon gern auf eine satte Belohnung?«

»Vielleicht ist seine Angst vor Rache größer als seine Geldgier.«

Irgendwie ergab das alles keinen Sinn. »Darf ich Sie begleiten?«

»Fühlen Sie sich denn wieder fit? Falls das Kind tatsächlich dort ist, wäre es gut, wenn Sie dabei wären.«

»Sie haben Zweifel an der Echtheit des Tipps?«

»Sie etwa nicht? Wir holen Sie in fünf Minuten ab.«

Zwar sagte man den Spaniern einen gewissen Hang zur Unpünktlichkeit nach, aber Morell schien sich nicht daran zu halten, denn bereits nach vier Minuten fuhr der Streifenwagen vor.

»Habt ihr keine Zivilfahrzeuge?«, fragte Richard.

»Wir sind nur eine kleine Polizeistation. Keine Sorge, wir stellen den Wagen außer Sichtweite ab«, erwiderte Morell.

»Sind wir allein?«

»Nein, mein Subinspector ist bereits zu dem angegebenen Ort unterwegs.«

Die Fahrt führte zunächst auf der Autobahn nach Norden an Adeje vorbei. Über eine Landstraße ging es dann einen Berghang hinauf, an weißen Mauern entlang, hinter denen sich Häuser mit blumengeschmückten Balkonen befanden.

»Die meisten Ferienwohnungen gehören reichen Ausländern und Festlandspaniern«, erklärte Fernand. »Kein Ort, an dem man ein entführtes Kind vermuten würde.«

Er musste sehr davon überzeugt sein, dass es sich um eine Falschmeldung handelte, weil sie sich dem vermeintlichen Versteck so arglos näherten. Kurz vor dem Ende der Straße stellte Morell den Wagen ab. »Den Rest gehen wir zu Fuß.«

Ein staubiger Fahrweg führte an einigen Wolfsmilchgewächsen und trockenen Ginsterbüschen vorbei bis zu einer Finca, vor der ein Bauschuttcontainer sowie eine Zementmischmaschine standen. Keine Menschenseele weit und breit.

»Siesta?«, fragte Richard.

»Wahrscheinlich.«

Ein kräftiger, untersetzter Mann mit kurzen wuscheligen Haaren tauchte von der Seite kommend auf.

»Darf ich vorstellen: Jonay Bravi González, mein Subinspector«, sagte Morell.

»Jonay genügt«, sagte der Subinspector und streckte Richard die Hand hin.

»Richard.«

»Und ich bin Fernand.«

Ein merkwürdiger Platz, um Freundlichkeiten auszutauschen.

Sie umrundeten die Finca, stiegen dabei über Bretter und Ziegelsteine. Fernand zog seine Pistole und Jonay tat es ihm gleich. Mit einem Handzeichen bedeuteten sie Richard zurückzubleiben.

Ohne seine Dienstwaffe fühlte er sich nackt. Nichts, womit er sich verteidigen konnte, außer mit seinen Fähigkeiten im Nahkampf.

Die beiden Spanier verschwanden im Haus, wobei sie sich abwechselnd Deckung gaben. Vermutlich wollten sie ihm zeigen, dass sie ihr Handwerk verstanden. In Deutschland hätte Richard die Schutzpolizei oder sogar das SEK anfordern müssen. Sicherheit ging dort vor.

Fernand erschien in der Tür und winkte ihn herbei. »Komm, Richard. Das Nest ist leer. Entweder sind die Vögel ausgeflogen oder es waren nie welche drin.«

Richard tippte auf Letzteres.

Nachdem Fernand ihn ins Hotel zurückgefahren hatte, wusste Richard nichts mit sich anzufangen. Er brauchte Ablenkung, nicht nur um die Langeweile zu bekämpfen, sondern auch um den Frust loszuwerden.

Er breitete die Karte seines Reiseführers auf dem Bett aus. Zwar gab es Internet, GPS und Google Earth, aber um eine schöne Wanderroute zu planen, bot die Karte den besseren Überblick. Im Norden der Insel befanden sich laut Reiseführer viele malerische Dörfchen, während im Südwesten Bettenburgen dominierten. Der Teide wäre ein lohnendes Ausflugsziel, aber dessen Besteigung sollte er noch ein bis zwei Tage hinausschieben.

Er ließ sich einen Café Leche y leche aufs Zimmer bringen, um ihn einmal probiert zu haben. Er wurde in einem kleinen Glas serviert, in dem drei Schichten zu erkennen waren: Milch unten, in der Mitte der Espresso und als Abschluss geschäumte Milch. Sollte er ihn verquirlen oder mit dem Löffelchen schichtenweise zu sich nehmen? Er setzte an und schmeckte Milch, Kaffee und Süße. Die Spanier wussten, wie man Kaffee schmackhaft zubereitete. Nur mit den Mengen hatten sie es nicht so, denn er würde mindestens zwei weitere brauchen, um seine Lust auf Kaffee zu stillen.

Bevor er seinen Ausflug in Angriff nahm, wollte er sich Raúl vorknöpfen. Der zweite Schluck schmeckte sogar noch besser als der erste. Draußen, vor der Terrasse, stolzierte Sylvie vorbei. Aus ihr wurde er nicht schlau. Er könnte Maxi bitten, Nachforschungen über sie anzustellen, doch sie war strafrechtlich sicher ein unbeschriebenes Blatt.

Er könnte sich die Pyramiden von Güímar anschauen. Das war bestimmt nicht zu anstrengend. Eine Begehung der Masca-Schlucht schloss er aus. Etwas Ähnliches hatte er vor Jahren auf Kreta durchwandert: eine Stunde steil bergab und dann vier Stunden an einem steinigen Bachbett entlang bis zur Küste. Für Wanderer mit Flipflops oder Sandalen völlig ungeeignet und für solche mit Gehirnerschütterung vermutlich auch.

Das Nein aus Deutschland echote noch in seinen Ohren. Linda hatte Beschwerde gegen seine Beteiligung eingelegt. Was ihr Ehemann von ihm dachte, konnte er sich gut vorstellen. Nein, er würde weder Raúl nachjagen noch sich sonst irgendwie kriminalistisch betätigen.

Er trank die Tasse leer und steckte Handy samt Autoschlüssel in seinen Rucksack zu den Badesachen. Die Fahrt nach Güímar sollte nicht allzu lange dauern und danach würde er einen Abstecher an die Strände von El Médano machen, die laut Reiseführer ein Paradies für Kitesurfer sein sollten. Zwar war er keiner, aber er sah sowohl Könnern als auch Anfängern gern zu.

Es klopfte. Wie vermutet, stand Sylvie vor der Tür. Sie trug ein bauchfreies Top, halblange Jeans sowie feste Schuhe und warf einen Blick auf seinen Rucksack. »Wohin geht's denn? Ich dachte, wir könnten gemeinsam einen Ausflug unternehmen.«

»Wir?«

Sie hob abwehrend beide Hände. »Versteh mich bitte nicht falsch, das ist keine Anfrage für ein Date, aber wir sind beide allein hier. Also, wohin?«

»Zu den Pyramiden von Güímar.«

Sie kicherte. »Okay. Bin gespannt, wie sie dir gefallen.«

Diese Frau. Er sollte sie stehen lassen. Auf der anderen Seite bot sie die Aussicht auf etwas Unterhaltung und sie kannte sich aus. Also, warum nicht?

Auf der TF-1 fuhr er mit Sylvie durch die karge Landschaft, die er bei seiner Ankunft schon einmal durchquert hatte. Wie bereits bei der Wanderung in der Höllenschlucht, betätigte sie sich auch dieses Mal wieder als Fremdenführerin. Erstaunlich, wie viel sie über die Insel wusste.

Die Pyramiden lagen hinter dem Ort Güímar. Er parkte den Wagen, während ein Reisebus auf dem Parkplatz seine Touristenfracht entlud. Ein weiterer stand schon mit laufendem Motor und geöffneten Türen bereit.

Auf dem Gelände erhoben sich Stufenpyramiden aus Lavagestein, längst nicht so hoch wie die von Gizeh oder die der Mayas, jedoch mindestens genauso geheimnisvoll. Die Zikaden zirpten ihr Lied. Eine Gruppe Asiaten machte eifrig Fotos.

Sylvie winkte ihn weiter zum angrenzenden Museum. »Die Pyramiden sollen eine Verbindung zwischen den ägyptischen und den mittelamerikanischen Kulturen darstellen. Eine Theorie besagt, dass Teneriffa ein Zwischenstopp für handelstreibende Ägypter auf dem Weg nach Mittelamerika gewesen sei. Andere behaupten, sie seien erst 200 Jahre alt. Bauern hätten sie aufgehäuft, weil sie nicht wussten, wohin mit den vielen Steinen.«

»Das wäre ein gewaltiger Unterschied.«

»Sie sind nach der Sommer- und der Wintersonnenwende ausgerichtet. Es kann durchaus sein, dass hier schon immer Pyramiden gestanden haben, die erneuert wurden.«

Richard blickte skeptisch an einer der Pyramiden vorbei – als könnte sie ihm ihren Zweck beantworten – zu einer Gruppe Reisender. Dahinter: Raúl. Was hatte der Kerl hier zu suchen? Er zog den Atem scharf ein, während Sylvie munter weiterdozierte. Raúl trat an den Bus heran, redete durch das Seitenfenster mit dem Busfahrer und steckte ihm etwas zu. Dann drehte er sich um, wobei sein Blick den von Richard traf.

Auffällig, dass der Bursche ihm ständig über den Weg lief. Raúl hob eine Hand, ballte sie zur Faust und streckte den kleinen Finger hoch.

»Kennst du den?«, fragte Sylvie. »Er hat dich soeben beleidigt. Er meint, dein bestes Stück könne nur sehr klein sein. Ist wie ›keine Eier in der Hose zu haben‹.«

Fast hätte er gelacht. »Ein Strandhändler, der das Talent hat, immer da aufzutauchen, wo ich mich gerade befinde.«

»Vielleicht ist er der Steinschleuderer?«

Überrascht sah er sie an. »Wie kommst du darauf?«

»Weil er ein Einheimischer ist, und die treffen mit Steinen genauso gut wie andere mit Pfeil und Bogen.«

Das machte Sinn. So eine Schleuder musste der Angreifer in der Höllenschlucht gegen ihn verwendet haben. Er ging auf Raúl zu, doch der tauschte den kleinen Finger gegen den Mittelfinger aus und rannte zu einem grünen Seat. Richard spurtete ihm hinterher. Jemand saß auf dem Fahrersitz. Heim? Natürlich, wer sonst. Sie bogen mit quietschenden Reifen in Richtung der Hänge des Teide ab. Was sollte das? Neugierde packte ihn. Wollten sie ihn hinter sich herlocken? Dreck am Stecken hatten die zwei allemal. Sollte er sie verfolgen? Bis er sein Auto erreicht hätte, wären die beiden sicher längst außer Reichweite. Sylvie mochte zwar gut über die Insel Bescheid wissen, aber mit einem Einheimischen konnte sie es in puncto Versteckmöglichkeiten bestimmt nicht aufnehmen. Trotzdem war es einen Versuch wert.

»Fahren wir auf den Berg?«, rief Sylvie, die bereits am Wagen stand.

»Absolut.« Er stieg ein und schlug dieselbe Richtung wie die Flüchtigen ein.

»Der Hammer. Wird das eine echte Verfolgungsfahrt?«

»So dumm bin ich nicht, ihnen blindlings in eine Falle zu gehen.« Die Straße führte an den Hängen des Teide entlang, auf und ab und mit vielen Kurven.

»Schau, da vorn«, sagte sie nach kurzer Fahrt. »Sie haben abgebremst.«

Tatsächlich erblickte er nach einer Kurve den grünen Seat. Er ließ sich zurückfallen, verlor das Auto außer Sicht.

Plötzlich war es verschwunden, nur eine Wolke Staub hing über einem abzweigenden Schotterweg. Er machte ein Foto mit seinem Handy, fuhr ein Stück auf die schmale Straße und hielt an.

Den Spuren nach zu urteilen, wurde der Weg oft befahren. Er schlängelte sich über eine Steinwüste auf ein entfernt liegendes Gebäude zu, das wie ein Lagerhaus aussah. Auch davon schoss Richard ein Foto. Mehrere Hunde bellten.

»Willst du hin?«, fragte Sylvie.

»Nein.« Nicht mit ihr auf dem Beifahrersitz. »Wir fahren zurück.«

30 MARCEL

Am späten Nachmittag humpelte Marcel zurück in die Suite. Sein Knie war dick angeschwollen, das Kreuz schmerzte heftig und die Zunge klebte am Gaumen. Die tödliche Stille, die ihm entgegenschlug, zerstörte einmal mehr die Hoffnung, dass Kilian inzwischen freigekommen war. Jedes Mal, wenn er sich auf die Suche nach ihm begeben und Vermisstenplakate aufgehängt hatte, war er in der Erwartung zurückgekehrt, dass ihn ein Kinderlachen und eine überglückliche Linda empfangen würden. Doch nichts dergleichen geschah. Er konnte kaum noch einen klaren Gedanken fassen, fühlte sich fiebrig und ausgelaugt.

Um diese Tageszeit hielten die Spanier gewöhnlich Siesta. Kleinere Geschäfte außerhalb der Touristenmeile hatten geschlossen, große Supermärkte und Büros mit Klimaanlage blieben hingegen geöffnet. Er hätte sich eine Flasche Mineralwasser mitnehmen sollen. Gierig leerte er ein Glas Wasser im Bad. Ob das eine gute Idee gewesen war?

»Marcel?« Scheinbar aus dem Nichts erschien Linda hinter ihm an der Badezimmertür. »Was machst du, meinst du, das Wasser ist trinkbar? Überhaupt, wie siehst du denn aus? Du solltest duschen. Seit Tagen rennst du wie ein aufgescheuchtes Huhn in der Gegend herum.«

Pfeif auf das Wasser, die Informationen über seine Qualität waren widersprüchlich gewesen. Er starrte auf ihr Spiegelbild. »Ich muss einfach was tun, Linda. So wie du, mit den Händen im Schoß dasitzen, das kann ich nicht.«

»Das ist meine Art, mit dem Unglück umzugehen. Als Richterin bin ich es gewohnt, darauf zu warten, bis mir Polizei und Staatsanwaltschaft Täter und Beweise liefern.« Sie fuhr sich mit der Hand übers Gesicht, näherte sich ihm und tat etwas Überraschendes: Sie schlang von hinten ihre Arme um ihn und schmiegte ihren Kopf an seinen Rücken. »Dieses Warten, ohne zu wissen, wann dieser Albtraum enden wird, ist für uns beide furchtbar. Ich finde es gut, wie du dich einsetzt, obwohl ich glaube, dass es vergebene Liebesmühe ist. Falls Kilian …«

»… noch lebt? Natürlich lebt er noch!«

»Sicher. Der Entführer will etwas von mir – von uns,

und wird nicht ruhen, bis er es hat. So lange müssen wir uns gedulden.«

»Warum hat er das Geld liegen lassen?«

»Keine Ahnung. Wegen des GPS-Chips im Rucksack? Morell wird recht haben mit seiner Vermutung.« Ihre Stimme wurde leise. »Vielleicht ist er auf etwas anderes aus.«

»Und das wäre?«

Sie schwieg.

»Du klammerst dich an eine Hoffnung, die sich nicht erfüllen wird. Er wurde wegen Lösegeld entführt.«

»Wenn du das so genau weißt, warum hängst du dann überall Flyer auf? Glaubst du, der Entführer lässt ihn aus lauter Mitleid frei? Oder fürchtest du in Wahrheit, er könnte ertrunken oder auf andere Weise ums Leben gekommen sein? Wenn jemand ein Kind findet – sei es tot oder lebendig –, verständigt er die Polizei. Kilian ist kein entlaufener Hund, der einem durch das Aufhängen von Flyern wiedergebracht wird. Er wäre längst bei uns, würde er nicht mit Gewalt festgehalten.«

Ihre Worte öffneten Wunden, die er mit seinen Aktivitäten mühsam geschlossen hatte. Er legte seine Hände auf ihre. »Wir werden ihn zurückbekommen – lebend. Alles wird gut werden, wirst sehen.«

Sie drückte ihr Gesicht an seinen Rücken. »Meinst du wirklich?«

Er löste den Griff, drehte sich um und sah in ihre tränennassen Augen. »Du darfst die Hoffnung nicht aufgeben.«

»Das ist … so schwer.«

Er legte seine Hände auf ihre knochigen Schultern. »Wem sagst du das!«

Für einen kurzen Moment verfinsterte sich ihr Gesichtsausdruck, als würde sie ihm nicht glauben. »Morell hat vorhin angerufen«, sagte sie. »Sie sind einem Hinweis nachgegangen, der sich leider als falsch erwiesen hat.«

»Warum berichtet er dir von einem Misserfolg?«

»Weil er versprochen hat, uns auf dem Laufenden zu halten. Vielleicht will er auch beweisen, dass sie nicht untätig sind. Ich möchte alles wissen, was mit Kilians Verschwinden zusammenhängt, Marcel.«

»Was sagt Levin dazu?«

Sie löste sich von ihm und trat einen Schritt zurück. »Nichts. Er soll sich da raushalten.«

»Weil er die Geldübergabe verbockt hat?« Marcel dachte daran, wie schnell und effizient Levin den Messer schwingenden Straßenhändler außer Gefecht gesetzt hatte. »Ich habe meine Meinung geändert. Er kann uns von Nutzen sein.«

Sie musterte ihn. »Seit wann bist du so wankelmütig?«

Für eine Auseinandersetzung fühlte er sich zu müde. »Ich überlasse die Entscheidung dir.«

»Gut. Levin ist out.«

Als sie aus dem Bad ging, begab er sich unter die Dusche. Das kalte Wasser wirkte erfrischend, spülte Staub und Schweiß von seiner Haut. Triefend nass ging er ins Wohnzimmer und trocknete sich dort flüchtig ab.

Linda stierte auf ihren Laptop. Auf dem Tisch lag eine deutsche Illustrierte, die Frontseite zeigte die Konterfeis von ihm – und Sylvie. Ihm blieb die Luft weg.

»Was soll das?«, fragte er heiser.

»Die Sexaffäre, die du mit deiner Sekretärin hast, wird breitgetreten.«

»Sie ist die Abteilungsassistentin«, korrigierte er sie. »Verfluchte Scheiße!« Er schlug die Zeitschrift auf und fand auf einer Doppelseite Bilder von Sylvie – blendend schön – und sich – weniger vorteilhaft –, daneben welche des Resorts. Er stöhnte auf. »›Vater von Kilian wollte Geliebte heiraten. Was verbirgt er?‹«

»Jetzt weiß ganz Deutschland, dass du mich betrogen hast; sogar dein Arbeitgeber.« Sie deutete auf ihren Laptop. »Eine Headline mag ich besonders: ›Direktor hat Sex mit Sekretärin und vernachlässigt darüber sein Kind‹.«

Seine Knie gaben nach, und er griff nach der Lehne der Couch. »Aber wie …?«

»Wie sie es herausgefunden haben? Deine Nutte hat Interviews gegeben. Für Geld tut die doch alles.«

»Es tut mir so leid, Linda. Was soll ich jetzt bloß machen?«

»Nichts. Ich habe Landsknecht beauftragt, bei Gericht eine Unterlassungsklage einzureichen, damit diese Verleumdungen schnellstens aufhören. Außerdem werden wir auf eine Gegendarstellung bestehen.«

»Du hältst zu mir?«

Sie nickte langsam. »Natürlich. Ihr wird gekündigt, verstanden?«

Spät am Abend gingen sie gemeinsam zum Essen, um der Welt, oder zumindest den Hotelgästen, demonstrativ zu zeigen, dass sie zueinanderstanden trotz aller Widrigkeiten. Er musste sich zwingen, etwas zu essen, verzehrte deshalb außer ein paar Fischhappen lediglich drei verschrumpelte Minikartoffeln mit Mojo, während Linda lustlos in einem Shrimpscocktail herumstocherte. Von den Nachbartischen wurden sie mit neugierigen Blicken bedacht.

Weiter hinten entdeckte er Sylvie und Levin Rotwein trinkend. In Marcel stieg Eifersucht und blanke Wut hoch. Wie konnte sie ihm das nur antun? Die zwei mussten unter einer Decke stecken – im wahrsten Sinne des Wortes.

»Schau, dort drüben«, zischte er Linda zu.

»Stört dich wohl, dass sie jetzt mit einem anderen schläft?«

Aus ihren Worten triefte beißender Hohn. Sie hatte ihm noch lange nicht verziehen, würde es wahrscheinlich nie können. Auf seinem Teller zerquetschte er mit der Gabel eine Kartoffel, was in Anbetracht ihrer Größe und Konsistenz kein einfaches Unterfangen war, und spülte den sauren Geschmack in seinem Mund mit einem großen Schluck Weißwein runter. »Linda, bitte.«

»Ich habe nicht ›vögelt‹ gesagt.«

Er warf die Gabel auf den Tisch, die von dort herunterfiel und laut klirrend auf den Marmorfliesen landete. Sofort drehten sich alle Köpfe zu ihnen um. Als er sie aufhob, drang Sylvies helles Lachen an sein Ohr. Zu viel. Wutschnaubend stand er auf und marschierte zu den beiden hinüber.

»Hallo, Marcel«, flötete Sylvie, als wäre alles bestens.

Levins Blick glitt an ihm herab bis zu den Händen. Wahrscheinlich prüfte er, ob er ein Messer oder eine Gabel als Waffe mit sich führte. Er öffnete den Mund, um seine Frage nach den Artikeln in den Zeitschriften loszuwerden, doch Linda kam ihm zuvor.

»Frau König? Darf ich Sie auf ein Wort sprechen?«

»Muss das sein?«

»Wir gehen am besten ins Freie.«

»Das können wir genauso gut hier regeln.«

»Wie Sie wünschen. Um sich wichtigzumachen und aus Geldgier haben Sie Lügen über meinen Mann verbreitet. Das wird ein Nachspiel haben.«

Levins Stirn legte sich in Falten.

»Und Sie, Herr Levin, sollten sich überlegen, mit wem Sie ins Bett steigen.«

»Das nennt man eine Unterstellung, oder?«, sagte Sylvie spitz. »Im Gegensatz zu Ihrem Mann reduziert Herr Levin mich nicht auf meine Fähigkeiten im Bett.«

Levin lehnte sich zurück. »Ich glaube kaum, dass es Sie etwas angeht, was Frau König oder ich in unserer Freizeit tun. Und was sollte das mit der Verbreitung von Lügen?«

»Sie hat ihre Geschichte an die Boulevardpresse verkauft«, fauchte Linda.

»Stimmt das?«, fragte er Sylvie.

Ihre Lider flatterten, als sie antwortete: »Ich muss schließlich schauen, wo ich bleibe, nachdem mich Ihr Mann vermutlich entlassen wird. Außerdem ist daran nichts Ungesetzliches.«

»Es gibt ein Persönlichkeitsrecht, und das wurde hier verletzt.«

»So ein Schmarrn, Frau Dr. Wachter«, sagte Sylvie. »Ich habe weder was Abfälliges über Sie gesagt noch gelogen. Die Interviews wurden auf Video aufgezeichnet und von einem …, von mir sorgfältig geprüft.«

Marcel hörte ihre Worte wie durch Watte. Levins Augen waren für einen Moment schmal geworden, als Sylvie sich verbessert hatte. Er stützte seinen Arm auf der Stuhllehne ab, legte den Daumen ans Kinn und den Zeigefinger auf den Mund, als dächte er darüber nach, wie er sich herausreden könnte.

»Sehr klug, Frau König«, giftete Linda. »Ich bezweifle allerdings, dass Sie das juristisch einordnen können.«

»Was die Illustrierten daraus gemacht haben, ist deren Sache.«

Levin erhob sich. »Bevor das hier ausartet, verabschiede ich mich lieber.«

»Oder, noch besser, Sie reisen ab.«

»Bei allem Respekt, diese Entscheidung überlassen Sie gefälligst mir, Frau Dr. Wachter. Mich wundert, mit welcher Hartnäckigkeit Sie mich loswerden wollen. Gute Nacht.«

Sylvie zwinkerte Marcel zu und sagte an Linda gewandt: »Ich gehe auch zu Bett. Und zwar in mein eigenes, falls es Sie interessiert. Ihr Mann kann gern nachkommen, wenn er mal wieder richtig guten Sex haben will.«

Am liebsten hätte Marcel sie dafür geohrfeigt, aber Linda zog ihn aus dem Restaurant. Ihr Versuch, zu demonstrieren, dass bei ihnen alles in Ordnung sei, war gewaltig in die Hose gegangen.

Mit hochgezogenen Schultern schritt Linda schweigend voran. Marcels Magen revoltierte. Gleich würde er sich übergeben müssen. Mit glühendem Kopf eilte er hinter ihr her.

Sie erreichte die Tür zur Suite, öffnete sie und zuckte unvermittelt zusammen.

Er folgte ihrem Blick auf den Boden. Auf den Terrakottafliesen strahlte ein zusammengefaltetes weißes Blatt Papier.

31 RICHARD

Nach dem Eklat mit den Wachters trieb es Richard zurück an den Strand. Einige Unentwegte plantschten im Schein des Vollmonds in dem von Wellenbrechern gezähmten Ozean. Er zog seine Flipflops aus und ließ seine Zehen von den Ausläufern der Wellen umspülen, die ein Gefühl von ungebändigter Freiheit mit sich brachten. Es schien ihn zu locken, hatte in ihm stets die Sehnsucht geweckt, in ein Boot zu steigen und das, was hinter dem Horizont lag, zu erkunden.

Warum nicht, er könnte es. War ungebunden, hatte Geld auf der Bank. Könnte er es wirklich? In Coburg wartete Maxi. Und hier ein Kind auf Befreiung. Ja, er sollte die Finger von dem Fall lassen und sich nicht in Angelegenheiten mischen, die ihn nichts angingen.

Seit wann gibst du auf, Richard Levin?

Wo war das Kind? Wer hatte es entführt? Heim und Raúl? Hatte Kilian etwas gesehen, was er nicht hätte sehen sollen?

Steckten am Ende sogar die Eltern hinter der Entführung? Wollte Linda ihn deshalb aus den Ermittlungen heraushalten, weil sie fürchtete, er könnte ihr auf die Schliche kommen? Und warum nur er und nicht die Nationalpolizei? Was wusste er, was die Spanier nicht wussten? Als wichtigste Frage hinter jeder Tat stand die nach dem Motiv. Was würde eine Mutter veranlassen, ihr eigenes Kind zu entführen?

Oder aus dem Weg zu schaffen.

Ein lächerlicher Gedanke. Linda erschien ihm nicht wie eine, die ihr Kind umbrachte.

»Mensch, war das vorhin ein Auftritt«, hörte er Sylvies Stimme hinter sich sagen. »Was bilden die sich bloß ein?«

Dahin war die Ruhe. Sylvie klebte wie eine Klette an ihm. »Hm«, brummte er, ohne sie anzusehen.

»Hast du Lust zu tanzen?«

»Garantiert nicht.«

»Notorischer Nichttänzer?«

»Sozusagen.«

»Keine Tanzschule besucht?«

Dort hatte er seine erste Liebe kennengelernt, doch das lag schon einige Jährchen zurück und viele Gelegenheiten, die einstudierten Tanzschritte zu bewahren, hatte er später nicht gehabt. Allerdings ging es ihm weniger darum, dass er fürchtete, sich zu blamieren, als um die Vorstellung mit Sylvie im Arm über die Tanzfläche zu schweben und dann nicht mehr Nein sagen zu können. »Ich habe einfach keine Lust.«

»Also gibt es doch jemanden, an dem dein Herz hängt.«

»Nein, da ist niemand.« Lügner. Er löste den Blick vom Horizont und drehte sich zu ihr um. »Oder doch. Aber wir sind nicht zusammen. Reicht dir das?«

Sie machte einen Schmollmund. Beinahe hätte er hinzugefügt, dass er im Allgemeinen nichts gegen eine unverbindliche Beziehung hätte, aber dass sie ihm allmählich auf den Geist ging. Vor allem, weil er ihre Avancen nicht einordnen konnte. Du bist ein Idiot, schalt er sich selbst. Es gab auch Frauen, die keine Teufelei im Sinn hatten, wenn sie einem Mann zeigten, dass sie ihn mochten. Schließlich war er nicht in Afghanistan, wo sich harmlos wirkende Frauen schon mit einem in die Luft gesprengt haben.

»Weiß sie davon?« Sylvie stand nun so nahe vor ihm, dass er in ihren Augen die Reflexion des Mondlichts sah. »Oder himmelst du sie aus der Ferne an und wunderst dich, warum du nicht zum Zug kommst? Wenn's um Frauen geht, stellst du dich an wie ein Ochs beim Eierlegen.« Sie lachte auf die ihr eigene Art und entfernte sich tanzend.

Das wäre mir neu, wollte er ihr hinterherrufen, verkniff es sich aber. Verwirrter als zuvor sah er ihr nach, bis sie verschwunden war. Die Szene im Restaurant fiel ihm ein. Was hatte sie bei der Konfrontation mit Linda sagen wollen, bevor sie sich korrigiert hatte? Vielleicht, dass das Interview einem Rechtsanwalt vorliegt, womöglich diesem Landsknecht. Er war der Einzige, der ihr hier sofort zur Verfügung stünde.

Er musste den Flirt mit ihr beenden, bevor es zu spät war; nicht nur wegen Maxi, sondern weil er eine Verwicklung von Sylvie in diesen Fall nicht ausschließen konnte. Er zog sein Handy aus der Tasche, schoss ein Foto vom Meer mit Strand und Vollmond und schickte es an seinen Freund Dom sowie an Oma Elke – und nach langem Zögern auch an Maxi.

Eine Stunde später machte er sich auf den Weg zu seinem Zimmer. Dort traf er auf Fernands Subinspector, der, an die Hauswand gelehnt, auf seinem Smartphone herumtippte. Als er Richard erblickte, löste er sich von der Wand und steckte das Handy in die Hosentasche.

»Wir haben ein neues Erpresserschreiben erhalten«, sagte er nach einem Gruß auf Deutsch.

»Vom Entführer?«

»Sí. Wir halten es für authentisch.«

»Ist Fernand bei den Wachters?«

»Sí.«

»Gut.« Das einzig Vernünftige war nun, sich schnell zu verabschieden, bevor er noch tiefer in die Sache hineingezogen wurde. Richard drückte die Schlüsselkarte seines Hotelzimmers auf das Schloss, bis es klickte.

Zu spät, Jonay hielt ihm den Screen seines Handys vor die Nase. Darauf leuchtete die Abbildung eines Schreibens.

»Keine Polizei. Señor Wachter allein«, stand dort auf Deutsch.

Danach eine Uhrzeit, Datum und eine Ortsangabe, die ihm nichts sagte. »Wo ist das?«

»Eine Bananenplantage. Quasi ein Dschungel, den wir weitläufig umstellen müssten.« Er steckte sein Handy wieder ein. »Wir werden tun, was in unserer Macht steht.«

Das klang ziemlich pessimistisch. Glaubten Fernand und sein Team nicht an einen Erfolg? »Ich wäre gern wieder mit von der Partie.«

»Das muss der Chef entscheiden. Wird nicht lange dauern, Richard. Er wollte sowieso mit dir sprechen.«

»Er kommt her?«

Jonay nickte. Das kam Richard gelegen, denn auf eine weitere Begegnung mit den Wachters war er nicht besonders scharf. Er betrat sein Zimmer, während Jonay vor der Tür wartete, und schenkte sich einen Schluck des lokalen Rotweins Listán Negros ein, von dem vom gestrigen Abend noch etwas übrig war. Kurz darauf klopfte es an der Tür und Fernand trat in Begleitung von Jonay ein. Fernand machte einen übermüdeten Eindruck. Richard konnte es ihm nachfühlen.

»Hola, Richard. Hat Jonay dir von dem neuen Erpresserschreiben berichtet?«, fragte er.

Richard bejahte. »Was habt ihr vor?«

»Zuerst die Lage erkunden, den Bereich weiträumig überwachen und hoffen, dass wir den Täter erwischen.« Fernand zuckte mit den Schultern. »Señor Wachter wird das Geld deponieren. Wir haben ihm versichert, den Rucksack dieses Mal nicht zu präparieren, weil die GPS-Signale vom Täter aufgefangen werden könnten. Wenn ich die Gegend richtig in Erinnerung habe, ist der Weg zum Übergabeort nicht besonders anstrengend. Señor Wachter meint, dass er es schafft, selbst zu gehen, und wenn er hinkriechen müsste.«

»Und dann?«

»Das werden wir sehen.«

»Eine verdeckte Verfolgung wird schwer zu realisieren sein.«

»Wir denken an den Einsatz von Drohnen.«

Richard überlegte kurz. Drohnen konnte man gut hören, sie surrten laut. Wenn der Täter mit dem Auto fuhr und die Drohne weit genug wegblieb, könnte sie unentdeckt bleiben. »Da bin ich mal gespannt. Etwas anderes: Raúl ist mir heute einmal mehr begegnet und hat sich verdächtig benommen. Der Kerl scheint allgegenwertig zu sein.«

Fernand sah ihn lange an. »Wo?«

Richard holte sein Handy vom Tisch. Eine Nachricht von Maxi war eingegangen. Er widerstand der Versuchung, sie sofort zu lesen, holte stattdessen die Fotos, die er nachmittags geschossen hatte, auf das Display. »Bei Güímar.«

Fernand legte die Stirn in Falten, nahm das Handy und scrollte durch die Bilder. »Würdest du mich hinfahren?«

»Natürlich. Ich habe dort Hunde gesehen und gehört, Wachhunde vermutlich.«

Den Kopf leicht schief haltend, gab Fernand ihm das

Handy zurück. Der Kollege dachte an etwas Bestimmtes, an etwas, das er vor ihm geheim hielt, dessen war Richard sich sicher. Ein Treffpunkt für Rauschgifthändler?

»Ist dort das Kind?«, fragte er.

»Möglich. Oder vielleicht etwas anderes.« Fernand gab sich einen sichtbaren Ruck. »Die Udyco hat Hinweise auf einen Hundekampfring, der sowohl auf dem Festland als auch auf Teneriffa operieren soll.«

Das kam überraschend. »Das hat aber nichts mit Kilian zu tun, oder?«

»Wer weiß? Ich kenne keine Details, die Udyco verfährt sehr vorsichtig. Manche dieser Organisationen fahren mehrgleisig.«

Wie die Mafia. »Ich fahre hin.«

»Ich fahre mit. Nach dem zweiten Versuch der Geldübergabe. Die wollen wir zuerst möglichst erfolgreich abschließen. ¿Trato hecho?«

»O. k.«, antwortete Richard. »Abgemacht.«

Ein Hundekampfring. Das würde interessant sein, zuzusehen, wenn die Udyco dort einfiel. Ihn würden sie aber sicher nicht dazu einladen. Solange es den Gangstern an den Kragen ging und die Hunde befreit würden, sollte ihm das recht sein.

Nachdem Fernand und Jonay ihn verlassen hatten, nahm er sein Handy erneut zur Hand. Auf dem Display strahlte ein Bild der beleuchteten Veste Coburg bei Nacht. Zwar nicht seine Heimat, aber dort, wo er arbeitete und lebte – und sie auch.

32 FERNAND

Von der Hauptstraße im Westen der Insel führte ein Schotterweg zur Küste, der eine von Steinmauern umsäumte Bananenplantage in zwei Hälften teilte.

Bei seinen ersten Erkundungsgängen auf der Insel war ihm der Anblick von sattgrünen Bananenpflanzen noch neu gewesen. Lange Blätter sprossen an langen Stielen, einer Palme nicht unähnlich, nur dass die Blätter großflächig und oft vom Wind stark zerfranst waren. An dicken Stauden drängten sich die Bananen dicht an dicht. Die Bananenplantagen waren der Hauptgrund, dass das Wasser auf den Kanaren knapp wurde. Dreimal im Jahr wurde geerntet, die Blätter starben danach ab und die Pflanze trieb erneut im ewigen Kreislauf aus, bis sie ausgelaugt war.

Fernand schob die philosophischen Gedanken beiseite. Er musste sich auf Wichtigeres konzentrieren. Soeben fuhr ein mit Touristen beladenes Taxi aus der Plantage. Manche Besitzer boten Führungen an, um nicht nur Bananen, sondern auch Alkoholika oder einen Imbiss verkaufen zu können. So auch diese hier.

Fernand saß im Auto seiner Frau, da in einem Mercedes niemand einen Polizisten vermuten würde. Jonay hatte er zuvor in der Nähe der Küste abgesetzt, ansonsten verzichtete er auf jegliche Polizeipräsenz. Die Kollegen hielten sich einige Kilometer entfernt in Bereitschaft. Auf keinen Fall durfte die Geldübergabe abermals scheitern.

Ein trockener Wind raschelte in den Blättern, während die Spätnachmittagssonne lange Schatten auf den Schotterweg warf. Er nahm die hochwertige Digitalkamera seines Schwiegervaters vom Beifahrersitz, und als ein Arbeiter an ihm vorbeiradelte, tat er so, als würde er Fotos von Bananenpflanzen schießen. Auf Deutsch rief er ihm »Schönes Tag« hinterher, damit er für einen Touristen gehalten wurde. Eine Mücke stach ihn in den Nacken. Elende Mistviecher. Ein Schlag, und er spürte sie an seinem Finger kleben. Genervt stieg er wieder in den Wagen. Wachter müsste bald kommen.

Als sich dessen Mietwagen näherte, ließ Fernand den Mercedes anrollen. Wie vereinbart befand sich Wachter allein im Fahrzeug. Der kleine Citroën schien von dem Deutschen fast vollständig ausgefüllt zu sein. Ohne ein Zeichen des Erkennens passierte Wachter Fernand und bog in den Plantagenweg ein. Fernand fuhr los, um sich auf einen Beobachtungsplatz, der am Hang über der Plantage lag, zu begeben.

Der Platz für die Geldübergabe war von den Entführern gut gewählt, da die Plantage äußerst unübersichtlich war, dafür konnte man jeden gut sehen, der sich ihr näherte oder sich entfernte. Hinzu kam, dass sie nicht genügend Beamte hatten, um alle Fluchtwege abzudecken, wenn die Erpresser erst mal auf der Hauptstraße waren. Jonays Drohne sollte erst zum Einsatz kommen, wenn die Entführer schon im Auto saßen. Bis dahin ließ er sie am Strand Probe fliegen.

Díaz hatte sich endlich vom Hauptquartier auf Gran Canaria loseisen können und gestern Abend die Vorbereitung der Aktion in die Hände genommen. Dabei hatte er ausgiebig mit Madrid telefoniert und ordentlich geflucht. Auch die politische Maschinerie war inzwischen angesprungen. Die Außenminister der beiden beteiligten Länder tauschten sich aus, und der spanische Innenminister regte sich auf, weil ihre Nationalpolizei durchaus in der Lage sei, Fälle ohne fremde Hilfe zu lösen. Über welche Kanäle er Wind von Levins Beteiligung bekommen hatte, war Fernand ein Rätsel.

Aus Fernands Sicht hatte Levin bisher keinen Grund zu einer Beanstandung gegeben, weil ihm der schmale Grat, auf dem er balancierte, offensichtlich bewusst war. Fernand mochte ihn und wollte ihn daher nicht völlig aus den Ermittlungen heraushalten.

Hoch über den Plantagen fuhr Fernand auf einen Parkplatz, von dem aus die Touristen gern auf das an schroffe Klippen brandende Meer blickten. Er parkte seinen Wagen hinter einem Gebüsch. Weiter oben begann der Naturpark La Corona Forestal mit seinen lichten Kiefernwäldern, die die Caldera des Vulkans umschlossen und in deren Mitte sich der Vulkankegel des Pico de Teide bis auf 3.718 Meter erhob. Unten konnte Fernand die Küste erkennen und dahinter das Blaugrau des Atlantiks. Heute trieb der Passatwind die Wolken vor sich her, die den Norden der Insel mit Feuchtigkeit versorgten und sich meist am Teide-Massiv sammelten. Der Süden hingegen bekam davon kaum etwas ab. Die Agaven und Kakteen, die Fernand umgaben, sahen durstig aus.

Er schaltete den Computerscreen seines Laptops auf GPS-Modus um, wodurch er die Bewegungen von Wachters Citroën über dessen Navi verfolgen konnte.

Der Punkt, der Wachters Wagen darstellte, näherte sich langsam der Abzweigung, an der er parken sollte. Auch Wachter selbst konnte er über dessen Handy orten. Ein ausreichender Empfang war überall gewährleistet.

Hatten sie an alles gedacht? Fernand wischte sich die Handinnenseiten an der Hose ab. Díaz hatte unmissverständlich zu verstehen gegeben, dass ein erneutes Scheitern Konsequenzen nach sich ziehen würde.

Wachters Auto parkte am vorbestimmten Ort. Fernand schaltete auf die Ortung des Handys um. Es rührte sich nicht vom Fleck. Was war los? Hatte Wachter es im Wagen liegen lassen?

Halt, jetzt bewegte es sich auf den Pfad zu, den Wachter nehmen sollte. Wie Fernand wusste, war er steinig und führte die Pflücker direkt zu den Bananenstauden. Schneckengleich kroch der Punkt auf den Übergabeort zu.

Sein Herz schlug schneller. Nur noch wenige Schritte und Wachter hatte das Ziel erreicht.

Danach hieß es warten, bis ein kleiner Peilsender im Rucksack durch ein Funksignal aktiviert werden konnte. Die kleine Notlüge gegenüber Wachter, dass der Rucksack dieses Mal nicht präpariert sei, war nötig gewesen, damit dieser sich nicht querstellte. Fernand schloss die Augen und schnaufte tief durch, denn für ihn stand viel auf dem Spiel.

Der Punkt erreichte das Ziel – blieb dort zuckend stehen. Erstaunlich, wie präzise und mit welcher Auflösung das GPS arbeitete.

Kurz darauf kam Wachter zurück. Der arme Mann durchlitt bestimmt Höllenqualen – ebenso wie die Mutter des Jungen.

Bis er den Peilsender aktivieren würde, konnten sie den Weg des Rucksacks nur mithilfe der Drohne verfolgen, deren Reichweite allerdings begrenzt war. Wenn die Aktion erneut schiefging, war er erledigt.

33 MARCEL

Die Bananenpflanzen wirkten bedrohlich, obwohl von ihnen natürlich keine Gefahr ausging. Mit seinem Mietwagen fuhr Marcel in den Bananendschungel, wobei die geöffneten Fenster es den Blättern erlaubten, bis ins Fahrzeuginnere vorzudringen. Die Klimaanlage schaltete er aus, um eventuelle Rufe von Kilian hören zu können.

Wie gern hätte er ihm die Bananenplantage gezeigt, denn Kilian liebte diese Frucht, egal ob ins Müsli geschnippelt, auf Eiscreme mit Schokosoße oder einfach pur.

An dem von den Erpressern festgelegten Punkt befand sich eine kleine Einbuchtung, die den Erntefahrzeugen als Parkplatz diente. Er hielt an und stieg aus. In den Blättern raschelte der Wind, Grillen zirpten. Alle anderen Geräusche fanden in seinem Kopf statt. Hatte er seinen Bluthochdruck zuvor noch unter Kontrolle gehabt, lief der mittlerweile aus dem Ruder, denn in seinen Ohren rauschte und klingelte es ununterbrochen. Mit zwei Fingern fuhr er sich an den Hemdkragen, doch der stand bereits bis zum letzten Knopf offen.

Marcel zog den prall mit Banknoten gefüllten Rucksack vom Beifahrersitz. Lösegeld, obwohl die Bezeichnung »Erlösegeld« passender gewesen wäre. Der Rucksack wog schwer in seiner Hand. Morell hatte ihm versichert, dass sich kein Ortungsgerät darin befand, aber konnte er dem Spanier trauen?

Da er das rechte Knie kaum beugen konnte, humpelte

er zum Übergabepunkt. In der Mitte einer Kreuzung von Plantagenwegen stand ein kleiner Zementblock, der vermutlich zur Landvermessung diente. An ihn sollte der Rucksack abgelegt werden. Anschließend sollte er auf dem schnellsten Weg verschwinden, hatte Morell ihn angewiesen. Trotz seiner Sehnsucht nach Kilian würde er der Forderung nachkommen, zumal ihm der Anschlag auf Levin noch gegenwärtig war. Hier fühlte er sich verwundbar und wie auf dem Präsentierteller.

Er sah sich um. Nichts als schier endlose Reihen von Bananenpflanzen, akkurat ausgerichtet, wie eine zum Apell angetretene Kompanie. Nicht gerade das, was er auf Teneriffa erwartet hatte. Mit Sicherheit würde er die nächsten Jahre keine Banane mehr sehen können.

Unentschlossen blieb er stehen. Was, wenn der Entführer, mit Kilian an der Hand, auftauchte und er einfach davongefahren war? Musste er nicht, um seines Sohnes willen, hierbleiben? Doch Morells Anweisung war unmissverständlich gewesen: kein Verweilen, sondern sofortiger Rückzug. Linda hatte in dasselbe Horn gestoßen. Keiner traute ihm zu, die Sache selbst zu Ende zu bringen. Moment! Bewegten sich die Blätter dort vorn nicht stärker als die anderen? Marcel hielt den Atem an und schluckte trocken.

Doch nichts geschah. Kein Entführer, kein Kilian.

Du musst zurück, rief er sich selbst im Stillen zu. Die Chance, Kilian lebend wiederzubekommen, wollte er nicht an seiner eigenen Unfähigkeit scheitern lassen. Er schnappte nach Luft und eilte humpelnd zu seinem Auto zurück. Im Allgemeinen eher atheistisch orientiert, fielen ihm nun Gebete aus seiner Kindheit ein, und die kamen ihm wie von selbst über die Lippen.

Niemand rief seinen Namen, niemand hielt ihn auf. Am Wagen angekommen, verharrte er einen Augenblick und lauschte, bis die Erkenntnis siegte, dass es hier nichts mehr zu tun gab. Als er über den holprigen Weg fuhr, waren seine Hände so nass, dass er Mühe hatte, das Lenkrad festzuhalten.

34 RICHARD

Die Sonne näherte sich dem Horizont und die Hotelgäste strebten dem Restaurant zu. Um diese Zeit sollte die Übergabe des Geldes erfolgen. Er verwarf die Idee, ein Buch zu lesen, und Joggen sowie Fitnessraum hatte er heute schon absolviert. Also blieb ihm nichts weiter übrig, als draußen auf und ab zu wandern, damit ihm die Zimmerdecke nicht auf den Kopf fiel.

Außerdem konnte er dabei seinen Gedanken besser freien Lauf lassen. Morell hatte Richard nicht um Unterstützung bei der Übergabe des Lösegelds gebeten und er hatte sie ihm nicht angeboten. Quasi als Entschuldigung hatte der spanische Kollege ihm von den politischen Turbulenzen berichtet, die Richards Engagement hervorgerufen hatte. Sie ließen es ratsam erscheinen, sich vorerst unter dem Radarschirm zu halten. Später am Abend oder morgen sollte Richard Fernand zu den Gebäuden bei Güímar führen, die er bei Raúls Verfolgung fotografiert hatte. Ob Morell dort das Versteck der Entführer vermutete oder den Ort, wo die illegalen Hundekämpfe stattfanden, hatte er nicht verraten.

Ganz wohl fühlte sich Richard bei der Sache nicht. Geiselbefreiung war eine der Aufgaben des KSK, wobei die Einsatzorte außerhalb Deutschlands lagen, denn im Inland waren entweder die SEKs der jeweiligen Bundesländer oder bei der Bundespolizei die GSG 9 zuständig. Im KSK waren sie ein eingespieltes Team gewesen. Jeder hatte seinen Platz und seine Aufgabe gekannt, aber mit Morell eine Geiselbefreiung durchzuführen, erschien ihm zu riskant, zumal nach dessen Einschätzung das organisierte Verbrechen seine Hand im Spiel haben könnte. Richard kannte weder den Ausbildungsstand von Morell und dessen Kollegen noch die zur Verfügung stehende Ausrüstung. Gegen womöglich mit Maschinenpistolen bewaffnete Gangster anzutreten, erschien ziemlich gewagt, wenn nicht sogar naiv. Falls nötig, würde Morell wahrscheinlich eine Spezialeinheit der Udyco hinzuziehen. Dass er sie nicht für die Stürmung einer leer stehenden Lagerhalle für Bananen anfordern wollte, war gut nachvollziehbar, daher machte eine Observierung des Objekts Sinn. Sollte Kilian wider Erwarten freigelassen werden, könnten sie die Aktion abblasen, was für alle Beteiligten die beste Lösung wäre. Den Hundekampfring könnten sie getrost der Udyco überlassen.

Als er an der Terrasse der Wachters vorbeikam, sah er Linda vor einem Glas Campari Orange sitzen. Ihr gegenüber hatte Landsknecht Platz genommen; ohne Getränk. Die beiden schienen in eine hitzige Diskussion vertieft zu sein, denn Linda drohte ihm mit der Faust, während das Gesicht ihres Anwalts knallrot anlief.

Neugierig geworden, lenkte er seine Schritte in die Nähe der Streitenden.

»Ich will dir nur helfen!«, rief Landsknecht. »Aber du bist stur wie ein Esel.«

»Du bist so ein Arschloch!« Linda sprang auf, wobei sie ihr Glas umstieß. Die orangerote Flüssigkeit ergoss sich über den Tisch. Ohne darauf zu achten, beugte sie sich nach vorn, Landsknecht entgegen. Gleich würde sie ihm an die Gurgel springen. Landsknechts Hand flog abwehrend hoch.

»Finger weg von …!«, schrie Linda, doch Landsknecht unterbrach sie.

»Vorsicht! Levin kann uns hören. Dort drüben.« Er ruckte seinen Kopf in Richards Richtung.

Linda stutzte und richtete ihren Körper auf. Sauber, nun würde sich ihr Zorn über ihn ergießen.

»Schnüffeln Sie mir etwa nach?« Sie machte einen Schritt auf ihn zu, wurde aber von einem hüfthohen, rosa blühenden Hibiskusbusch gestoppt. »Ist Ihnen das nicht ausdrücklich untersagt worden? Anscheinend muss ich erst ein Kontaktverbot erwirken, bevor Sie zur Vernunft kommen. Herr Landsknecht wird mir diesbezüglich behilflich sein.«

Der in Sekunden vom Arschloch zum Herrn avancierte Landsknecht blickte ein wenig unglücklich aus der Wäsche, hatte vermutlich keine Ahnung, wie er einen solchen Antrag in Spanien durchbringen könnte. Breit grinsend ließ Richard die beiden stehen. Es wäre interessant gewesen zu erfahren, wovon Landsknecht die Finger lassen sollte. Von Sylvie bestimmt nicht, denn Linda wäre es schnurzpiepegal, wenn die sich mit Landsknecht einließe.

Sylvie und Landsknecht? Hm. Vielleicht gab es da eine Verbindung, die ihm bisher verborgen geblieben war? Richard stoppte und drehte sich nach Linda um. Die stand inzwischen ohne Landsknecht auf der Terrasse, der sich offensichtlich aus dem Staub gemacht hatte.

Wusste oder vermutete Linda etwas über den Verbleib ihres Sohnes? Es kam häufig genug vor, dass einer der Elternteile sehr genau darüber im Bilde war, was mit dem Sprössling passiert war. Die meisten Opfer kannten ihre Peiniger. So vielleicht auch dieses Mal.

Inwieweit war Landsknecht involviert, und was war mit Sylvie? Auf sie kam Richard immer wieder zurück, und das nicht nur wegen ihrer sexuellen Ausstrahlung.

Kurzerhand griff er zum Handy und rief Maxi an. Er hätte auch Peter kontaktieren können, aber der fiel ihm erst ein, als der Ruf bereits durchging. Es dauerte nicht lange und ihre angenehme Stimme meldete sich: »Na, du Urlauber. Geht dir das Nichtstun allmählich auf den Geist?«

Er berichtete ihr von den neuesten Ereignissen. Gemäß dem Motto »Was sie nicht weiß, macht sie nicht heiß« ließ er den Teil weg, wonach Morell das Anwesen bei Güímar mit ihm erkunden wollte.

»Du meinst also«, sagte sie am Ende seines Berichtes, »dass die Mutter und *Richterin* Frau *Doktor* Wachter etwas mit dem Verschwinden ihres eigenen Kindes zu tun hat? Das ist doch nicht dein Ernst.«

Die Art, wie Maxi Lindas Titel betonte, hatte etwas Warnendes. Er schloss die Augen, denn er hätte sich denken können, dass sie so reagieren würde. Wer die Karriereleiter erklimmen wollte, sollte es tunlichst vermeiden, politisch anzuecken.

»Ich gebe zu, das hört sich ziemlich abwegig an«, erwiderte er.

»Ungeheuerlich würde besser passen, Richard. Wenn ich das unserem Chef erzähle, weist er uns beide in die Klapse ein.« Ihr lockerer Tonfall gab Entwarnung.

»Hast ja recht. Nichtsdestotrotz geht es um das Leben eines Kindes.«

Der Klang ihrer Stimme wurde weicher. »Was willst du also?«

»Wissen, ob eine Verbindung zwischen Linda, Dr. Jens Landsknecht und dieser Sylvia König besteht.«

»Zwischen Sylvia und Herrn Wachter bestimmt.«

»Ich meinte keinen flotten Dreier.«

»Hast du was getrunken?«

»Nur Kaffee, aber davon vielleicht eine Tasse zu viel.«

»Du meinst, jemand hat eine Leiche im Keller, und Frau Dr. Wachter möchte verhindern, dass das herauskommt?«

»Genau.«

»Also gut, ich kümmere mich drum. Für dich, Richard, und für das Kind.«

»Danke. Ich weiß das zu schätzen.«

Pause. Er kannte diese Art von Schweigen, die ausdrückte, dass etwas gesagt werden sollte, was jedoch keinem von ihnen über die Lippen kam.

»Pass auf dich auf«, meinte sie lediglich und weg war sie.

Richard starrte noch eine Weile auf das Display, bevor er sein Handy in die Hosentasche schob.

»Gibt es was Neues?«, rief Wachter hinter ihm.

Richard fuhr herum. Wachter kam mit einem dicken rechten Knie auf Linda zugehumpelt. Der wird bald unters Messer müssen, dachte Richard. Vermutlich nahm Wachter die Verletzung nicht wahr, denn er blickte starr auf seine Frau.

Vor der Terrasse blieb er stehen, hob die Arme wie ein Ertrinkender, der ins Rettungsboot gezogen werden wollte. »Warum meldet sich keiner von denen?«

»Schrei nicht so herum.« Lindas Blick schweifte umher, bis sie ihren Mann fixierte. »Wie ist es gelaufen?«

Einige Hotelgäste drehten sich wissbegierig um. Jeder hier wusste Bescheid, selbst wenn viele der Urlauber sich dies nicht anmerken ließen.

Linda winkte ihren Gemahl zu sich und verschwand mit ihm in der Suite. Offensichtlich war die Geldübergabe reibungslos über die Bühne gegangen oder, anders ausgedrückt, Wachter war von einem Steinwurf verschont geblieben. Richard hatte genug gehört und zog sich auf sein Zimmer zurück.

35 FERNAND

Durch das Fernglas beobachtete Fernand die Zufahrtswege zur Plantage. Von hier aus hatte er einen guten Überblick, konnte jedoch den hinteren Teil der Plantage nicht einsehen, da sie durch eine Mauer von der nächsten getrennt war. Dort hatte Jonay sich postiert. In der Nähe der Plantage wand sich die Staatsstraße an der Küste entlang und weiter im Landesinneren die Autobahn. Er war zu weit weg, um eingreifen zu können, aber das war auch nicht vorgesehen, denn er sollte lediglich beobachten und den Einsatz koordinieren.

»Soll ich die Drohne aufsteigen lassen?«, fragte Jonay, nachdem Fernand ihm per Telefon mitgeteilt hatte, dass Señor Wachter die Plantage verlassen hatte.

Es dunkelte bereits, und Fernand sorgte sich, dass sie den Erpresser aus den Augen verlieren könnten. Trotzdem sagte er: »Warte noch.«

Den Weg des Rucksacks zu verfolgen war oberste Priorität. Das Kind wollte er auf keinen Fall durch einen voreiligen Zugriff gefährden. Díaz hielt den oder die Täter für Trittbrettfahrer. Díaz' Ansicht nach war das Kind von einem Hai gefressen worden und ein paar Gauner versuchten nun, sich auf Kosten der Eltern zu bereichern.

Sein Handy klingelte. Wenn man vom Teufel sprach. Díaz meldete sich. »Wie ist die Lage?«

»Alles ruhig.«

Díaz schnaubte. »Für diese Kleinkriminellen ist es eine horrende Summe. Die werden das Geld nicht einfach nur nach Hause tragen, sondern mit vollen Händen ausgeben – bis Maniolo Wind von der Sache bekommt und sich die Moneten unter den Nagel reißt.«

»Der Manager der Happy-Hour-Bar?«, wunderte sich Fernand laut und bereute es sofort.

»Hier läuft nichts ohne ihn. Und schon gar nicht, wenn eine Million in Cash im Spiel ist. Wenn die Ganoven nicht aufpassen, sind sie die Pelas schneller los, als sie sich umdrehen können.«

Ein weiterer Anruf ging ein, dieses Mal von Jonay. Fernand legte Díaz in die Warteschleife und sagte nur: »Ja?«

»Ein Wagen kommt.«

»Woher?« Fernand riss das Fernglas vor die Augen und bemerkte eine Staubwolke am hinteren Ende der Plantage. Das Auto müsste direkt an Jonay vorbeifahren.

»Er hat mich gerade passiert«, meldete der Kollege. »Blonder Fahrer, ein älterer Renault Clio, rot. Das Kennzeichen habe ich.«

»Hat er dich gesehen?«

»Ich bin doch kein Anfänger. Der hat nur angestrengt nach vorne gestarrt. Jetzt hält er – beim Mauerdurchbruch – und wartet.«

Auch Fernand wartete, bis ihm einfiel, dass Díaz noch in der Leitung hing. »Comisario? Wir glauben, der Geldabholer ist soeben eingetroffen.«

»Einer unserer Klienten?« Anscheinend vermutete Díaz, es würde sich um ein polizeibekanntes Gesicht handeln.

»Jonay ist in der anderen Leitung. Ich rufe zurück.«

Díaz gab einen Laut des Protests von sich, aber Fernand legte einfach auf. »Jonay?«

»Er ist ausgestiegen. Leicht untersetzt, klein, mit Bauch. Hawaiihemd, Shorts und Sandalen – mit Socken.«

Ein Spanier würde niemals Socken zu Sandalen tragen. »Ein Deutscher?«

»Ich habe ihn nicht gefragt.« Jonays Antwort klang etwas pikiert. Ein leises Rascheln war im Handy zu hören. Offenbar bewegte sich Jonay vorwärts. »Den habe ich schon mal gesehen.«

»Wo?«

»In der Happy-Hour-Bar.«

Also doch. Díaz hatte einen guten Riecher gehabt – oder gute Informationen. Das könnte bedeuten, dass Maniolo seine Finger im Spiel hatte. Ihm fiel Stefan Heim ein, auf den die Beschreibung passte. Der Mann hatte Raúl ein Alibi für die Zeit des Mordes an Oumar Toure gegeben. Einem wie Maniolo das Handwerk zu legen, könnte eine Beförderung nach sich ziehen. Unwillkürlich straffte sich Fernand. »Oder hast du ihn bei einer Vernehmung getroffen?«

»¡Sí, sí! Das ist er, Stefan Heim. Er verschwindet jetzt in der Plantage.«

Jagdfieber erfasste Fernand. Das lief besser als erwartet. Einen Namen zu haben war die halbe Miete. Nun musste Heim sich nur noch den Rucksack schnappen und alles wäre geritzt.

»Soll ich ihm hinterher?«, fragte Jonay. Seiner Stimme war die Erregung anzuhören.

»Bleib, wo du bist. Der muss zu seinem Auto zurück.«

Jonay knurrte eine unverständliche Antwort. Eine Zeit lang konnte Fernand nur dessen Atmen hören. Dann erneutes Rascheln und Knacken. »Heim kommt. Ohne Rucksack. Was nun?«

»Ohne den Rucksack? Hat er vielleicht eine Tasche dabei, in der er das Geld transportieren könnte?«

»Nein, nichts dergleichen. Jetzt dreht er sich um, schaut in alle Richtungen. Wedelt mit den Armen. Flucht offenbar. Was ist da passiert?«

»Keine Ahnung.« Fernand bemerkte, dass er flach atmete. Er sollte tief Luft holen, bevor er hyperventilierte. »Vielleicht hat er den Peilsender im Rucksack bemerkt?«

»Der ist nicht aktiviert, oder?«

»Nein.« Den Geräuschen entnahm er, dass sich Jonay wieder tiefer in seine Deckung zurückzog. Die Sekunden zogen sich. In Fernands Beinen kribbelte es.

Dann wieder Jonays flüsternde Stimme. »Er geht zum Auto. Telefoniert.«

»Gut. Das Gespräch können wir zurückverfolgen.«

»Er steigt ein – und fährt wie ein Wilder los. Soll ich nachsehen, ob der Rucksack noch an seinem Platz liegt?«

»Moment.« Fernand drückte Jonay in die Warteschleife, wählte Díaz' Nummer an und gab Jonays Bericht durch.

»Was ist mit dem Ortungschip im Rucksack?«

»Nicht aktiviert.«

»Wartet eine halbe Stunde, bevor ihr zugreift.«

»So lange?«

»Was, wenn er behauptet, nur zufällig da gewesen zu sein? Ohne handfeste Beweise kommen wir dem nicht bei.«

Etwas stimmte nicht, das hatte er im Gefühl. Fernand drückte Díaz weg. »Jonay, noch da?«

»Wo soll ich sonst sein.«

Fernand nahm noch einmal sein Fernglas zur Hand und checkte die Ränder der Plantage. Auf der ihm zugewandten Seite fuhr ein Radfahrer, mit einem Rucksack auf dem Rücken, in Richtung Küste. Merkwürdig. Sehr merkwürdig. Der Groschen fiel.

»Jonay! Ich glaube, der Rucksack ist abgeholt worden.

Nicht von Heim, sondern von einem Radfahrer. Ich wette, das ist Raúl.«

»Ich prüfe, ob er noch am Übergabeort liegt.«

»Mach das. Ich fahre hinunter und versuche den Radfahrer einzuholen.« Fernand sprang ins Auto, gab Gas und bog auf die schmale Straße ein. Sofort musste er abbremsen, denn vor ihm bummelte ein übervorsichtiger Autofahrer. Fernand setzte zum Überholen an. Sein Mercedes hatte genügend Anzugskraft, um vor einem entgegenkommenden Lastwagen wieder auf die rechte Spur einzuscheren. Verdammte Serpentinen. Jetzt zeigte sich der Nachteil dieses Beobachtungsplatzes. Mit quietschenden Reifen nahm er eine Haarnadelkurve nach der anderen.

»Fernand?«, klang es aus der Freisprechanlage des Autos. »Der Rucksack ist weg!«

¡Mierda! Er schlug mit der flachen Hand auf das Edelholzlenkrad. »Ich aktiviere den Peilsender.«

Jonay keuchte ins Handy. Eine Wagentür klappte. »Ich bin jetzt im Auto und fahre hinterher. Soll ich ihn festnehmen?«

»Nein, vorerst nur verfolgen. Wir müssen rauskriegen, wohin er fährt.«

Die neue Entwicklung musste Díaz gemeldet werden. Inzwischen war er nahe der Stelle, an der er den Radfahrer zuletzt gesehen hatte. Vorerst galt es jedoch, eine Ortschaft zu durchqueren, deren Hauptstraße mit Bremsschwellen zugepflastert war. Er nahm sie schneller als erlaubt, aber der Mercedes schluckte die Unebenheiten anstandslos weg. Fernand setzte sich erneut telefonisch mit Díaz in Verbindung.

»Sagte ich nicht, dass Maniolo dahintersteckt?«, rief Díaz.

Diese Schlussfolgerung konnte Fernand nicht nachvollziehen, da es dafür bislang keinen Anhaltspunkt gab. Eilig fuhr er um den Kreisverkehr, verpasste die Ausfahrt und musste noch einmal herum.

»Verhaften!«, ordnete Díaz an und vollzog damit eine taktische Kehrtwende.

»Was ist mit dem Kind?«

»Dessen Aufenthaltsort kitzeln wir schon aus ihnen raus. Offenbar fallen sich die Gauner gegenseitig in den Rücken. Schnappt euch auch diesen Stefan Heim.«

Endlich erreichte Fernand die Straße, an der die Plantage lag, und bog scharf in den Schotterweg ein, auf dem der Radfahrer verschwunden war. Seine Frau würde ihm an die Kehle springen, wenn sie erführe, wie er den Benz steil nach unten in Richtung Küste jagte. In einer Kurve, kurz vor den Klippen, stand Jonays Wagen. Jonay selbst stand davor, die Hände in die Hüften gestemmt. Das sah nicht gut aus. Fernand parkte dahinter und stieg aus. »¿Qué pasa?«

»Er sitzt in der Falle.«

»Weshalb?«

»Das ist eine Sackgasse. Da kommt keiner raus, ohne an uns vorbei zu müssen. Was machen wir?«

»Wir schnappen uns den Kerl.« Fernand griff nach seiner Pistole, die er im Fußraum auf der Beifahrerseite abgelegt hatte. Plötzlich heulte ein Bootsmotor auf.

»¡Venga! Los, los!«, rief er und rannte um die Felskante herum. Ein schmaler Naturstrand, schwarz wie die Seele des Teufels und begrenzt durch meterhohe Klippen, breitete sich halbmondförmig vor ihm aus. Und in der Mitte lag, flach wie eine angeschwemmte Flunder, der Rucksack.

Sie spurteten hin. »Leer. Verdammter Mist!«, rief Jonay.

Ein schnittiges Motorboot raste mit schäumendem Kielwasser in südliche Richtung und auf Adeje zu. Ein großer, flacher Felsblock am Meer, mit eingemeißelten Stufen, musste als Anlegestelle gedient haben.

Fluchend sah Fernand ihm hinterher. »Bis die Küstenwache kommt, ist der Kerl längst über alle Berge.« Sie hatten sich reinlegen lassen. Das Gefühl, erneut versagt zu haben, traf ihn mit voller Wucht.

»Und jetzt?«, fragte Jonay ärgerlich.

»Stefan Heim auf den Zahn fühlen – und Raúl. Ich werde das Gefühl nicht los, dass er was mit der Sache zu tun hat.«

36 RICHARD

Endlich erhielt er den lang ersehnten Anruf zum Verlauf der Geldübergabe. Richard nahm ihn stehend in der Mitte seines Zimmers entgegen, wobei ihn eine ungewohnte Aufregung erfasste. In knappen Worten schilderte Fernand die Ereignisse bei der Bananenplantage und an der Küste.

»Sicher, dass es sich um Stefan Heim handelte?«, fragte Richard.

»Die Personenbeschreibung passt und auch das Autokennzeichen. Zu Hause haben wir ihn nicht angetroffen. Wir suchen ihn.«

»Vielleicht hält er sich in dieser Bar auf.«

»No, no está. Dort waren wir bereits.«

»Oder er sucht seinen Kumpel, diesen Raúl?«

»Zu dem sind wir gerade unterwegs.«

Richard bedankte sich für die Informationen. Interessante Wendung. Heim hatte offenbar das Geld holen wollen, aber ein anderer war ihm zuvorgekommen – auf einem Fahrrad. Ziemlich clever, denn auf den holprigen Feldwegen war man mit einem Auto klar im Nachteil. Außerdem war anzunehmen, dass die Polizei nach einem schnellen Fluchtfahrzeug Ausschau halten würde. Auch dass der Rucksack am Strand zurückgelassen worden war, zeugte von einem planmäßigen Vorgehen. Nun, da der Täter das Geld hatte, stand ihm alle Zeit der Welt zur Verfügung, sich unbemerkt abzusetzen. Vermutlich war er gar nicht in Adeje zu suchen, die Flucht mit dem Boot in Richtung Süden könnte eine Finte gewesen sein. Die Suche sollte sich auf Heim konzentrieren. Das zu entscheiden, war jedoch nicht seine Aufgabe. Fernand hatte angedeutet, dass sie die Erkundung der Halle auf morgen verschieben würden. Somit war Richard im Moment zum Nichtstun verurteilt.

Dennoch hielt es ihn nicht in seinem Zimmer. Da er keinen Hunger verspürte, ließ er das Restaurant links liegen. Als er Sylvie am Pool im Gespräch mit zwei jungen Männern sah, verging ihm die Lust, sich dort aufzuhalten. Nicht wegen der Jungs, sondern weil er fürchtete, sie könnte an ihm kleben bleiben und würde ihm wieder einen Vortrag über sein Defizit in Bezug auf zwischenmenschliche Beziehungen halten. Also wanderte er zum Strand hinunter und von dort in die Shoppingmeile. Eigentlich waren solche Einkaufsstraßen nicht sein Ding, aber sie boten Gelegenheit, einer seiner Lieblingsbeschäftigungen nachzugehen: dem Beobachten von Menschen. Zudem konnte man nie wissen, ob ihm Heim dort nicht zufällig in die Arme laufen würde. Er ging zu der Stelle, wo er ihm schon einmal begegnet war, zumal dies auch ein Treffpunkt mit Raúl sein könnte.

Heute war das Meer stürmischer als sonst, es lief gegen die Wellenbrecher Sturm. Das Fluchtboot hatte nur in einem Hafen anlegen oder in einer wellenberuhigten Bucht ankern können. Und davon gab es zu viele, um sie alle abzuklappern.

Er ging über den Strand Richtung Süden. Popmusik drang an seine Ohren. Etwas stimmte nicht. Sein Gefahrenradar alarmierte ihn. Er hatte das Gefühl, beobachtet zu werden. Während seiner Ausbildung hatte er gelernt, die Umgebung systematisch nach potenziellen Gefahrenquellen zu scannen und gleichzeitig nach Fluchtmöglichkeiten Ausschau zu halten.

Der Strand und die darüberliegende Promenade waren mit Touristen bepflastert. Unmöglich, in der Menge eine Bedrohung auszumachen. Stramm marschierte er weiter. Am Ende des Strands musste er auf den Promenadenweg einbiegen und kam am Beach Club vorbei, bei dem gerade die Post abging. Laute Musik, junge Männer in Badeshorts sowie Mädchen in String-Bikinis tanzten mit Cocktails in der Hand. Er ließ das muntere Treiben hinter sich, strebte dem nächsten Strandabschnitt zu: eine tiefe Bucht mit grauem Sand, dahinter der große Yachthafen. Sollte der Erpresser dort angelegt haben? Eher unwahrscheinlich. Fernand hatte nicht gesagt, wie groß das Boot gewesen war, aber es musste hochseetauglich sein, um der Brandung in einer ungeschützten Bucht standhalten zu können. Die im Yachthafen vertäuten Schiffe gehörten fast ausnahmslos der gehobenen Klasse an. Meist schicke Yachten fürs Hochseeangeln und Katamarane. Besaß der Erpresser am Ende ein Boot, das eine Viertelmillion kostete? Eher nicht. Was hier auf den Wellen dümpelte, passte nicht zum Profil eines Erpressers. Außer es handelte sich nicht um einen Einzeltäter, sondern um organisiertes Verbrechen. Die andere Möglichkeit wäre, dass er sich das Boot bei einem der vielen Anbieter gemietet hatte. Aber das herauszufinden, war Sache der Polizei. Nein, in diesem Yachtclub suchte Richard am falschen Ort.

Etwas weiter vorn lag zwischen einigen kleineren Booten ein älteres, von etwa acht Metern Länge und mit Außenbordmotor versehen, am Pier vertäut. Gut geeignet, um von einer einzelnen Person gesteuert zu werden. Von der Seefahrt hatte Richard keine Ahnung, wusste aber so viel, dass die Größe des Boots bei Hochseefahrten eine Rolle spielte.

Am Pier redete ein Mann auf einen Polizisten ein. Neugierig geworden, näherte sich Richard den beiden, um vielleicht ein paar Worte aufzuschnappen. Ein Mann in Shorts, T-Shirt und Sandalen schoss eine spanische Wortkanonade auf einen Kollegen der Policía Local ab, dass es eine wahre Pracht war, zuzuhören. Doch der hielt sich nur an seinem Schlagstock fest und schaute gelangweilt zu dem Boot.

»No lo entiendo. Da ist es doch?«

»¡Sí, pero! Aber es war fort!«

»Fehlt etwas?«

»¡No! Nada!«

Richard näherte sich einige Schritte, was die Aufmerksamkeit des aufgeregten Schiffseigners erregte.

Auch der Polizist drehte sich um. »¿Qué quiere usted, Señor?«

»Ich suche ein Boot, das vor etwa einer Stunde in den Hafen eingelaufen ist.«

»Am besten, Sie fragen Jorge vom Yachtclub. Der kümmert sich um alles«, erwiderte der Polizist.

Richard wandte sich dem Bootsbesitzer zu: »Ihres war verschwunden?«

»Ja. Erst war es weg und jetzt ist es auf einmal wieder da.«

»Und was sagt Jorge dazu?«

Der Mann zuckte mit den Achseln. »Der war zu dem Zeitpunkt leider fort.«

Oder hatte weggeschaut. Richard betrachtete das Boot, gegen das die gezähmten Wellen der Hafenbucht schwappten. »Darf ich ein Foto davon machen?«

»Wer sind Sie eigentlich?«, fragte der Polizist.

Nun wurde es knifflig. »Richard Levin. Tourist aus Deutschland.«

»Wollen Sie ein Boot kaufen oder mieten?«

»Nein. Mich interessieren nur solche, die innerhalb der letzten Stunde eingelaufen sind und keine Crew benötigen.«

Der Polizist legte den Kopf schief und bleckte kurz die Zähne. Gleich würde er nach seinem Ausweis fragen. »Um die Sache abzukürzen, würde ich gern telefonieren«, erklärte Richard.

Er erreichte Fernand sofort, und der wollte gleich mit dem Polizisten sprechen. Dessen Miene änderte sich schlagartig von gelangweilt zu höchst interessiert. »¡Sí!«, sagte er. »¡Sí, sí!«

Er gab Richard das Handy zurück und wandte sich an den Bootsbesitzer: »Das Boot ist konfisziert! Niemand darf es betreten. ¿Entiendes?«

Die Gesichtszüge des armen Mannes entgleisten. »Ich wollte aber …«

»Kein Aber. Wir brauchen es zur Spurensicherung.«

Nach kurzem Gruß entfernte sich Richard. Es war Aufgabe der spanischen Kollegen, alles Weitere zu veranlassen und zu klären, ob es sich wirklich um das gesuchte Boot handelte.

Da es in Anbetracht der vielen Häfen und Boote für ihn keinen Sinn ergab, weitere Nachforschungen anzustellen, machte er sich auf den Weg Richtung Hotel.

Dort, wo er Heim und Raúl bereits zweimal gesehen hatte, blieb er stehen. Bewegte sich da nicht jemand im Schatten der Palmen und Büsche? Blondes Haar schimmerte schwach. Richard drehte sich weg, um nicht erkannt zu werden, und ging weiter. Kurz darauf bog er in einen Weg ein, der zur Stadt führte. Er müsste jetzt auf gleicher Höhe mit dem Mann sein. Sollte er es wagen?

Sein Instinkt sagte ihm, dass es Heim war. Wenn nicht, würde ihm schon eine passende Ausrede einfallen. Mit einigen großen Sätzen sprang er zu der Stelle, an der er ihn zuletzt gesehen hatte.

Tatsächlich – Heim. Der riss abwehrend die Hände hoch und wollte auf dem Absatz kehrtmachen, aber Richard packte ihn am Arm und hielt ihn fest.

»He, was soll das?«, blaffte Heim.

»Das frage ich Sie. Was haben Sie hier zu suchen oder, besser gesagt, auf wen warten Sie?«

»Das geht dich einen feuchten Kehricht an, Scheißbulle!«

»Vorsichtig mit den Schmeicheleien. Suchen Sie Raúl? Ist er mit dem Geld davon, das Sie holen wollten?«

Heim fuhr zurück, soweit Richards Griff dies zuließ. »Ich … Ich weiß …«

»Ich weiß von nichts. Die Leier kenne ich. Ich rufe jetzt Inspector Morell an. Der hat bestimmt einige Fragen an Sie.«

»Bitte nicht!«

»Warum nicht? Wenn Sie von nichts wissen, haben Sie nichts zu befürchten.«

»Sie kennen die spanische Justiz nicht.«

»Das hätten Sie sich vorher überlegen sollen.«

»Ich habe Geld, viel Geld. Sie sind doch hier im Urlaub, oder?«

»Reden Sie von der Million, die Sie nicht haben?« Als keine Antwort kam, sprach Richard weiter: »So was zieht bei mir nicht. Außerdem ist es völlig egal, ob ich im Urlaub oder sonst wo bin. Haben Sie sich mit Raúl hier verabredet?«

»Nein.«

»Warum warten Sie dann auf ihn?«

»Weil ...« Heim entspannte sich, hatte wohl eine Entscheidung getroffen. »Ist sowieso alles im Arsch.«

»Genau. Wir können ja zusammen auf Raúl warten.«

»Der kommt nicht mehr. Ich wollte gerade gehen.«

»Wir warten trotzdem.«

»In Ordnung. Ich sollte zu einer Plantage fahren und dort einen Rucksack abholen. Da war aber keiner. Also bin ich hierher, wo ich mich mit Raúl treffen sollte. Ich warte schon eine geschlagene Stunde auf ihn.«

»Haben Sie sich nicht gewundert, was das Ganze soll?«

»Nö. Ich mache öfter solche Botengänge, ohne Fragen zu stellen. Die werden gut bezahlt.«

Sollte er ihm glauben? Handfeste Beweise wären ihm lieber gewesen als die Aussage dieser zwielichtigen Gestalt. Richard zerrte Heim in den Lichtkegel einer Straßenlaterne.

»Raus mit der Sprache: Wo ist der Junge?«, schnauzte Richard.

»Welcher Junge?«

Richard drehte ihm den Arm auf den Rücken, bis Heim aufschrie. »Ein Vorschlag zur Güte: Ich rufe nicht die Polizei, dafür zeige ich Ihnen ein paar Tricks, wie man jemanden zum Reden bringt.«

»Sie sind Polizist!«

»Wie Sie vorhin richtig bemerkten, befinde ich mich nicht nur im Urlaub, sondern auch außerhalb Deutschlands. Ich habe weder die Lust noch die Zeit, mir Ihre Märchen anzuhören.« Er verstärkte den Druck.

»Ich weiß wirklich nichts über den Jungen!«, rief Heim mit gequälter Stimme. »Sie tun mir weh.«

»Wer hat den Rucksack abgeholt?«

»Keine Ahnung!«

Als er ihm den Kopf an den Haaren nach hinten zog, heulte Heim auf. Vielleicht sagte er ja die Wahrheit. Richard ließ ihn los. Er sollte ihn der spanischen Polizei überlassen und tippte Fernands Nummer in sein Handy.

»Was? Sie haben Heim? Alle Achtung«, staunte der.

»Und, ist es das gesuchte Boot?«

»Die Spurensicherung ist noch bei der Auswertung. Wir kommen sofort.«

37 FERNAND

Fernand bezweifelte, dass es sich bei dem im Yachthafen liegenden Boot um das gesuchte handelte. Nichtsdestotrotz ließ er es von der Spurensicherung untersuchen, denn schließlich hatte er das Fluchtboot nur von Weitem gesehen und das Heck war teilweise von der Gischt verdeckt gewesen. Jonays Drohne hatte sich wegen der begrenzten Sendereichweite als nutzlos erwiesen, denn er hätte dem Fliehenden folgen müssen. Ob der Erpresser davon gewusst und daher den Weg übers Wasser gewählt hatte?

Aktivität zu zeigen machte sich bei seinen Vorgesetzten immer gut, insbesondere wenn Erfolge ausblieben. Der bloße Verdacht, das Boot könnte für die Flucht genutzt worden sein, reichte aus, um die Aktion zu rechtfertigen. Der Schiffseigner schaute zufrieden, als die Polizei seiner Geschichte endlich die ihm seiner Meinung nach gebotene Aufmerksamkeit schenkte.

Frust machte sich breit, nicht nur weil er den schicken Mercedes wieder in die Hände seiner Frau übergeben musste und ein Donnerwetter wegen des Schmutzes an Karosserie und Reifen zu erwarten war, sondern weil er mit dem Entführungsfall nicht vom Fleck kam.

Er konnte nur hoffen, dass der Junge jetzt, nachdem der Erpresser sein Geld hatte, freigelassen werden würde, denn die Verantwortung für das Leben des Kindes lastete schwer auf seinen Schultern.

Zwischen den Wachters und den Entführern waren keine Übergabemodalitäten vereinbart worden. Wie auch, denn die Kommunikation war bisher einseitig verlaufen. Also blieb nur die Hoffnung, dass sie Kilian irgendwo absetzten. Im Hotel oder bei einer Polizeistation würden sie ihn kaum abgeben. Ein Schreiben mit der Angabe seines Aufenthaltsorts erschien möglich. Fernand hatte einige Entführungsfälle studiert, bei denen die Geisel befreit und der Täter geschnappt worden war, aber nicht jede dieser Aktionen war glücklich verlaufen.

Er hatte angeordnet, abgelegene Gebäude zu inspizieren, um vielleicht durch Zufall auf eine Spur zu stoßen; bisher leider vergebens. Es stand einfach nicht genügend Personal zur Verfügung, zumal er ein paar Beamte für die Suche nach dem Boot hatte abziehen müssen. Comisario Díaz sprach nun davon, Verstärkung von Gran Canaria anzufordern, was er längst hätte tun sollen.

Fernand hasste es, wie ein »idiota incompetente« vor der Öffentlichkeit dazustehen. So hatte ihn sein Schwiegervater in einer ähnlichen Situation bezeichnet.

Das melodische Klingeln seines Telefons riss ihn aus seiner Trübseligkeit. Richard Levin war am anderen Ende der Leitung und verscheuchte alles Negative in seinem Kopf, denn der Deutsche hatte Stefan Heim geschnappt. Alle Achtung. Jetzt würde dieser Unsympath einige Erklärungen liefern müssen. Vielleicht käme dann auch Licht ins Dunkle des Mordes an dem Straßenhändler.

Fernand beorderte einen Streifenwagen zu der von Richard genannten Stelle, wo er auf Heim getroffen war, während er selbst vom Yachthafen aus dorthin fuhr.

Der angegebene Ort befand sich auf einem Verbindungsweg, der den Hotelgästen des Resorts das Betreten des

Strandes sowie der Promenade ermöglichte. Richard stand neben einer auf dem Bauch liegenden Person. Eine Straßenlaterne beleuchtete die Szene.

»Der wollte wohl fliehen?«, fragte er.

Richard nickte, trat etwas zurück und sagte etwas auf Deutsch. Stefan Heim grunzte nur, mühte sich auf die Knie und von dort in die Senkrechte. Schweißflecken unter den Achseln und an der Brust verdunkelten sein helles Hawaiihemd. Soeben schlüpfte er in eine verloren gegangene Sandale, machte jedoch keine Anstalten, das Weite zu suchen.

»Liegt was gegen mich vor?«, fragte Heim in holprigem Spanisch. »Nehmt lieber den da fest. Der hat mich ohne Grund angefallen.«

Auf eine solche Diskussion wollte Fernand sich nicht einlassen. »Sie kommen mit auf die Wache.«

»Bin ich verhaftet? Weswegen?«

»Wegen Erpressung.«

Heim zog fragend die Augenbrauen nach oben. Das Wort fehlte in seinem Wortschatz. Das würde mühsam werden. »Englisch?«, fragte er Heim.

»Nicht gut.«

»Dann übersetze ich, so gut ich kann«, bot Richard an. Er sprach kurz mit Heim und sagte dann auf Englisch: »Herr Heim fragt: ›Wen soll ich erpresst haben? Ich habe nichts getan.‹«

»Nicht nur Erpressung, auch Kindesentführung«, ergänzte Fernand.

Richard übersetzte, und Heims Augen vergrößerten sich. Er fuchtelte wild mit einer Hand in der Luft herum.

»Aha, er streitet alles ab. Und was hat er an der Bananenplantage gemacht?«, fragte Fernand.

Richard wiederholte die Frage für Heim, der bleich

wurde, wie Fernand trotz der schwachen Beleuchtung erkennen konnte. Einer der begleitenden Polizisten zog seine Taschenlampe aus dem Gürtel und richtete den Lichtstrahl in Heims Gesicht, der daraufhin die Augen zusammenkniff und ein paar Worte auf Deutsch sagte. Danach flogen einige Sätze zwischen Richard und Heim hin und her.

»Er hat gestanden, auf der Plantage gewesen zu sein, allerdings nur als Bote«, erklärte Richard. »Ob's stimmt, ist allerdings fraglich.«

Ausreden kannte Fernand zur Genüge. Es war an der Zeit, mehr Druck zu machen. Er ratterte Heim seine Rechte runter: das Recht zu schweigen, auf einen Rechtsanwalt und einen Dolmetscher sowie zur Kontaktaufnahme mit der diplomatischen Vertretung seines Landes. »Sie bekommen auf der Station ein Informationsblatt auf Deutsch ausgehändigt.« Dass er Heim ohne ausreichende Beweise nur maximal 72 Stunden festhalten konnte, verschwieg Fernand. Auch sein Recht, schnellstmöglich einem Richter vorgeführt zu werden, ließ er vorerst weg. Das hatte Zeit. Zuerst musste Heim auf die Polizeistation gebracht werden. Bei vielen Ausländern löste die Aussicht, mit einem spanischen Knast Bekanntschaft zu machen, die Zunge von selbst. Darauf baute er.

Heims Blick wanderte zwischen ihm und Richard hin und her, bis er die Augen niederschlug und mit Richard sprach.

»Er schlägt einen Deal vor. Informationen gegen eine freie Ausreise zurück nach Deutschland. Geht das überhaupt?«, wandte Richard sich an Fernand.

»Unter bestimmten Voraussetzungen kann eine Strafe vermindert werden.« Fernand fühlte sich unsicher, denn einen solchen Fall hatte er noch nie gehabt. Das kam eher im Bereich der organisierten Kriminalität vor, nicht bei dem, womit er sonst betraut war. »Wir müssen erst sehen, was seine Informationen wert sind.«

»Er fragt, ob er jetzt gehen kann.«

»Nein. Das muss alles protokolliert werden. Spanien ist ein Rechtsstaat. Sag ihm, dass er uns viel erzählen kann, und hinterher weiß er von nichts. Außerdem hat er angedeutet, das Land verlassen zu wollen. Das geht nicht. Der Richter wird seinen Pass einbehalten und ein Ausreiseverbot verhängen, bis alles geklärt ist.«

»Das wäre in Deutschland nicht anders, sollte er wissen«, sagte Richard.

Fernand vertraute Richard, trotzdem müsste er einen vereidigten Dolmetscher hinzuziehen, der vermutlich aus Santa Cruz anreisen würde, und das könnte dauern. So viel Zeit hatten sie nicht. »Frag ihn, ob er mir jetzt etwas sagen will, solange du noch anwesend bist. Er muss seine Aussage allerdings morgen offiziell wiederholen. Dann wird auch ein offizieller Übersetzer dabei sein.«

»Würde das als kooperatives Verhalten gelten?«

»Ja.«

Richard erklärte Heim die Lage. Anschließend redete dieser auf Richard ein, der ab und zu nickte und Fernand kurze Zwischenberichte gab. Heim habe sich angeblich nur mit einem Botengang etwas Geld verdienen wollen, so wie er es schon öfter für Maniolo gemacht habe, der sich mit allerlei illegalen Geschäften durchs Leben schlage.

»Welche illegalen Geschäfte?«, fragte Fernand. »Drogen, Prostitution, Menschenhandel?«

Richard übersetzte. Heim wand sich wie ein Wurm.

»Irgendwas mit Hundekämpfen. Genau weiß Herr Heim es nicht. Und andere krumme Dinger.«

»Hat Raúl den Senegalesen ermordet?«

»Davon hat er keine Ahnung.«

»Er hat ihm ein Alibi gegeben.«

»Er kann sich nicht erinnern.«

»Was haben die illegalen Geschäfte mit der Entführung des Jungen zu tun?«, feuerte Fernand seine nächste Frage ab.

»Nichts. Sie wollten sich nur die Kohle unter den Nagel reißen.

»Wer ist ›sie‹?«

Richard sah Heim auffordernd an. Der scharrte mit seiner Sandale im Dreck. »Raúl und Maniolo. Außerdem Diego González …« Heim erschrak.

»Hängt González mit in Maniolos Geschäften?«, fragte Fernand.

Doch Heim hatte dichtgemacht. »Ich nichts mehr sagen«, erwiderte er auf Spanisch.

»Was hat der Bürgermeister mit Maniolos Drogenhandel zu tun?«

Kopfschütteln.

»Oder mit den Hundekämpfen?«

Keine Reaktion.

González war Bürgermeister des Ortes, in dem die Lagerhalle stand, von der Richard berichtet hatte. Gab es da einen Zusammenhang? Doch Heim schwieg eisern.

Enttäuscht ließ Fernand ihn abführen. Morgen würde er offiziell und in Anwesenheit des Comisario die Vernehmung fortsetzen. Zermürbung war ein probates Mittel, die Zunge zu lockern. Natürlich nicht wie in alten Zeiten durch Folter, sondern durch konstante und hartnäckige Befragung. 72 Stunden boten genug Möglichkeiten, diese Verhörmethode anzuwenden. Anschließend würde er noch Beweise heranschaffen müssen. Fernand knirschte mit den Zähnen.

Richard schüttelte den Kopf. »Das ist alles ziemlich

undurchsichtig. Ich glaube mehr denn je, dass Kilian nicht in ihren Händen ist.«

»Oder Heim hat Angst vor der eigenen Courage bekommen. Was er hier ausgesagt hat, reicht aus, um ihn einzulochen. Wie ich den einschätze, wird er trotzdem weiterhin schweigen.«

»Er wird auspacken.«

Das hoffte Fernand auch. »Bin gespannt, welche Überraschung uns in der Lagerhalle erwartet.«

»Hunde?«

»Oder Kilian.«

»Wir werden sehen.« Richard legte die Fingerspitzen seiner rechten Hand, wie bei einem militärischen Gruß, an die Stirn. »Bis dann.«

38 MAXI

Viel gab die Recherche auf den ersten Blick nicht her. Wie auch, denn Peter hatte bereits die Lebensgeschichte der Wachters durchleuchtet und, wie erwartet, nichts gefunden. Marcel Wachter hatte in Flensburg ein paar Punkte kassiert, weil er mit 120 Kilometer pro Stunde durch die 80er-Zone einer Baustelle gedüst war.

Über Linda hatten sie gar nichts herausgefunden. Nun kam Dr. Jens Landsknecht an die Reihe und auch hier war Fehlanzeige, ebenso wie bei Sylvia König. Vermutlich suchte sie an der falschen Stelle oder Richard folgte einer falschen Fährte. Er vermutete eine Verbindung zwischen den einzelnen Parteien, aber bislang war keine erkennbar.

Könnten Landsknecht und Sylvia König sich kennen? Dass sie Schulkameraden gewesen waren, schied aus, denn sie war deutlich jünger als Landsknecht und die Wachters. Linda Wachter und Landsknecht passten vom Alter her eher zusammen. Maxi könnte eine Abfrage beim Einwohnerinformationssystem machen, auf das sie allerdings nur zugreifen durfte, wenn Gefahr in Verzug war. Eine Kindesentführung könnte man zwar als solche auslegen, doch fiel die nicht in ihre Zuständigkeit. Ihre Finger zuckten über der Tastatur. Richard würde sich bedenkenlos über solche Einschränkungen hinwegsetzen und Jan sowieso, denn für den war alles abrufbar, was sich im Netz befand. Er hatte die Daten der Wachters abgefragt, ohne sich einen Kopf darum zu machen, und wollte Richard etwas wissen, bekam er es prompt geliefert.

Ein Telefonanruf unterbrach ihre Gedanken: Mutter. Hoffentlich gab es keine neuerliche Katastrophenmeldung wie damals, als ihr gelähmter Vater sich den Arm gebrochen hatte. Eher unwahrscheinlich, beruhigte Maxi sich selbst. Ihre Mutter meldete sich, wenn es ihr in den Kram passte, Dienstzeiten interessierten sie nicht. Sie blies sich eine Haarsträhne aus dem Gesicht. »Wie sieht es mit deinem Urlaub aus? Den verbringst du doch hoffentlich bei uns?«, fragte ihre Mutter und drückte damit ihre Erwartungshaltung aus.

Ohne die Frage zu beantworten, beendete Maxi das Gespräch direkt wieder mit dem Hinweis, dass sie arbeiten müsse. Sie stand auf und ging hinaus ins Vorzimmer, wo sich die Kommissariatsassistentin gerade um einen von Blattläusen und Spinnmilben befallenen Hibiskus bemühte.

»Noch zu retten?«, fragte sie.

»Hoffe ich doch.«

»Ich habe keinen grünen Daumen.«

»Gießen, Frau Frohn. Man muss sie ab und an gießen.«

Maxi musste lachen. Das hätte von Richard kommen können. Sie schlenderte weiter, ins nächste Büro, wo ein verwaister Schreibtisch – aufgeräumt – auf Richard wartete. Wie sie.

Jan und Peter kamen herein und brachen, als sie Maxi bemerkten, ihr Gespräch abrupt ab. Sofort war ihre Neugier geweckt, obwohl sie aus Erfahrung wusste, dass nachzufragen nichts bringen würde.

»Wie geht's unserm Urlauber?«, wollte Peter wissen. »Von der treulosen Tomate hört ma' gar nix mehr.«

Sollte sie den beiden von seiner Bitte berichten? Keine schlechte Idee, dann könnte Jan den infrage kommenden Personen nachspüren, und sie als seine Vorgesetzte würde eventuellen Ärger von ihm fernhalten. Für sie selbst würde jedoch niemand in die Presche springen.

»Anscheinend ganz gut«, sagte sie. »Soviel ich weiß, ist eine zweite Geldübergabe geplant, aus der er sich dieses Mal aber raushalten will.«

»Der und raushalten? Dass ich net lach'.«

Demonstrativ zuckte sie mit den Schultern. »Ich weiß von nichts und muss folglich auch nichts melden.«

Peter grinste übers ganze Gesicht. »Hab scho' kapiert.«

»Er möchte, dass wir ihm die personenbezogenen Daten von Sylvia König und Rechtsanwalt Dr. Jens Landsknecht übermitteln – sie stehen im Zusammenhang mit den Eltern des Opfers.«

»Is' des was Offizielles?«

»Natürlich nicht. Normalerweise müsste die spanische Polizei so was bei uns anfordern beziehungsweise bei den Nürnbergern, weil die betroffenen Personen dort wohnen. Internationale Anfragen laufen über Brüssel, und ihr wisst ja, welches Trara das nach sich zieht. Bis sich da was rührt, haben wir Herbst.«

Peter und Jan tauschten vielsagende Blicke aus. Die zwei wussten ohne große Worte, was zu tun war. »Des hätt' er mir auch direkt sagen könn'«, sagte Peter leicht verschnupft. »Als wüssten wir net, wie ma' des unauffällig macht.«

»Weil wir sowieso gerade miteinander telefoniert haben, hat er mich um einen Gefallen gebeten.« Hitze schoss ihr in die Wangen. »Sonst hätte er sich bestimmt bei euch gemeldet.«

»Worum ging's denn ursprünglich?«

Das könnte den Kollegen so passen – ihnen Stoff zum Tratschen zu liefern. »Nichts von Interesse. Wie ihr euch denken könnt, sind mir die Hände gebunden.«

»Aha«, sagte Jan.

»Na, dann schau'n mer mal, ob wir unsern Richard glücklich machen könn'.«

Damit war alles gesagt.

39 RICHARD

Um das Gefühl drohenden Unheils loszuwerden und um den Tag bis zur Erkundung der Lagerhalle nicht tatenlos zu verbringen, nahm Richard an einer der angebotenen Wal- und Delfinbeobachtungstouren teil. Viel versprach er sich davon nicht, doch die Küste vom Meer aus zu studieren fand er interessant. Hier draußen wurde einem erst richtig bewusst, wie gewaltig der Teide war; mit 7.500 Metern Höhe vom Meeresboden aus gerechnet einer der höchsten Inselvulkane unseres Planeten.

Der ersehnte Anruf von Fernand, dass die Entführer Kilian freigelassen hätten, blieb aus, und auch Maxi rührte sich nicht. Da konnten selbst die Delfine seine Stimmung kaum aufhellen.

Wieder im Hotel war weder von den Wachters noch von Sylvie oder Landsknecht etwas zu sehen. Richard entschloss sich, die Zeit mit Schwimmen im Pool zu überbrücken. Danach würde er mit Fernand die Lagerhalle in der Nähe von Güímar erkunden. Doch das nasse Vergnügen blieb ihm versagt, denn der Inspector rief an und wünschte ihn sofort in der Hotellobby zu sprechen.

»Ist der Junge freigekommen?«

»Nein, aber wir haben einen ernst zu nehmenden Hinweis auf seinen Aufenthaltsort erhalten.«

»Und wo ist das?«

»In der von Ihnen beschriebenen Lagerhalle.«

»Wirklich?« Etwas in ihm sträubte sich, das zu akzeptieren, weil sie nur ein Zufallsfund gewesen war. Oder hatte Raúl ihn mit Absicht dorthin gelockt?

Mit dem unguten Gefühl vom Vormittag im Bauch eilte er zu Fernand in die Hotellobby.

»Können wir dein Auto nehmen?«, wollte Fernand statt einer Begrüßung wissen.

»Kein Problem. Was hast du vor?«

»Nachschauen, was der Tipp wert ist. Sonst nichts. Sollten wir etwas Verdächtiges feststellen, übernimmt die Udyco.« Fernand ging zu seinem Streifenwagen und entnahm dem Kofferraum ein schwarzes Etui, das wahrscheinlich ein Fernglas enthielt, sowie einen länglichen Kunststoffkoffer, wie er zum Transportieren von Maschinenpistolen verwendet wurde. Wenigstens müssten sie nicht mit Steinen werfen, um sich zu verteidigen.

»Du rechnest mit einer Befreiungsaktion?«

»Sí. Heim hat uns mit seiner Aussage in der Annahme bestärkt, dass Kilian dort gefangen gehalten wird. Raúl hätte ihm das anvertraut.«

Raúl. Also doch. »Sollte jemand bei dem Jungen sein, könnte die Sache schnell aus dem Ruder laufen. Warum müssen ausgerechnet wir die Kastanien aus dem Feuer holen?«

»Leider haben wir einen Maulwurf unter uns. Daher arbeite ich direkt mit der Udyco zusammen, ohne dass in meiner Dienststelle jemand etwas davon weiß; mit Chefinspector García, um genau zu sein. Der hält sich allerdings sehr bedeckt.«

»Verstehe«, erwiderte Richard nickend. »Dann schauen wir mal, was oder wen wir dort antreffen.« Das Ganze glich einem Kommandounternehmen ohne entsprechende Ausrüstung und Verstärkung, kurz ein Himmelfahrtskommando. Nun gut, nicht pessimistisch sein. Es dunkelte bereits, das würde ihnen helfen, falls dort etwas war.

Endlich erreichten sie die Stelle, an der Richard zur Lagerhalle abbiegen musste. »Fahre bis zur nächsten Einfahrt«, sagte Fernand. »Wir parken ein Stück weiter weg, um sicherzugehen, dass wir nicht bemerkt werden.«

Der Weg bestand nur aus zwei Fahrrinnen, mit denen sich Richards Kleinwagen schwertat. An einem alten Schuppen ließ ihn Fernand anhalten und aussteigen. Fernand öffnete den Kofferraum, zog den Feldstecher aus dem Etui und drückte ihn ihm in die Hand. Für sich selbst nahm er eine MP aus der Tasche.

Richard deutete auf Fernands Pistole am Gürtel. »Ich krieg keine Waffe?«

»Du besitzt keine Erlaubnis, eine zu tragen. Wir Spanier nehmen das sehr ernst. Wenn jemand herausfindet, dass du mit einer geschossen hast, sind wir beide fällig. Außerdem kannst du dann behaupten, nur ein Tourist zu sein, falls dir jemand begegnet. Jonay hat überdies die Zufahrt zu dem Gebäude nachmittags beobachtet. Er meint, hier ist nichts los. Die Udyco hat ein Team auf Stand-by. Kann nichts passieren.«

Seinen Optimismus hätte Richard auch gerne gehabt. Im Notfall könnte er es vielleicht mit Steinewerfen probieren. Nein, besser nicht.

Unweit des Schuppens versperrte ein Maschendrahtzaun den Weg. Ein Blick durch das Fernglas verriet ihm, dass zumindest an der Vorderseite des Schuppens kein Fahrzeug stand. Hunde bellten. Sein Gefahrenradar sprang an. Du läufst geradewegs in eine Falle, sagte es ihm.

Er schwang sich über den Zaun. Als Fernand es ihm

nachmachen wollte, blieb der mit seiner Uniformjacke hängen, sodass Richard ihn befreien musste.

Alles schien ruhig. Sie verharrten in sicherem Abstand hinter einem stachligen Gestrüpp, das ausreichend Deckung bot. »Und jetzt?«

»Du gehst vor. Ich gebe dir von hier aus Feuerschutz. Wenn dich jemand sieht, erzähle, dass du ein Tourist bist, der sich verlaufen hat.«

Wenn das nur gut ging. Richard überlegte, wie er sich dem Gebäude am unauffälligsten nähern konnte. Die Halle stand völlig frei, ohne eine Möglichkeit der Deckung. Er konnte nur hoffen, dass ihn niemand bemerkte. Tatsächlich schaffte er es, unbehelligt an die Frontseite zu gelangen. Keine verdächtigen Geräusche. Plötzlich hörte er hinter sich rollende Reifen auf einem Schotterweg näher kommen. Er musste schnell handeln. Kurz entschlossen schaute er durch ein Fenster in die Halle hinein.

Ein großer dunkler Kopf schoss von unten hoch – ein Hund. Erschrocken prallte Richard zurück.

Ohrenbetäubendes Gebell.

Fuck.

Lichter gingen an, Stimmen wurden laut. Rückzug.

In diesem Moment bog die hünenhafte Gestalt des russischen Türstehers der Happy-Hour-Bar um die Ecke: Dimitrij.

Jetzt wurde es eng.

Ohne ein Wort zu verlieren, ging der Koloss zum Angriff über. Richard wich einem Fausthieb aus, dem sofort ein zweiter folgte. Für seine Masse bewegte sich der Riese ungemein schnell. Einem Tritt auf Richards Körpermitte gerichtet konnte er durch einen Sprung zur Seite ausweichen. Den folgenden Handkantenschlag blockte er mit dem Arm ab.

Kein polizeikonformes Abwehren eines Angriffs, doch es ging um Leben und Tod.

Zu mehr, als abzuwehren, kam Richard nicht. Zu schnell folgten die Schläge und Tritte aufeinander. Mixed Martial Arts par excellence. Die Faust des Russen verfehlte ihr Ziel knapp. Ein scharfer Schmerz an der Wange. Der nächste Treffer gegen die Brust nahm ihm den Atem. Verflucht, wo blieb Fernand?

Rufe. Geräusche von rennenden Menschen. Zwei kurz hintereinander abgegebene Schüsse. Das Mündungsfeuer kam von der Stelle, an der Fernand in Deckung lag.

»Hände hoch! Polizei!«, hallte Fernands energische Stimme durch die Dunkelheit.

Richards Gegenwehr zeigte bei dem Russen keine Wirkung. Wenn er überleben wollte, musste er mehr bringen. Er zog durch, landete einen Treffer am Kinn, doch der Bär verzog nicht einmal das Gesicht. Der andere Rausschmeißer tauchte auf. Jetzt hatte er zwei am Hals, die ihn in die Mangel nahmen.

Die würden ihn killen, ohne mit der Wimper zu zucken.

Mit einem Tritt gegen das Knie des Russen hielt er ihn sich vom Leib. Seine Rechte schnellte vor. Als die Knöchel seiner Faust Dimitrijs Kehlkopf trafen, war der Kampf gegen ihn beendet, röchelnd sank der Bär zu Boden.

Als der andere das sah, zog er eine Pistole. Nun wurde es unfair. Verdammter Fernand.

Gleichzeitig mit dem Knall eines Schusses sackte der zweite Rausschmeißer wie vom Blitz getroffen in sich zusammen.

Fernand hatte seine Deckung verlassen, um ihm zu Hilfe zu eilen. Weit kam er nicht, denn ein weiterer Mann stellte sich ihm mit gezogener Waffe in den Weg. Wo kam der her?

Mit einem schnellen Griff nahm Richard dem am Boden liegenden Russen die Pistole aus der Hand.

Nicht denken, nur aufs Zielen konzentrieren. Zuerst den, der Fernand bedrohte. Er zog den Abzug durch. Lichtblitz und Knall fielen zusammen. Die Wirkung des Schusses sah er nicht, wusste auch so, dass er getroffen hatte. Jetzt nahm er den Nächsten ins Visier. Immer mehr Menschen tauchten auf. Schüsse. Was war hier los?

Leergeschossen. Richard ließ sich fallen und robbte zu Fernand, der in einer Bodensenke Schutz gesucht hatte. Blut färbte den Ärmel seiner Uniformjacke dunkel. Die MP lag ein Stück von ihm entfernt auf dem Boden. Drei Männer mit Schnellfeuergewehren näherten sich ihrem Versteck.

War's das?

»¡Mierda! Wo bleibt die Udyco?«, rief Fernand. »Ich habe denen sofort ein Signal gegeben, als du angegriffen wurdest.«

Das konnte dauern. Wie lange würden sie hier aushalten müssen? Außer, die Udyco hatte sich bereitgehalten. Eine Salve ging über ihre Köpfe hinweg. Stimmen. Sie kamen näher.

»Give them hell to pay!«, rief Richard eine innere Stimme aus der Vergangenheit zu. »Kill or die!« Mit einem Hechtsprung, der in einer Rolle endete, schnappte er sich die MP. Ein Feuerstoß in Richtung der Angreifer. Das Mündungsfeuer der Gegner und ein Schlag gegen seine Stirn fielen zusammen. Blut lief ihm ins Auge. Er war getroffen.

Plötzlich war die Luft vom anschwellenden Knattern eines Hubschraubers erfüllt, ein scharfer Lichtkegel riss die Dunkelheit auf und beleuchtete die Szenerie. Einige Männer in SWAT-Ausrüstung stürmten das Gelände. Eine Hand packte ihn am Arm, zerrte ihn in die Deckung zurück.

»Gerade noch rechtzeitig«, sagte Fernand. »Danke, dass du mir das Leben gerettet hast.«

»Gleichfalls.«

Nach einem kurzen Schusswechsel war die Situation unter Kontrolle.

Ziemlich betrunken und wieder mal mit einem Pflaster am Kopf kehrte Richard spät in der Nacht ins Hotel zurück. Der Sanitäter des SWAT-Teams der Udyco hatte ihn versorgt, nachdem er festgestellt hatte, dass es sich lediglich um einen Streifschuss handelte. Er hatte großes Glück gehabt.

Die Lagerhalle war ein Treffpunkt für Hundekämpfe, Kilian hingegen befand sich nicht dort. Dafür tote und blutige Hunde sowie ausgemergelte Weibchen mit ihren Welpen, die entweder zum Kampf oder zum Beißtraining bestimmt waren. Er hasste diesen sogenannten Sport ebenso wie die Menschen, die ihm frönten, und erst recht die, die davon profitierten. Danach waren er und Fernand in einer Bar versumpft, hatten ausgiebig getrunken und eine Zigarre geraucht. Fast wie in alten Zeiten, die er eigentlich hinter sich lassen wollte. Ob alle deutschen Kommissare so kampferprobt seien wie er, hatte Fernand gefragt.

Eine Hochzeitsgesellschaft feierte ausgelassen am beleuchteten Pool, während im Hintergrund ein vom Mond geschaffener silberner Weg über das schwarze Meer in die Unendlichkeit führte. Das Brautpaar erinnerte ihn an einen Fall, bei dem ein Geiselnehmer vor den versammelten Hochzeitsgästen Maxi eine Pistole an die Schläfe gedrückt hatte.

Auch da hatte er automatisch funktioniert und ein Leben ausgelöscht. Bilder, die er nie vergessen würde.

Die Gäste standen in Grüppchen beisammen oder tanzten zu spanischer Folkloremusik um den Pool, teilweise mit Gläsern in der Hand. Friede, Freude, Eierkuchen.

Hatte er nicht schwimmen gehen wollen, bevor sie in die Falle getappt waren?

In voller Montur ließ er sich in den Pool plumpsen. Das Wasser schlug über ihm zusammen. Welch ein erfrischender Genuss. Mit wenigen Schwimmzügen hatte er das Ende des Beckens erreicht. Er stemmte sich heraus, und als er sich umblickte, sah er in entgeisterte Gesichter und im Pool eine Dreckspur.

Aus einer Menschentraube löste sich Sylvie und kam auf ihn zugestürzt. Sie konnte er jetzt am allerwenigsten gebrauchen. Oder doch? Du bist betrunken, Richie. Du brauchst Schlaf. Mit »Alles im grünen Bereich. Gute Nacht, Sylvie« wimmelte er sie ab.

In seinem Zimmer fiel er wie ein nasser Sack aufs Bett und schaffte es gerade noch, die Schuhe abzustreifen. Schlafen, nur schlafen. Nasse Sachen? Was soll's.

Das Handy meldete sich mit einer Facetime-Anfrage: Maxi.

Vom Alkohol benebelt und hundemüde nahm er das Gespräch an. Mist, nun konnte sie ihn sehen. Er richtete sich auf, blickte in ihr hübsches Gesicht. Gut, dass er Sylvie nicht mitgenommen hatte.

Ihr Hallo brach mitten im Wort ab. »Richard! Um Himmels willen! Wie siehst du denn aus?«

»Eigentlich wie immer.«

»Hast du dich geprügelt?«

»So könnte man es nennen.«

»Und was ist das an deiner Stirn?«

»Nur ein Streifschuss. Der Sani hat mir ein Pflaster verpasst.«

»Sag mal, geht's dir gut?«

»Ich bin voll wie eine Strandhaubitze, wenn du's genau wissen willst.«

»Das höre ich, aber das meine ich nicht.«

Er ließ sich zurückfallen und hielt sich das Handy vors Gesicht. »Sorry.«

»Was war denn los?«

»Wir sind zu … zu einem Ort, wo der entführte Junge sein sollte. Da war aber nur ein Hundekampf im Gange.« Er musste sich konzentrieren, um die richtigen Worte zu finden und nicht zu lallen. »Außerdem waren da jede Menge schwer bewaffneter Jungs, die uns ans Leder wollten. War ziemlich knapp. Die Udyco – das ist eine Spezialeinheit der spanischen Polizei – hat uns rausgehauen.«

»Oh fuck.«

»Das kannste laut sagen. Danach haben wir einen gehoben.«

»Das wird wohl mehr als nur einer gewesen sein.«

Er dachte nach. »Und dann bin ich in den Pool gefallen«, flunkerte er. »Wahrscheinlich schmeißen sie mich morgen raus.«

»Ohne deine Chefin kommst du anscheinend nicht klar.«

Das stimmte. Nicht schlecht, wenn sie jetzt hier wäre. »Meinst du das dienstlich oder sexuell?«

Sie zögerte. »Sexuell natürlich. Aber nur, weil es für mich dort nichts Dienstliches zu tun gibt.«

Die Augen wollten ihm zufallen und er fuhr sich mit der Hand übers Gesicht. »Komm her, ich hab da schon eine Idee, wie wir die Nacht verbringen können. Entschuldige mich bitte, aber ich möchte jetzt schlafen.«

»Warte noch. Das wird dich interessieren.«

»Schick's mir per E-Mail. Gute Nacht.«
»Sylvie König ist Landsknechts Schwester.«

40 FERNAND

Im Besprechungszimmer der Comisaría war den Anwesenden der Stress deutlich anzumerken. Alle waren erschienen und saßen um den ovalen Besprechungstisch: Díaz mit deutlichen Schweißflecken unter den Armen, dessen Vorgesetzter aus Santa Cruz, der alle CNP-Einheiten auf Teneriffa unter sich hatte und wie gewohnt nach Zigarren stank. Fernand wurde übel, als ihm der Geruch in die Nase stieg. Zigarren und Alkohol waren keine gute Kombination – zumindest nicht für ihn. Er hatte sich in der Nacht übergeben müssen und war anschließend im Ehebett Karussell gefahren. An die Kommentare seiner Frau erinnerte er sich lieber nicht.

Ihm gegenüber saß Inspector Jefe García del García, der soeben die Fingerspitzen aneinanderlegte, daneben der Chef der kanarischen CNP, der extra aus Gran Canaria eingeflogen war und im Range eines Jefe Superior stand. Die zwei gekreuzten Schwerter auf seinen Schulterklappen wiesen ihn als Angehörigen der höchsten Dienstgradgruppe aus. Es fehlte nur der Divisionschef aus Madrid. So viel Aufmerksamkeit, mehr als gut sein konnte.

Der glatte Durchschuss an Fernands Oberarm – zum Glück ohne Knochenverletzung – schmerzte heftig, noch schlimmer belastete ihn jedoch die Erschütterung seiner Seele.

»Das war ganz schön happig«, hatte Richard gestern Abend nach dem dritten Glas Whisky zu ihm gesagt und den Kopf geschüttelt, ohne dabei den Eindruck zu machen, das Erlebnis habe ihn sonderlich erschüttert.

Fernand fasste sich an den Kopf, der heute größer als sonst und mit Nebel gefüllt zu sein schien. Er hätte zu Hause bleiben sollen, aber das hatte sein Stolz nicht zugelassen. Große Erwartungen, dass man ihn um seine Meinung bitten würde, hegte er nicht, denn untere Dienstgrade, wie er und Jonay, dienten nur als schmückendes Beiwerk und zum Berichterstatten.

García gab einen kurzen Abriss über die Operation, die er angeblich schon lange geplant gehabt hatte. Fernands Hilferuf hätte das Ganze nur beschleunigt. Auf der gegnerischen Seite wären drei ums Leben gekommen und fünf verletzt worden, davon zwei schwer. Sie selbst hätten keine Verluste erlitten. Es gäbe 12 Festnahmen, und 20 Zuschauer der Hundekämpfe, die in der Halle geblieben waren, hätten nach Feststellung der Personalien ihrer Wege gehen dürfen. Mit steifen Worten entschuldigte er sich, dass er, außer dem Jefe Superior und natürlich Fernand, niemanden eingeweiht hatte, auch keinen von der CNP Teneriffas.

Alle Augen ruhten plötzlich auf Fernand. Am liebsten hätte er sich aus dem Raum geschlichen.

Den Verräter hätten sie identifiziert, fuhr García fort, und Konsequenzen würden demnächst folgen. Dann schwieg er lange und ließ seinen Blick von Fernand über Jonay bis zu Díaz schweifen.

»Ich verstehe nicht, wieso Inspector Morell ohne ein Großaufgebot zu dieser Halle gefahren ist«, sagte der Jefe Superior zu Díaz.

Der deutete auf Fernand. »Erklären Sie es, Morell.«

Sein Stichwort, er durfte Bericht erstatten. »Heim hat ausgesagt, das Geld und das verschwundene Kind der Deutschen wären dort. Diese Information hätte er von Raúl Perez Rodriguez erhalten. Um sicherzustellen, dass wir keinem Märchen aufsitzen, bin ich mit Kommissar Levin zur Erkundung hingefahren.«

»Warum haben sie den deutschen Kommissar zur Erkundung mitgenommen?« Der Jefe Superior wandte sich weiterhin Díaz zu, der unter seinem Blick zu schrumpfen schien. Díaz machte eine hilflose Geste und blickte Hilfe suchend zu Fernand.

»Weil er den Jungen kennt«, fuhr Fernand fort. »Hätten wir ihn befreien können, wäre er gleich einem bekannten Menschen begegnet, der zudem seine Sprache spricht.«

»Ein unnötiges Risiko, Morell«, sagte Díaz und gab damit preis, dass es nicht seine Entscheidung gewesen war, Levin an der Aktion teilnehmen zu lassen. »Levin sollte aus allem herausgehalten werden. Anweisung aus Madrid.«

Fernand wurde es abwechselnd heiß und kalt. »Wir sind in eine Falle gelaufen.«

»Soll das heißen, dass dieser Heim Inspector Morell vorsätzlich dorthin gelockt hat?«, fragte der Jefe Superior Díaz.

Die Schweißflecke unter Díaz' Armen vergrößerten sich. »Wahrscheinlich wollte er Morell und Levin auf diese Weise loswerden.«

»Das ergibt keinen Sinn, denn dann hätte er die ganze Polizei Spaniens am Hals gehabt.«

García zuckte mit den Schultern. »Vielleicht wollte er den Hundekampfring auffliegen lassen, was allerdings äußerst unwahrscheinlich ist.«

»Oder ...«, sagte Fernand nachdenklich. Eine Erinnerung bahnte sich ihren Weg durch den Nebel in seinem Gehirn. Richard hatte mit ihm gestern Nacht eine Theorie entwickelt. »Oder jemand wollte Heim ans Messer liefern. Raúl hat ihm weisgemacht, dass das Geld mit dem Jungen dort versteckt sei. Raúl hat uns das nicht mitgeteilt, sondern Heim.«

»Warum sollte Raúl das tun?«, fragte Díaz.

»Um Heim loszuwerden. Damit er das Geld für sich allein behalten kann.«

Die Runde nickte, und Fernands Selbstvertrauen wuchs. »Oder weil Heim etwas über ihn weiß. Dass er den Mord an dem Straßenverkäufer begangen hat, zum Beispiel.«

»Señor Heim wird uns einige Fragen beantworten müssen«, sagte García in festem Tonfall. »Aber den haben wir wenigstens, diesen Raúl hingegen nicht. Wo ist Heim zurzeit, Inspector Morell?«

»Auf dem Weg zum Richter in Santa Cruz.«

»Genug jetzt mit diesem Heim und anderen Leuten. Viel wichtiger ist mir im Moment, dass der Betreiber des Hundekampfrings Bürgermeister Diego González Lopez belastet hat. Der wusste angeblich genau, was dort abging und hat für sein Schweigen ordentlich kassiert.«

»Ihm gehört ein Urlaubsresort und eine Bar in Costa Adeje«, beeilte sich Díaz zu sagen.

García zog die Augenbrauen hoch. »Haben Sie nie hinterfragt, woher das Geld dafür stammte, Señor Díaz?«

Peinliches Schweigen. Siedend heiß wurde Fernand bewusst, dass García in Díaz die undichte Stelle vermutete.

»Verhaften«, sagte der Jefe Superior, »und unverzüglich einem Richter zuführen.«

Díaz machte sich eine Notiz.

»*Wir* kümmern uns darum.« García nickte Fernand zu. Ein noch offensichtlicheres Zeichen, dass Díaz kaltgestellt werden sollte.

Wer würde dann dessen Nachfolger werden?

Leise Aufregung erfasste Fernand. Er war Inspector, der nächsthöhere Rang war Inspector Jefe, wie García. Würde man ihm ein Kommissariat anvertrauen?

»Aber wo ist der Junge?«, fragte Fernand und richtete sich auf. Das war die Chance, den Oberen zu zeigen, dass er Führungsqualitäten besaß. »Wir müssen ihn finden. Und selbstverständlich auch den Mord an dem Straßenverkäufer aufklären. Ich bin inzwischen davon überzeugt, dass Raúl den Mord begangen hat. Zwischen ihm und Oumar Toure gab es Streit. Das wurde uns von Zeugen bestätigt. Alle Spuren führen zu Raúl.« Fernand blickte in die Runde und las in den Augen aller Zustimmung – außer bei Díaz. In seinen stand blanke Furcht. Fernand ignorierte das. »Heim könnte noch mehr Informationen haben. Wenn er aus Santa Cruz zurück ist, werden wir ihn uns erneut vorknöpfen.«

»Hat er einen Rechtsbeistand?« Díaz' Vorgesetzter richtete seine Frage direkt an Fernand. Endlich.

»Wir haben ihm einen besorgt – und einen Dolmetscher obendrein.«

»Dann warten wir, bis er wieder da ist.«

Danach folgten einige Gespräche über die Auflösung des

Hundekampfringes, der vom Festland aus gesteuert worden war, und was für ein großartiger Erfolg dessen Sprengung sei.

»Was geschieht mit den Hunden?«, wollte Díaz' Vorgesetzter wissen.

»Eine Tierschutzorganisation nimmt sich ihrer an«, antwortete García.

Das fand den Beifall aller.

Endlich zeichnete sich ein Ende der Sitzung ab. Stühle wurden gerückt, ein Witz wurde erzählt. Nichts wie raus. Fernand lechzte nach einem doppelten Espresso Cortado; am besten gleich zwei.

Die Tür flog auf und Idaira erschien im Türrahmen, außergewöhnlich bleich. »Nachricht aus Santa Cruz«, rief sie atemlos. »Heim wurde erschossen.«

41 RICHARD

Am frühen Nachmittag des folgenden Tages quälte sich Richard aus dem Bett. Er hatte einen Riesenbrummschädel und im Magen machte sich ein flaues Gefühl breit. Selbst schuld, sagte sein Spiegelbild, das ihm ein aufgeschrammtes Kinn, eine geschwollene Wange und ein Pflaster über dem rechten Auge präsentierte.

Das Telefongespräch mit Maxi war ihm nur noch vage in Erinnerung. Er hatte mit ihr geflirtet, wofür er sich in den Hintern beißen könnte. Offenbar schaffte er es nur in betrunkenem Zustand, seine Gefühle für sie zu zeigen. Wenn er so weitermachte, könnten sie beide ihre Karriereträume begraben.

Eine kalte Dusche und zwei Aspirin mit viel Wasser halfen ihm, wenigstens einigermaßen auf die Beine zu kommen.

Was hatte Maxi zuletzt gesagt? Sylvie sei Landsknechts Schwester. Das wäre ein Ding. Der Gedanke, dem auf die Spur zu gehen, pumpte neue Energie in seine Adern.

Er rief Maxi an, doch sie meldete sich nicht.

Da der Tag allemal verdorben war, entschloss er sich, herauszufinden, welche Relevanz dieses Wissen für den Fall hatte. Als er sich beim Anziehen bückte, ging von der geprellten Rippe ein stechender Schmerz aus. Scheißrusse. Der hatte ihn wirklich gefordert.

Draußen empfing ihn das gewohnte Bild: Pool, Meer, Sonnenanbeter sowie Kinder mit ihren Eltern. Fast schon idyllisch. Er beobachtete das Planschen, fröhliches Quietschen, ihren Spaß.

So hätte es für Kilian sein sollen.

Inzwischen war er überzeugt, dass es sich bei der Lösegeldforderung um Trittbrettfahrer handelte. Würde der Entführer dahinterstecken, hätte er sich längst gerührt. Oder hatten sie es am Ende mit einem Sexualstraftäter zu tun?

Das gestrige Geschehen an der Lagerhalle hakte er ab. Die Falle, in die sie gelaufen waren, hatte Heim gegolten, um ihn zum Schweigen zu bringen, zu dieser Einsicht waren sie gestern gekommen. Auch heute, bei Licht betrachtet, wirkte sie noch plausibel. Höchstwahrscheinlich steckte Raúl dahinter.

Sollte er ihn sich schnappen? Nein, denn das war Aufgabe der spanischen Kollegen. Er blickte nach Norden, wo sich das Massiv des Teide erhob. Er fühlte sich zwar momentan nicht in der Lage, den Gipfel zu besteigen, doch er könnte wenigstens hinauffahren und den Nationalpark gemütlich vom Auto aus betrachten.

Er sollte Sylvie mitnehmen. Vielleicht könnte er noch etwas aus ihr herauskitzeln und wenn nicht, hätte er wenigstens eine kompetente Fremdenführerin zur Seite. Da er sie nirgendwo am Pool entdecken konnte, rief er sie kurz entschlossen auf ihrem Zimmer an. Natürlich habe sie Lust auf einen Ausflug, sie brauche nur noch einen Moment.

Der Moment zog sich, dafür meldete sich Maxi auf seinem Handy; Gott sei Dank dieses Mal ohne Facetime.

»Wie geht es dir?«, wollte sie wissen.

»Ich fühle mich wie von einem Zug überrollt.«

»So schlimm?«

»Mindestens. Leg dich nie mit einem Russen an, der wie ein Bulldozer aussieht. Dann lieber eine ordentliche Schießerei.«

»So wie früher, stimmt's?«

Da war sie wieder, die Anspielung auf seine Vergangenheit, von der Maxi nur etwas ahnte. Oder hatte ihr Vater, sein ehemaliger Brigadekommandeur, über ihn geplaudert? Früher oder später würde er ihr alles erklären müssen. »Ich kann mir denken, dass dich das brennend interessiert. Später erzähle ich mehr, versprochen. Im Moment warte ich gerade auf Frau König.«

»Nicht mehr Sylvie?«

»Ist doch egal.« Was hätte er sonst darauf antworten sollen? Er wanderte am Pool auf und ab, wobei er einige verwunderte Blicke von Sonnenbadenden auffing und von einer älteren Dame von oben bis unten kritisch gemustert wurde.

Kein Wunder, so ramponiert, wie er aussah. Er grinste sie verlegen an und wendete sich ab. »Frau König – oder Sylvie – ist also Landsknechts Schwester?«

»Daran kannst du dich noch erinnern. Hoffentlich auch an das, was du zuvor gesagt hast?«

»Äh, war da was?«

Maxi lachte. Es tat ihm gut. Er hätte weniger saufen sollen, dann hätte er keine Gedächtnislücken. Hoffentlich hatte er sich nicht danebenbenommen. Und wenn, wäre es nicht besser als dieses verkrampfte Abstandhalten?

»Schon gut«, sagte sie sanft. »Ich erwarte eine Beschwerde aus München. Die kommt so sicher wie das Amen in der Kirche. Aber keine Sorge, mir wird schon was einfallen.«

»Immerhin wurde ich durch Inspector Morell aufgefordert, mich an dem Einsatz zu beteiligen. Könnte jedoch gut sein, dass die CNP jetzt davon nichts mehr wissen will.« Er wollte noch fragen, wie die unterschiedlichen Namen von Landsknecht und König zustande kamen, aber da erschien Sylvie auf der Bildfläche: lange Hose, bauchfreies Top, darunter lugte ein Sport-BH hervor. Sexy. »Ich rufe später zurück, okay?«, sagte er leise.

In der Hand hielt Sylvie eine Strickjacke. »Oben kann es frisch werden.« Sie stutzte. »Was ist dir denn passiert?«

»Bloß 'ne kleine Meinungsverschiedenheit in einer Bar.«

»Wow, das hätte ich dir gar nicht zugetraut.«

»So kann man sich täuschen.«

Sie glaubte ihm nicht, legte den Kopf schief und kräuselte die Nase. »Und wie sieht der andere aus?«

Er war mausetot. Richard holte tief Luft. »Der nimmt gerade eine Auszeit.«

Sie kicherte und gab sich damit zufrieden.

Je höher sie fuhren, desto mehr veränderte sich die Landschaft. Sylvie dozierte, dass durch die trockenen Saharawinde die Südhänge des Vulkangebirges von Pflanzen geprägt waren, die das aride Klima aushielten: Sukkulenten, Kakteen und Sträucher. Die Kakteen seien invasiv, also vom Menschen angesiedelt, die Kanarischen Dattelpalmen hingegen heimisch. Begeistert rasselte sie die biologischen Namen der Pflanzen runter, an denen sie vorbeifuhren, aber das ging bei ihm zum einen Ohr rein und zum anderen raus.

Etwas höher tauchten sie in lichte Fichtenwälder ein, deren gelbe Nadeln den nackten Lavaboden bedeckten. Der Wald strahlte eine eigentümliche Atmosphäre aus; irgendwie unwirklich und fremd. Der Norden sei wegen des feuchten Nordostpassats grüner, erklärte Sylvie. Dort stehe ihr Elternhaus, in der Nähe eines tiefschwarzen Naturstrandes. So überschwänglich, wie sie davon schwärmte, konnte man fast meinen, sie wollte ihn zu einem Besuch einladen, was sie jedoch nicht tat.

Auf etwa 2.000 Metern über dem Meer hörte die Vegetation plötzlich auf; nur noch blanke Lava um sie herum, die reinste Mondlandschaft. Kein Baum, kein Strauch, nichts. Bösartige Erinnerungen wollten hochsteigen, er drückte sie weg. Sie hatten den Rand des Nationalparks Las Cañadas erreicht, einer riesigen Caldera, aus der sich der nackte Pico del Teide in der vulkantypischen Kegelform erhob. Sie ließen den Blick aufs Meer hinter sich und fuhren in die Caldera hinein. Nachdem er den Wagen geparkt hatte, wanderten sie zu den Roques de García, einem Ensemble vielfarbiger Felsnadeln. Auch hier konnte Sylvie mit ihrem Wissen über die Natur und die Geschichte glänzen, blieb hingegen wortkarg, was Landsknecht oder die Wachters anbelangte. Nur dass Marcel ein ausgesprochener Arsch sei, der ihr inzwischen nur noch leidtue, konnte er ihr entlocken.

Leicht frustriert, dass Sylvie sich hartnäckig als komplett unwissend in Bezug auf die Entwicklungen um Kilians Entführung präsentierte, brach er unter dem Vorwand, Schmerzen zu haben, den Ausflug ab.

Auf dem Freisitz des am Fuße des Pico del Teide gelegenen kleinen Bergsteigerhotels kehrten sie ein. Er spendierte Sylvie und sich selbst einen Espresso – sie mit Milch, er ohne. Dazu bestellte er den allseits beliebten Karottenkuchen, den er bisher für eine amerikanische Spezialität gehalten hatte. Sie lachte daraufhin und klärte ihn auf, dass die Rüblitorte eine Schweizer Erfindung sei.

Behutsam lenkte er das Thema auf den vermissten Jungen, wie sehr Marcel und Linda darunter leiden mussten, dass ihr Sohn verschwunden war, vermutlich entführt.

»Warum zahlen sie dann nicht?«

Er studierte ihr Gesicht. Soweit er sich erinnern konnte, hatte ihr niemand von der Lösegeldforderung erzählt. Auch die Medien waren nicht informiert worden. »Du wusstest von der Erpressung? Hat Wachter geplaudert?«

»Nein, Jens…« Nagen an der Unterlippe. »Landsknecht war's.« Sie legte ihre Hand auf seinen Arm und näherte sich ihm. »Wusstest du, dass sich um den Teide auch eine Entführungsgeschichte rankt?« Sie deutete mit der anderen Hand auf den Vulkan, an dessen Flanke die Masten einer Seilbahn zu sehen waren. »Der Dämon des Bösen soll darin wohnen. Er entführte den Gott des Lichts und verbarg ihn im Innern des Vulkans. Damit stürzte er die ganze Welt in Dunkelheit, bis der oberste Gott den Dämon besiegte. Er befreite den Lichtgott, wie du an der Sonne sehen kannst, stopfte dafür den Bösen in den Krater und stülpte einen weißen Hut drauf.«

Er betrachtete die Spitze des Vulkans, an dessen Nordseite einige Schneefelder leuchteten. »Eine lustige Erklärung für die Schneehaube. Hoffentlich brauchen wir keinen Gott, der Kilian befreit. Was hast du mit Landsknecht zu schaffen?«

Sylvie ließ ihn los und schlürfte nachdenklich ihren Espresso. »Du glaubst, dass ich etwas mit Kilians Verschwinden zu tun habe, stimmt's?«

»So abwegig ist der Gedanke nicht.«

»Da bist du auf dem Holzweg.«

»Dass du Kilian nicht selbst entführt hast, glaube ich dir. Aber vielleicht weißt du mehr, als du zugibst.«

Der Löffel, mit dem sie ihr Kuchenstück verputzt hatte, fiel klirrend auf den Teller. »Bullshit. Und jetzt fahr mich bitte zurück ins Hotel.«

»Oder zur Finca deiner Eltern?«

Sie zuckte zusammen. »Wieso dorthin?«

»Um nach Kilian zu suchen.«

»Wie bitte?« Sie sprang auf. »Was soll das? Hat dir Marcel einen Floh ins Ohr gesetzt?«

»Dein Bruder heißt Jens, nicht wahr?«

Sie lief knallrot an. »Er ist mein Halbbruder«, sagte sie leise.

Das würde die unterschiedlichen Nachnamen von Landsknecht und ihr erklären. »Komisch, dass er sich sofort bei den Wachters eingefunden hat, als Kilian verschwand, findest du nicht auch?«

»Du kannst ohne mich zurückfahren. Ich lasse mir ein Taxi kommen.«

»Oder rufst du Jens an, damit er dich abholt? Was wirst du ihm erzählen?« Er stand auf und fasste sie nun seinerseits am Arm, hielt sie fest. »Es geht um ein unschuldiges Kind, das weder mit dir noch mit Landsknecht was zu tun hat. Oder hat dein Bruder ein Problem, von dem ich nichts weiß?«

In ihren Augen schimmerte es verdächtig. »Aua, du tust mir weh«, fauchte sie.

»Das ist erst der Anfang. Mach mich dir nicht zum Feind.« Er zögerte und lockerte seinen Griff. »Ich werde Inspector Morell anrufen und ihm von meinen neuesten Erkenntnissen berichten. Was denkst du, was er dann mit dir machen wird?«

Eine Träne kullerte aus ihrem rechten Auge. Sie schniefte. Mit weinenden Frauen konnte er nichts anfangen, wusste nie, wie er damit umgehen sollte. »Hör auf mit dem Versteckspiel«, sagte er betont scharf.

Sie blickte zu ihm auf und nickte, während Tränen über ihre Wangen liefen. »Kilian ist nicht in der Finca.«

»Woher weißt du das?«

»Weil ich dort nach ihm gesucht habe. Jens bestreitet, etwas damit zu tun haben.«

»Aber du hast ihn verdächtigt.«

»Ich habe mich gewundert, wieso er plötzlich aufgetaucht ist. Er hat es damit erklärt, dass er Linda schon lange kennen würde und er ihr deshalb beistehen wolle.«

Was in Anbetracht von Landsknechts und Lindas Beruf Sinn ergab. Trotzdem hatte Richard das Gefühl, auf der richtigen Fährte zu sein. Nur das Motiv fehlte ihm noch. Warum in aller Welt sollte Landsknecht ein Kind entführen?

»Ich durfte niemanden verraten, dass wir verwandt sind.«

»Das hat dich nicht stutzig gemacht?«

»Doch.«

»Kennen sich Jens und Frau Wachter privat?«

»Nicht, dass ich wüsste.« Sie zuckte mit den Schultern. »Jens und ich haben nicht viele Berührungspunkte. Er war mir in allem immer weit voraus. Schließlich ist er sieben Jahre älter als ich.«

Ihr Blick enthielt etwas Flehentliches, als würde sie um Verständnis bitten. »Marcel und ich hatten vor, gemeinsam in Urlaub zu fahren. Bei Mamas Geburtstag habe ich Jens davon erzählt. Er schlug vor, nach Teneriffa zu fliegen, weil ich mich dort so gut auskenne.«

»Da wäre Kilian doch nicht dabei gewesen.«

»Nein. Aber ich habe es ihm erzählt, als Marcel sich entschlossen hatte, mit Frau und Kind zu fahren.«

»Ich fahre dich ins Hotel zurück und lasse dich unter einer Bedingung in Ruhe: kein Wort zu deinem Bruder. Wenn doch, landest du wegen Beihilfe vor dem Richter. Dein Leben, wie du es bisher gewohnt warst, kannst du danach vergessen. Jeder Richter wird sich auf die Seite der Eltern stellen und die Höchststrafe verhängen. Hast du das kapiert?«

Erneut wurden ihre Augen überschwemmt. »Ich schwöre, dass ich Jens nichts verraten werde. Wenn er Kilian wirklich entführt hat, muss er total durchgeknallt sein. Was will er denn damit erreichen?«

42 MARCEL

Viel hatte Marcel von dem, was ihm Inspector Morell vor einer Stunde in ihrer Hotelsuite berichtet hatte, nicht verstanden; außer dass Kilian verschwunden blieb und der Erpresser mit der Million entkommen war. Die Polizei habe einen gewissen Stefan Heim gefasst, aber das interessierte Marcel nur am Rande.

Der Inspector war inzwischen gegangen und er wieder mit Linda allein. An der Decke surrte ein Ventilator, der ihm schlechte Luft ins Gesicht blies, begleitet vom Summen der Klimaanlage und Rascheln der Zeitung, wenn Linda umblätterte. Die Schlagzeilen beinhalteten jetzt andere Themen, das Interesse an ihrem Drama hatte mangels Neuigkeiten nachgelassen.

Marcel fühlte sich müde und leergesaugt, als wären die Dementoren aus Kilians Harry-Potter-Filmen über ihn hergefallen. Den Sinn dieser Wesen hatte sich Marcel bislang nie erschlossen. Erst jetzt, wo ihn selbst das Heben einer Hand Überwindung kostete, begann er zu begreifen, was die Autorin mit ihren Geschöpfen ausdrücken wollte.

Die Erkenntnis, dass er seinen Sohn womöglich nie mehr wiedersehen würde, traf ihn mit voller Wucht. Wenn er nicht bald Klarheit über dessen Schicksal – egal ob negativ oder positiv – erhielt, würde er noch wahnsinnig werden.

Fragend blickte Linda ihn an, als erhoffte sie sich von ihm eine Idee, wie diese Ungewissheit beendet werden könnte. Doch in ihm wohnte keine Kraft mehr. Aus dem tatkräftigen Direktor, der seine Mitarbeiter zu immer neuen Höchstleistungen anspornte, war ein Schlappschwanz geworden.

Regungslos blieb er sitzen. »Was nun?« Selbst seine Stimme klang matt.

Sie sprang auf, riss die Vorhänge zurück und öffnete die Glastüren. Sofort hörte das sanfte Summen der Klimaanlage auf und eine leichte Brise trug Wärme und Stimmengewirr ins Zimmer.

»Wir müssen wieder am Leben teilnehmen«, sagte sie. »Wir tun weder Kilian noch uns einen Gefallen, wenn wir alles schleifen lassen und uns einigeln.«

»Warum öffnest du die Türen? Wir hatten doch ausgemacht, die Presse fernzuhalten.«

»Siehst du da draußen welche von denen?«

»Nein. Offensichtlich haben sie aufgegeben. Und wir sollten uns auch damit abfinden, dass wir Kilian für immer verloren haben.«

»Rede keinen Schmarrn. Die Hotelleitung hat der Presse Hausverbot erteilt. Die dürfen nicht mehr rein«, erwiderte sie kämpferisch wie eine Amazone. »Der Inspector hat mit keinem Wort ausgeschlossen, dass es sich um Entführung handelt, sondern lediglich erwähnt, dass die Erpresser ihn wahrscheinlich nicht haben. Wobei nicht einmal das eindeutig geklärt ist. Er könnte nach wie vor von ihnen gefangen gehalten werden.«

»Offenbar hast du die Hoffnung noch nicht aufgegeben.«

»Solange Kilians Leiche nicht vor mir liegt – nein.«

Lindas Kälte ließ ihn erschaudern. »Wie kannst du so etwas sagen!«

»Weil ich davon überzeugt bin, dass wir ihn wiederbekommen. Doch dazu muss ich nach Deutschland zurück.«

Sie sagte das in einem Ton, der keinen Widerspruch duldete, trotzdem wagte er ihn. »Auf keinen Fall! Wir lassen unseren Sohn nicht im Stich!«

»Hast du nicht gerade selbst vom Aufgeben gesprochen? Du kannst ja hierbleiben – mit deiner Sylvie.«

Der Streit mobilisierte seine letzten Energiereserven. Er fuhr hoch und stellte sich vor sie hin. Scheißegal, ob die Nachbarn mithören konnten. »Lass Sylvie aus dem Spiel. Die hat nichts damit zu tun. Sie war nur ein netter Zeitvertreib.«

»Stimmt. Wenn du unter Zeitvertreib ficken verstehst!«

Linda musste außer sich sein, denn solche Worte kamen ihr normalerweise nicht über die Lippen, die nun schmal wie Bleistiftstriche wurden.

»Es tut mir leid! Kannst du mir diesen einen Fehltritt nicht verzeihen?«

Ihre Miene veränderte sich schlagartig, wurde kummervoll, geradezu weinerlich. »Doch, kann ich. Wenn du mir …« Sie ließ den Satz unvollendet.

»Wenn ich was?«

»Vergiss es. Ich muss nach Deutschland zurück, einige Dinge regeln. Du kannst ja hierbleiben. Halte die Stellung und unterstütze die Behörden, so gut du kannst. Ich bin in ein paar Tagen zurück, sofern Kilian nicht inzwischen freigelassen wurde. Du kommst dann unverzüglich mit ihm nach.« Aufrecht wie eine Säule, an der jeglicher Protest abprallen würde, stand sie direkt vor ihm im Zimmer.

»Ich weiß wirklich nicht, was …«

»Alles wird gut«, sagte sie plötzlich sanft und legte ihm ihren Zeigefinger auf den Mund. »Ich verspreche es.«

Sein Widerstand brach in sich zusammen, ließ nur Verzweiflung zurück. Er hatte kein Recht sie aufzuhalten. »Wann fliegst du?«

»Morgen früh; ohne Zwischenstopp nach Frankfurt.«

Sie musste den Flug schon länger geplant haben, denn während der Urlaubssaison kurzfristig einen Platz zu ergattern, war schwierig und teuer. »Komm bald wieder. Ich halte dieses ewige Warten und Hoffen nicht mehr lange aus.«

»Wie gesagt, nur ein paar Tage.« Wilde Entschlossenheit ergriff erneut von Lindas Tonfall und Haltung Besitz. Die letzten Tage hatten sie härter und älter werden lassen.

»Sollten wir nicht Landsknecht informieren?«

»Warum?«, blaffte sie. »Der merkt es noch früh genug.«

Zuerst nickte er als Antwort, doch dann dämmerte es ihm. »Was wird er merken? Was willst du damit sagen?«

Blässe überzog ihre Wangen. »Dass ich weg bin. Was sonst?«

»Du verschweigst mir etwas!«

»Mach dich nicht lächerlich.« Ihr Blick wanderte hin und her, als suchte sie einen Ausweg. »Ich meine nur, dass wir keinen Rechtsanwalt brauchen. Der bekommt keinen Cent von uns, hörst du? Der hat genug!«

»Glaubst du, er hat die Million?«, fragte er scharf.

»Schrei nicht so! Jeder kann dich hören.«

»Das ist mir schnurzpiepegal! Ich will meinen Sohn wiederhaben!« Er packte sie an den Schultern und schüttelte sie.

»Wenn du nicht aufhörst, rufe ich um Hilfe!«, rief sie. »Lass gefälligst deine Finger von mir!«

Erschrocken ließ er sie los. Was war nur in ihn gefahren? Das zweite Mal schon … Er verabscheute jegliche Art von Gewalt. »Linda.« Er streckte die Hand nach ihr aus, doch sie wich ängstlich zurück.

»Das wird Konsequenzen haben, Marcel.«

Es klopfte an der Tür.

»Das hast du davon.«

Erneutes Klopfen.

Er schluckte. »Wollen wir nicht aufmachen? Vielleicht eine Nachricht des Entführers?«

»Der wird kaum vor der Tür stehen. Mach auf, du Idiot.«

»Come in!«, rief er in Richtung Tür.

Herein kam Levin, mit Blessuren und unverhohlenem Interesse im Gesicht. Er bewegte sich vorsichtig, als habe er Schmerzen.

»Der fehlt mir gerade noch.« Linda warf sich aufs Sofa, ohne Levin eines Blickes zu würdigen. »Den hast du mit deinem Geschrei hergelockt.«

Levin ließ die Tür ins Schloss fallen. »Nein, das waren ein paar Fragen, die ich Ihnen stellen möchte, Frau Doktor Wachter.«

Sichtbar widerwillig sprach sie ihn direkt an. »Begreifen Sie nicht, dass Sie hier keine rechtlichen Befugnisse haben?«

»Sie werden nicht für immer und ewig in Spanien bleiben können, sondern irgendwann nach Deutschland zurückkehren müssen. Sie beide.« Levin stand mitten im Zimmer, aufrecht, das Gewicht gleichmäßig auf beide Beine verteilt. Jemand, der wusste, was er wollte. »Ebenso wie Herr Landsknecht und Frau König. Wussten Sie, dass sie Geschwister sind?«

Marcels Knie gaben nach. »Was? Nein, ich hatte keine Ahnung davon.«

»Ich auch nicht«, sagte Linda. »Deshalb also war Landsknecht so schnell zur Stelle.«

»Das finden Sie auch merkwürdig, nicht wahr?« Levin setzte sich Linda gegenüber, angespannt wie ein Panther, der auf seine Beute lauerte. Die Beute war Linda, die zurückstarrte, bis ihr Blick schließlich Richtung Fußboden auswich. Levin strich sich über die aufgeschlagenen Knöchel seiner rechten Hand. Was war da vorgefallen?

Linda hielt den Kopf weiterhin gesenkt. »Ich weiß überhaupt nicht mehr, was ich denken soll.«

»Doch, das tun Sie – sehr genau sogar. Und was Sie mir verschweigen, werde ich herausbekommen. Zuerst baten Sie mich um Hilfe, und als Landsknecht auftauchte, kam dieser plötzliche Sinneswandel. Mich würde interessieren, welche Rolle er bei dem Ganzen spielt.«

Marcels Gedanken rasten mit seinem Puls um die Wette, und hinter seinem Brustbein setzte ein Stechen ein. »Willst du deshalb nach Hause fliegen? Geht es doch um Landsknecht?«

Lindas Augen schimmerten nass, ganz schmal saß sie auf dem Sofa.

Levin drohte Linda mit dem Zeigefinger. »Wir kriegen Sie allemal. Am besten Sie helfen mir freiwillig. Immerhin geht es um Ihr Kind.«

Seine Worte hingen wie schwarze Gewitterwolken in der Luft, bereit, ihre Energie zu entladen. Linda schloss die Augen. Marcel kannte das. Damit blendete sie unangenehme Situationen oder Menschen einfach aus.

Schließlich sagte sie: »Ich habe nichts mitzuteilen – zumindest nicht Ihnen. Und ich werde dafür sorgen, dass Sie entlassen werden.«

»Wir werden sehen, wer von uns beiden eher gehen wird.« Damit erhob sich Levin und marschierte aus dem Zimmer. Am liebsten wäre Marcel mit ihm gegangen.

Auch Linda stand auf, die Hände abwehrend gegen ihn gerichtet. »Der Mensch ist irre. Ich versuche nur, mein Kind zurückzubekommen. Danach werde ich mit euch allen abrechnen.«

Sie rannte ins Schlafzimmer und kramte darin herum. Wie betäubt blieb Marcel stehen, bis sie mit ihrem Rollkoffer herausgestürmt kam und erst am Stuhl, dann am Tisch damit hängen blieb. Mit einem Fluch auf den Lippen schlug sie die Appartementtür hinter sich zu.

Sollte er ihr hinterherlaufen und sie zwingen, reinen Tisch zu machen?

Ein plötzlicher stechender Schmerz in der Brust, der bis in den linken Arm ausstrahlte, machte jede weitere Überlegung überflüssig. Immer schwerer wurde das Atmen. Schweiß brach aus. Er musste … musste …

43 FERNAND

Fernand saß wie auf Kohlen in seinem Büro, vor sich eine Kurzmeldung aus Santa Cruz und ein kalter Kaffee. Ihre kleine Comisaría glich einem Ameisenhaufen: Polizisten gingen ein und aus, Reporter ersuchten um Interviews, Rechtsanwälte und Angehörige wollten zu Untersuchungshäftlingen. Sein Chef aus Teneriffa hatte Díaz nach Santa

Cruz mitgenommen und dessen Boss sich nach Las Palmas auf Gran Canaria verabschiedet.

»¿Qué pasó? Was ist mit Díaz?«, fragte Jonay, der soeben hereinkam. »Ist er mit nach Santa Cruz?«

Idaira, die sich zu ihnen gesellt hatte, murmelte etwas und sagte dann: »Was sonst? Der Mann ist ehrgeizig, dem steht eine interne Untersuchung bevor. Außerdem ist ihm die Politik in Santa Cruz wichtiger als seine Aufgaben hier.«

Wie immer traf Idaira den Nagel auf den Kopf, obwohl Díaz eine aktive Beteiligung an Verbrechen nicht zuzutrauen war. Wegschauen würde er schon eher, aber am Drogenhandel oder anderen schmutzigen Geschäften teilhaben – nein. Das würde Díaz nie riskieren.

Jonay sah Idaira auffordernd an. »Du meinst, er ist korrupt?«

»Sie meint, dass Díaz die undichte Stelle in unserer Comisaría ist.« Fernand klopfte mit dem Zeigefinger auf den Tisch. »Ich glaube das allerdings nicht.«

»Ich schon«, meinte Jonay. »Wer sollte es denn sonst sein?«

»Du vielleicht.«

»Wie bitte? Ich hab mich wohl verhört?«

»Wo warst du heute? In Santa Cruz?«

Jonays Gesicht färbte sich rot. »Natürlich war ich dort, um den Transport von Stefan Heim zu begleiten.«

»Dann erkläre mir mal genau, was dort passiert ist.«

»Da gibt es nicht viel zu erklären. Wir sind am Gerichtshof vorgefahren und haben Heim aussteigen lassen. Auf einmal gab es einen lauten Knall und Heim fiel um. Kopfschuss. Tot. Der Schuss wurde aus einem der umliegenden Häuser abgefeuert.«

»Wo warst du zu dem Zeitpunkt?«

»Na, am Tatort.«

»Warst du nicht. Du bist kurz vorher ausgestiegen, weil du deine Mutter besuchen wolltest. Dein Job war, Stefan Heim im Gerichtsgebäude abzuliefern!«

»Ich war die ganze Zeit bei ihm.«

»Lüge!«

»Und selbst wenn, was willst du mir damit unterstellen?«

»Du bist ein Meister im Stockkampf und im Steineschleudern, wie die Medaillen in deinem Büro beweisen. Schießen kannst du auch hervorragend. Du hattest jede Möglichkeit, Levin mit einer Steinschleuder zu attackieren und Heim zu erschießen.«

Jonay gestikulierte wild. »Das willst du mir in die Schuhe schieben?«

Fernand seufzte. Er hätte es vielen zugetraut, aber nicht Jonay. Deshalb hatte es ihn hart getroffen, als Díaz ihn beschuldigt hatte. Nun würde eine interne Untersuchung gegen Jonay in die Wege geleitet werden. Doch vorher wollte er unbedingt wissen, ob die Anschuldigung begründet war. »Toure wurde erstochen, und Raúl ist als Messerstecher bekannt, richtig? Schleudert er auch Steine?«

»Woher soll ich das wissen? Den Umgang mit der Schleuder lernt hier doch jedes Kind.«

»Hat er ein Gewehr?«

»Das kann er sich besorgt haben. Die Hundekampfbande war auch bewaffnet, oder? Ich gehe jetzt. Das muss ich mir nicht bieten lassen.«

»Du bleibst, wo du bist. Setz dich.«

Jonay schaute zur Tür, zu Idaira und als Letztes zu Fernand.

»Setzen«, wiederholte Fernand. »Idaira, lass uns bitte allein.«

»Kann man das wirklich, euch allein lassen?« Trotzdem ging sie. Wahrscheinlich nur bis vor die Tür, um zu lauschen.

Wie in Zeitlupe ließ sich Jonay auf einem Stuhl nieder. »Ich war's nicht.«

»Du steckst genauso in der Scheiße wie Díaz. Mir wurde unmissverständlich klargemacht, dass ich dich vom Dienst suspendieren soll, bis die interne Untersuchung abgeschlossen ist.«

»Das heißt, ich darf nicht arbeiten?«

»Und bekommst kein Gehalt.«

»Aber ...«

»Du bist beurlaubt, Jonay, und mir eine Erklärung schuldig. Hast du Heim erschossen? Ja oder nein?«

»¡Dios mío! Wie oft denn noch? Ich bin Polizist, kein gemeiner Mörder.«

Vor ihm saß ein Häufchen Elend. Fernand hatte schon in viele Gesichter geschaut; in die von Gaunern, Unschuldigen und Tätern, bei denen irgendetwas im Leben schiefgelaufen war. Das, was Jonay vorgeworfen wurde, erforderte ein erhebliches Maß an krimineller Energie, die Jonay Fernands Meinung nach nicht besaß.

»Hoffen wir, dass wir Raúl bald zu fassen kriegen, er zugibt, Heim umgelegt zu haben, und auch das Versteck des Jungen kennt und preisgibt. Bisher stützen sich unsere Ermittlungen nur auf Vermutungen, weil wir Heim geglaubt haben. Aber der ist jetzt tot und kann nicht mehr aussagen.«

»Wie sollen wir Raúl aufspüren? Das ist, wie die berühmte Nadel im Heuhaufen zu suchen.«

»Du hast doch Verbindungen, kennst Leute.«

Jonay hielt seine Fäuste fest auf die Oberschenkel gedrückt. »Die, die was wissen könnten, sitzen seit gestern. Ich könnte es in der Happy-Hour-Bar versuchen.«

»Dort findet heute Abend eine Razzia statt. Pass auf, dass du nicht verhaftet wirst.«

Jonay entspannte seine Hände und schüttelte den Kopf. »Du vertraust mir also noch?«

»Sieht so aus.«

»Gut, ich versuch's, hab aber wenig Hoffnung, dass dabei was rauskommt.« Jonay war anzusehen, dass ihn die Anschuldigungen verletzt hatten.

Auch Fernand schmerzte es, den Kollegen verdächtigt zu haben. Womöglich hatte Díaz den Jungen nur beschuldigt, um von sich selbst abzulenken.

»Kann ich gehen?«

»Natürlich, Jonay.« Fernand zog eine zusammengebundene Dokumentenmappe aus einem Stapel und wartete, bis Jonay draußen war. Am liebsten würde er jetzt nach Hause fahren, das Gesicht in den Haaren seiner Frau vergraben, ihren Duft einatmen und sie liebkosen. Ein Blick auf die Dokumente und sie wanderten zurück in den Stapel. Heute nicht. Er verließ sein Büro.

Auf dem Parkplatz der Einsatzfahrzeuge begegnete ihm García, der die Razzia in der Happy-Hour-Bar organisierte. Ein Kleinbus stand vor der Tür, ein weiterer dahinter, darin Polizisten in Spezialausrüstung. Bei zwei Einsätzen innerhalb von 24 Stunden hatte sich deren Kommen wirklich ausgezahlt.

»Hast du's ihm gesagt?«, fragte García.

»Ja. Und ich hoffe für ihn, dass er nicht sofort zu Maniolo rennt.«

»Wir werden sehen. Was ist mit diesem Raúl?«

»Den schnappen wir hoffentlich bald. Die Fahndung nach ihm läuft auf Hochtouren.«

»Perfecto.« García griff zum Funksprechgerät. Die Udyco

verfügte über eigene, abgeschirmte Radiofrequenzen, damit sie nicht geortet und abgehört werden konnten. Er gab durch, dass Jonay die Comisaría soeben verlassen hatte.

Nach kurzem Gruß schlenderte Fernand zu seinem Seat Leon und setzte sich hinters Steuer. Jonay fuhr flott an ihm vorbei. Sollte er ihn verfolgen? Besser nicht.

Noch während der Fahrt nach Hause erreichte ihn ein Anruf: García. Schweren Herzens nahm er ihn entgegen.

44 RICHARD

Richard wartete an der angelehnten Tür seines Hotelzimmers. Er wollte wissen, ob Linda sich, als Reaktion auf seine Anschuldigungen, in Bewegung setzen würde. Zugegeben, seine Vermutung, dass eine Mutter und Richterin ihr eigenes Kind verschwinden ließ oder wusste, wer es in Gewahrsam hatte, war gewagt. Dennoch gab es dafür in der Kriminalgeschichte genügend ähnliche Beispiele.

Er schickte Maxi eine E-Mail mit der Frage, ob sie schon etwas über eine mögliche Verbindung zwischen Linda und

Landsknecht herausgefunden habe, und fügte hinzu, dass eine baldige Antwort gut sei.

Lange musste er nicht ausharren, da kam Linda mit einem Rollkoffer in der Hand aus der Suite der Wachters auf den Gang gepoltert. Er zog sich in sein Zimmer zurück, um nicht gesehen zu werden.

Wollte sie zum Flughafen? Das hatte er nicht erwartet. Um diese Zeit gingen seines Wissens keine Flüge mehr nach Deutschland. Und warum ließ sie ihren Mann im Stich? Hielt die Ehe der Belastung nicht stand? Oder fuhr sie zu Landsknecht? Zielstrebig marschierte Linda los, und er folgte ihr vorsichtig, musste an Wachters Tür vorbei.

Ein gedämpftes Stöhnen drang aus der Suite.

Richard blieb stehen und lauschte. Jetzt Stille.

Linda bog um eine Ecke und geriet außer Sicht. Wenn er sich hier noch länger aufhielt, würde er sie aus den Augen verlieren.

Drinnen fiel etwas zu Boden, jemand röchelte, als habe er große Schmerzen. Pfeif auf Linda. Kurz entschlossen pochte er gegen die Tür. Keine Reaktion. Als Richard ein Ohr dagegen presste, vernahm er ein ersticktes Ächzen.

Das musste Wachter sein, und er hörte sich an, als würde er im Sterben liegen.

Was sollte er tun? Bis jemand vom Hotel eintraf, um ihn hineinzulassen, könnte es zu spät sein. Da Hoteltüren sich in der Regel nicht mehr mit einer Kreditkarte öffnen ließen, half nur rohe Gewalt.

Er trat einen Schritt zurück. Amerikanische Türen konnte man leichter eintreten als deutsche – keine Ahnung, wie spanische gebaut waren. Besonders dick sah sie jedenfalls nicht aus. Schulter oder Fuß? Ein kräftiger Tritt neben das Schloss, dem ein zweiter folgte, die Tür gab krachend nach.

Wachter lag auf dem Boden, eine Hand auf die Brust gepresst, die Lippen blau verfärbt, in den Augen Panik. Richard sprang zu ihm. Das sah verdammt nach Herzinfarkt aus.

»Ich hole Hilfe«, versprach er. »Bleiben Sie ruhig liegen.«

Erste-Hilfe-Maßnahmen waren Teil seiner Ausbildung gewesen, aber die nützten ihm hier wenig. In diesem Fall musste unverzüglich ein Notarzt her.

Übers Zimmertelefon alarmierte er die Rezeption und die wiederum den Rettungsdienst. Wenig später traf Hotelpersonal ein, darunter ein bulliger Mann mit einem Securityabzeichen auf der Brust und einer roten Tasche in der Hand, aus der er einen Defibrillator zog. Richard hob die Hand. »Noch nicht.«

Zehn Minuten später trafen Sanitäter und Notarzt ein und übernahmen die Versorgung des Patienten. Erleichtert stand Richard auf. Gott sei Dank lebte Wachter noch.

Ein Hotelmanager begutachtete die eingetretene Tür. »Sie hätten uns rufen müssen«, sagte er vorwurfsvoll.

Richard zuckte lediglich mit den Schultern. Unter den wachsamen Augen des Managers rief er Fernand an und berichtete ihm von Wachters Notfall sowie dass Linda abgereist sei. Seine Vermutung bezüglich ihrer Verbindung zu Landsknecht ließ er unerwähnt. Fernand sollte sich auf die Aufklärung der Lösegeldforderung konzentrieren und Raúl festnehmen. Raúl wusste etwas über Kilians Verbleib, bestimmt.

»Heim wurde ermordet«, sagte Fernand. »Erschossen.«

Richard verkniff sich die Frage, wie das unter den Augen der CNP passieren konnte. »Raúl?«, fragte er stattdessen.

»Durchaus möglich.« Kurzes Schweigen. »Es gibt noch einen anderen Verdächtigen, aber das wäre ziemlich abwegig.«

Richard erinnerte sich an das Gespräch mit Fernand in der Bar. »Jemand aus euren Reihen?«

»Ja. Ich habe ihm heute auf den Zahn gefühlt. Er hat sich keine Blöße gegeben, was allerdings nichts heißen muss.«

Dumme Situation. Richard dachte an zu Hause. Die Vorstellung, dass einer von der KPI Coburg korrupt sein könnte, war für ihn nur schwer denkbar, trotzdem kam dies auch in deutschen Behörden immer wieder vor. »Ich drücke dir die Daumen, dass sich das Verdachtsmoment nicht bewahrheitet.«

Er beendete das Gespräch und sah den Hotelmanager an, der auf das Telefon deutete. »Polizei?«

»CNP.«

»Sie auch?«

»Deutsche Polizei.«

»Wer ersetzt mir den Schaden?«

»Ihre, Herrn Wachters oder meine Versicherung.«

Der Manager nickte, war offensichtlich mit der Antwort zufrieden. Mehr schien ihn nicht zu interessieren. Wären doch alle Menschen so leicht zufriedenzustellen. Hier wäre fast ein Mensch gestorben und der Manager sorgte sich um eine Tür.

Nachdem Wachter abtransportiert worden war, verließ Richard die Suite. In der vagen Hoffnung, Linda noch einholen zu können, eilte er in die Lobby, kam jedoch zu spät. Vielleicht hätte sie ihn zu Landsknecht geführt, der inzwischen ausgecheckt hatte, wie eine Nachfrage an der Rezeption ergab.

Was jetzt? Er könnte Sylvie nach Landsknechts neuem Ziel fragen. Allerdings hätte sie dann die Möglichkeit, ihren Bruder zu warnen. Also besser nicht. Wenn seine Vermutung stimmte, dann war der Herr zum Ferienhaus seiner

Eltern auf der Insel gefahren. Er zückte sein Telefon und steckte es gleich wieder ein, denn Maxi würde wohl kaum wissen, wo sich das Feriendomizil der Familie befand.

In der Hosentasche vibrierte es. Wenn man an den Teufel denkt … Maxi war dran – kein Facetime.

»Ich schalte auf Lautsprecher um«, sagte sie. »Jan und Peter hören mit.«

Oha, das konnte nur bedeuten, dass sie etwas Bedeutsames herausgefunden hatten. »Was gibt's?«

»Jan hat da was ausgegraben.«

Jan! Der hatte das Zeug, Landsknechts Adresse herauszufinden. Warum war ihm der nicht gleich eingefallen? »Schieß los.«

»Vor ungefähr acht Jahren hat Linda Wachter mittels einer einstweiligen Verfügung ein Kontaktverbot gegen Jens Landsknecht erwirkt.«

»Wow!« Ein Verdacht formte sich in seinem Hinterkopf. Acht Jahre. Genau Kilians Alter. Bestand da ein Zusammenhang? »Kannst du sehen weswegen?«

»Nein, nur dass er sich ihr nicht mehr nähern durfte.«

»Es wäre interessant zu erfahren, ob das mit Kilians Geburt zusammenhing.«

»Das wäre denkbar.«

»Landsknecht war zu dieser Zeit Strafverteidiger«, sagte Jan. »Die zwei hatten ein paarmal im Gerichtssaal miteinander zu tun.«

»Ich verwett' mein' Kopf gegen an faul'n Apfel, dass der Landsknecht dem sei' Vater is'«, warf Peter ein.

»Ich kann bei deinem Wetteinsatz keinen Unterschied feststellen«, sagte Jan.

Peter lachte. »Vorsichtig, des is' fei Beamtenbeleidigung.«

Maxi schaltete sich wieder ein: »Da gibt's zwischen der Wachter und dem Landsknecht ein Geheimnis.«

»Sag ich doch«, meinte Peter.

Richard verkniff sich einen Kommentar zu dem verbalen Schlagabtausch, dem er nur halb zugehört hatte. Ein Verhältnis zwischen Landsknecht und Linda? Ausgeschlossen. Eher schon, dass Landsknecht etwas gegen Linda in der Hand hatte. Ein Betrug am Gericht? Der Klaus-Müller-Fall? Hatte sie seinem Klienten zum Freispruch verholfen?

Ihn drängte es, seiner Vermutung nachzugehen, die nun begründeter schien als zuvor. »Ich werde es herausfinden, allerdings brauche ich dazu eine Adresse. Landsknechts Mutter besitzt ein Haus, vermutlich im Norden der Insel. Sylvie behauptet, sie hätte dort nach Kilian gesucht, ihn aber nicht gefunden.«

»Das heißt, sie weiß etwas«, erwiderte Maxi.

»›Vermutet etwas‹, würde eher passen, falls man ihr Glauben schenken kann.«

»Jan hämmert scho' auf seiner Tastatur rum.«

Nur kurz, dann gab Jan eine Adresse im Norden der Insel, hinter Tacoronte, durch. »Sieht geil aus. Nobelhaus. Über den Klippen. Echt der Hammer.«

»Von mir aus etwa eineinviertel Stunden entfernt.« Richard sah auf die Uhr. Er würde das Haus nur mit Mühe vor Einbruch der Dunkelheit erreichen. Oder sollte er die Fahrt auf morgen verschieben? Er könnte Fernand anrufen, damit der einen Wagen hinschickte. Aber wenn Kilian sich dort nicht aufhielt, sondern woanders versteckt gehalten wurde, war Landsknecht gewarnt. Falls er Kilian hatte.

Bestimmt. Google Maps empfahl ihm die schnellere Ostroute über die TF1. Die westliche Strecke um den Teide war zwar kürzer, dafür jedoch kurvenreicher.

Er trat aufs Gaspedal und den Wettlauf gegen die einsetzende Dunkelheit an. Leider war die Leistung seines Leihwagens ziemlich begrenzt, weshalb er die Geschwindigkeitsbeschränkung von 120 Kilometer pro Stunde kaum überschritt. Die Fahrt führte am Flughafen Süd vorbei, über Güímar, dann gen Santa Cruz. An La Laguna und dem Flughafen Teneriffa Nord vorbei, und schließlich nach Westen der untergehenden Sonne entgegen. Es stimmte, was Sylvie gesagt hatte: Der Norden war tatsächlich wesentlich grüner als der Süden.

Endlich erreichte er die Abzweigung zur Westküste. Die Straße erlaubte keine hohe Geschwindigkeit. Wenig später bog er auf eine ein, die sich in schier endlosen Serpentinen in Richtung Küste hinabschlängelte. Inzwischen strahlte der Himmel um die untergehende Sonne rot.

Er passierte einige Villen, die am oberen Rand der Klippen hoch über dem Atlantik thronten. Ein Stück weiter kam nach einer Kurve die gesuchte Finca in Sicht: weiße Mauern, schmiedeeiserne Gitter, Blumen und Palmen, auf der Terrasse ein Lichtschein. Dahinter eine Schlucht, an die eine der unvermeidlichen Bananenplantagen grenzte.

Vor dem Gebäude stand ein kleiner Citroën, am Heckfenster prangte das Logo einer Mietwagenfirma. Er könnte wetten, dass es sich um Lindas Auto handelte.

45 FERNAND

García hatte im Verlauf der Razzia in der Happy-Hour-Bar Maniolo verhaftet und eine Menge Unterlagen in die Comisaría bringen lassen, von wo aus sie nach Santa Cruz weitertransportiert werden sollten. Zum Glück war Maniolo nicht gewarnt worden, was Fernand zwar erleichterte, aber nach Ansicht Garcías noch lange nicht Jonays Unschuld bewies.

Fernand erkundigte sich telefonisch in der Klinik nach Wachters Zustand und setzte dann seine Fahrt nach Hause fort. Dort erwarteten Chaxi und die inzwischen genesene Naira ihn schon sehnsüchtig. Erstaunlich, wie gut die Antibiotika angeschlagen hatten. Irgendwo hatte er mal gelesen, dass Bakterien resistent werden konnten. So betrachtet, hatte er Glück gehabt: Seine Kleine war wohlbehütet zu Hause und fast wieder gesund. Er wollte sich nicht ausmalen, wie schlimm es für Señor Wachter war, nicht zu wissen, wo sein Kind war und ob es überhaupt noch lebte. Seinen Zustand stuften die Ärzte als kritisch ein, prognostizierten jedoch eine gute Überlebenschance.

Nicht mehr lange, und auch dieser Tag wäre geschafft. Zum Abschluss ein gutes Abendessen und dazu ein Glas Weißwein mit seiner Frau. Wenn Kilian endlich gefunden, die Million sichergestellt und der Mörder gefasst wäre, würde er eine Woche Urlaub nehmen. García könnte sich in dem Erfolg sonnen, und was dann an Lorbeeren noch für ihn übrig blieb, würde sich erst nach Schließung der Akten zeigen.

Zuvor wollte er jedoch nachschauen, ob Jonay die Anschuldigung verkraftet oder ob er sich bereits abgesetzt hatte. Fernand verließ die Autobahn an der nächsten Ausfahrt, um in die entgegengesetzte Richtung, zum Wohnort von Jonays Eltern, zu fahren. Los Cristianos war einer der typischen Küstenorte, die sich hundertprozentig dem Tourismus verschrieben hatten. Vorn am Meer drängten sich Ferienanlagen und Hotels, dahinter wohnten all die, die für das Wohlergehen der Urlaubsgäste sorgten.

Er kannte den Weg von früheren Besuchen. Jonays Eltern mussten für ihren Lebensunterhalt hart schuften; sie als Bedienung in einem der Restaurants, er als Gärtner.

Langsam ließ er den Wagen an das Mehrfamilienhaus heranrollen. Die Fenster des unteren Stockwerks, in dem Jonays Familie wohnte, waren vergittert.

Als er ausstieg, kam Jonay aus dem Haus – ohne Gepäck. Fernands Befürchtung, er könnte sich aus dem Staub machen wollen, verpuffte augenblicklich. Zuerst erstaunt und dann mit finsterer Miene blickte der Kollege zu ihm herüber. Fernand ließ die Fenster seines Autos herunter.

»Du traust mir immer noch nicht, wolltest wohl überprüfen, ob ich abgehauen bin, stimmt's? Wie oft soll ich dir noch erklären, dass ich sauber bin? Ich wollte dich gerade anrufen, weil ich zu wissen glaube, wo Raúl ist – oder zumindest jemanden kenne, der uns vielleicht weiterhelfen kann.«

»Wieso jetzt auf einmal?«

»Du hast die Steinwurf-Meisterschaft erwähnt, das hat mich auf eine Idee gebracht. Raúl ist mit der Schleuder ein absoluter Könner, hat den Wettbewerb sogar mal gewonnen. In den Unterlagen des Veranstalters stand Raúls Kontaktadresse – die seiner Großeltern. Dorthin wollte ich gerade.«

»Wo ist das?«

»Kurz hinter Tacoronte, an der Küste.«

»Steig ein.«

Aus einem gemütlichen Abendessen mit Wein, Weib und Kind würde nichts werden, wie so oft in letzter Zeit. Er würde einiges an Wiedergutmachung bei seiner Frau leisten müssen. Um das drohende Donnerwetter wenigstens ein bisschen abzumildern, textete er ihr die schlechte Nachricht.

»Mi cariño, Naira ist bei meiner Mutter in besten Händen, und ich geh mit meinen Freundinnen aus. Heute ist mein Frauenabend. ¿Te olvidaste?«

Den hatte er völlig vergessen. Er stöhnte auf. Jonay warf ihm einen mitfühlenden Blick zu. Manchmal beneidete er den ledigen Kollegen, der in seiner Freizeit an den Stränden von Los Cristianos auf Frauenfang ging. Er fuhr los und schaltete das Blaulicht an, um möglichst schnell durchzukommen.

»Was hat die Tatortuntersuchung ergeben? Haben wir das Projektil und die Patronenhülse?«, fragte Jonay.

»Ja, beides. Ein für die Jagd typisches Gewehrkaliber: 7 × 64 Millimeter.«

Es war ein stärkeres Kaliber verwendet worden als das hier übliche. Auf der Insel lebten keine großen Wildarten; nur Ziegen und Esel – vor allem menschliche.

»Wie du weißt, besitze ich nur meine Dienstwaffe.«

»Das ist doch schon mal was.«

Jonay murmelte etwas vor sich hin und schwieg dann für den Rest der Fahrt.

Hinter Tacoronte bogen sie auf eine schmale Landstraße ab, bis sie schließlich an einem Schotterweg anlangten, der zu drei Wohnhäusern und einer Ansammlung von eingemauerten Bananenplantagen führte. Rechts davon verlief eine Schlucht und links wurden sie von schroffen Meeresklippen begrenzt. Er hielt an. Auf der anderen Seite der Schlucht stand eine Reihe vornehmer Häuser, die reichen Spaniern gehörten und zum Teil an Touristen vermietet wurden.

Die Schlucht war nicht besonders tief, aber Fernand wusste, dass das Hinabsteigen auf dem lockeren Lavagestein mit Gefahren verbunden war. Sie war im Laufe der Zeit durch einen Bach entstanden und führte in Windungen und Stufen zum Meer hinunter. An der Mündungsstelle gab es bestimmt eine kleine Bucht.

Sollte Raúl sich tatsächlich hier aufhalten, würden sie das Gelände großflächig umstellen müssen.

Er fuhr weiter und parkte den Wagen vor den drei Häusern. Einfache Bauweise, typische Arbeiterwohnungen, einige Blumentöpfe, ein verrostetes Fahrrad. Jonay stieg aus und steuerte darauf zu. Fernand folgte ihm und blieb an einer Gebäudeecke stehen, sodass er zwei Hauswände überblicken konnte.

Jonay klingelte. Nach dem dritten Versuch öffnete ein alter Mann, dem Jonay lautstark und unter heftigem Gestikulieren sein Anliegen vorbrachte: »¡Policía! Lass uns freiwillig rein, Alter, oder wir verschaffen uns mit Gewalt Zutritt.«

»Schert euch zum Teufel, Pitufos!«

»Willst du ins Gefängnis?«

»¡Jódete! Lasst meinen Enkel in Frieden! Der hat nichts gemacht!«

Wegen ihrer blauen Uniformen wurden sie im Volksmund oft »Pitufos« – also »Schlümpfe« – genannt. Das »Fick dich« überhörten sie geflissentlich, denn allein dafür könnten sie den Alten einbuchten.

Hinter dem Haus quietschte eine Tür.

Fernand spurtete zur Rückseite des Gebäudes. Als er um die Ecke bog, sah er eine Gestalt auf die Plantagen zu rennen. Das musste Raúl sein. Einmal in den Plantagen konnte er leicht entkommen. Das musste unbedingt verhindert werden.

»¡Alto!«, schrie Fernand und zog seine Pistole. »¡Quieto!«

Doch Raúl dachte weder daran anzuhalten noch stehen zu bleiben. Hakenschlagend wie ein Hase stürmte er auf die Plantage zu. Früher hätte Fernand Skrupel gehabt, seine Schusswaffe einzusetzen, aber nach dem Erlebnis vor der Lagerhalle bei Güímar warf er alle Bedenken über Bord. Er gab einen Warnschuss in die Luft ab.

Jonay lief mit gezogener Waffe an ihm vorbei, dem Flüchtenden hinterher. Mierda, dass sie nur zu zweit waren. Keuchend rannte Fernand zur einer der Plantagenmauern. Wohin würde Raúl flüchten? Vielleicht durch die Schlucht hinüber zu den Villen. Wer wusste schon, auf welche verrückten Ideen der in seiner Panik kam. Sie brauchten Verstärkung, und zwar sofort.

Aus dem Innern der Plantage ertönten Schreie, während Fernand hinter sich erstaunte Rufe von Anwohnern hörte.

Steine polterten. Fernand hetzte zum hinteren Teil der Plantage. Kaum angekommen, sah er ihn. Geschickt sprang Raúl den Hang hinunter, wobei er eine kleine Geröllawine auslöste, und dann auf den ausgetrockneten Bachlauf zu, der zum Meer führte.

Was, wenn dort unten ein Boot ankerte? Womöglich dasselbe, das nach der Lösegeldübergabe zur Flucht benutzt worden war? Fernand blieb keine Wahl, er musste hinterher.

Der Abhang war steil und instabil. Er feuerte einen weiteren Schuss gen Himmel. Sein Schuh rutschte weg. Mit Mühe fing er sich wieder.

Raúl hatte inzwischen den Fuß der Schlucht erreicht und strebte der Bucht zu. Jonay bewältigte den Abhang weiter vorn mehr schlitternd als laufend. Fast gleichzeitig erreichten sie das Bachbett. Zu spät. Raúl hatte sich in nichts aufgelöst, und ihnen stand nur noch für eine Viertelstunde Sonnenlicht zur Verfügung, um ihn aufzuspüren.

46 RICHARD

Nicht ahnend, was nur wenige hundert Meter entfernt von ihm gleich stattfinden würde, lehnte Richard an sein Auto, das ein Stückchen vor Landsknechts Anwesen stand. In einer halben Stunde würde es dunkel sein. Sollte er ins Haus der Familie Landsknecht gehen oder warten, bis der Besitzer des Wagens herauskam? Da er in der offen stehenden Garage ein Auto mit spanischem Kennzeichen sah, vermutete er, dass der Leihwagen vor dem Haus Linda Wachter gehörte.

Das Öffnen der Haustür nahm ihm die Entscheidung ab. Linda kam herausgestürmt, drehte sich um und drohte dem in der Tür stehen gebliebenen Landsknecht mit der Faust. Der konnte ihn sehen, was Richard jedoch nicht störte.

»Du wirst mich kennenlernen«, schleuderte sie Landsknecht entgegen, laut genug, dass Richard es hören konnte. »Ich mache dich fertig!«

»Nur zu, Linda. Aber es wird dir nichts nützen – zumindest dieses Mal nicht.«

»Ich gehe zur Polizei.«

»Und mit was willst du denen kommen?«

»Mit Beweisen.«

»Tu, was du nicht lassen kannst. Du hast nichts gegen mich in der Hand. Gib mir, was ich will, und alles ist gut.«

»Niemals!«

»Dort drüben steht Levin.« Landsknecht verschränkte die Arme. »Schau selbst zu, wie du mit ihm fertigwirst.«

Damit schlug er die Haustür ins Schloss. Linda stapfte zu ihrem Auto, eine Mischung aus Wut und Angst im Gesicht. Bereit, zu kämpfen.

Kurz vor Richard stoppte sie, und er wappnete sich gegen ihren Angriff.

»Was haben Sie hier zu suchen?«, fragte sie scharf.

»Die Wahrheit.«

»Die Wahrheit ist meine Privatangelegenheit.«

»Das sehe ich anders.«

»Mein Disput mit Jens hat nichts mit Kilian zu tun.«

Auffällig, dass sie Landsknecht plötzlich beim Vornamen nannte. »Das glaube ich Ihnen nicht. Es geht ausschließlich um Ihren Sohn. Warum hatten Sie ein Kontaktverbot gegen Landsknecht erwirkt?«

»Das haben Sie herausgefunden?«

»Sieht so aus.«

Sie zögerte, überlegte womöglich, wie sie sein Wissen für sich nutzen könnte. Auch musste ihr jetzt bewusst sein, dass er Informationen über sie eingeholt hatte und eventuell noch mehr Menschen davon wussten. Sie, die Richterin, der nachgesagt wurde, hart, unnachgiebig und absolut gesetzestreu zu sein, war ins Visier der Ermittler geraten, das musste ihr bewusst sein.

Letztlich hatte er sie in diese Ecke gedrängt. Gleich hatte er sie. »Hat Landsknecht Ihren Sohn?«

»Unsinn.« Ihre Stimme schnappte über. »Um Ihre Frage von vorhin zu beantworten: Das Kontaktverbot wurde wegen Stalking erteilt.« Energisch warf sie den Kopf zurück. Zu früh gefreut, sie gewann wieder an Selbstvertrauen.

»Dann wundert es mich, dass Sie ihn als Ihren Anwalt akzeptiert haben.«

»Vielleicht wollte er es wiedergutmachen – was weiß ich.«

»Nach acht Jahren?« Einer wie der würde einer Frau nie so lange hinterherrennen; vielleicht an sie zurückdenken, aber mehr nicht.

Er hielt ihrem starren Blick stand. Diesen Wettbewerb hatten sie schon einmal ausgetragen, und auch jetzt ging er als Sieger daraus hervor. Sie sah auf ihren Wagen.

»Jedenfalls fliege ich morgen nach Deutschland und werde dafür sorgen, dass weder Sie noch Landsknecht mir in Zukunft zu nahe kommen.«

»So erbaulich ist Ihre Gegenwart nun auch wieder nicht, als dass ich sie ohne Not suchen würde.« Er löste sich vom Auto und schritt langsam an ihr vorbei auf die Haustür zu. »Guten Flug.«

Sie zischte etwas, das verdächtig nach »Arsch« klang.

Da ihm das als Privatmann am selbigen vorbeiging, warf er ihr nur einen Blick mit hochgezogenen Augenbrauen zu.

Noch bevor er klingeln konnte, öffnete Landsknecht die Haustür. Wahrscheinlich hatte er die Szene hinter einem der Fenster verfolgt.

»Sie haben gelogen«, sagte Richard nach einem knappen Gruß.

»Inwiefern?«

»Sie haben behauptet, Teneriffa nicht zu kennen und das erste Mal hier zu sein.«

»Daran kann ich mich nicht erinnern. Aber kommen Sie ruhig rein und schauen sich um. Von hier aus haben Sie einen grandiosen Blick aufs Meer. Dieser Teil der Insel ist zum Glück noch nicht allzu sehr vom Tourismus vereinnahmt.«

Richard trat ein: weiße rau verputzte Wände, Terrakottafliesen, schwarze Deckenbalken, dunkle schwere Möbel – wie man sich eine typisch spanische Einrichtung vorstellte. Bis auf die Fenster, die zum Meer hin ausgerichtet waren, waren alle mit Jalousien verschlossen. Ein offenes Küchenkonzept ermöglichte den Blick in ein großes Wohnzimmer mit Zugang durch weitgeöffnete Glastüren zu einem weiträumigen Balkon, auf dem einige Liegen mit dicken Auflagen standen. Begrenzt wurde er durch ein Geländer aus bauchigen Steinbalustern. Die atemberaubende Aussicht wurde noch verstärkt durch eine rot glühende Sonne, die soeben den Horizont küsste.

Er trat auf den Balkon. Unterhalb des Hauses brachen sich schaumbekrönte Wellen an den Klippen, und ein warmer Wind sorgte für ein angenehmes Gefühl auf der Haut. Wahrlich ein Platz, um aus dem Hamsterrad auszusteigen und seinen inneren Frieden zu finden.

Aber so weit war es noch nicht.

»Wieso wurde gegen Sie ein Kontaktverbot mit Frau Wachter verhängt?«, fragte er, die Arme auf der Balustrade abgestützt.

»Ich war in sie verliebt und bin ihr wohl etwas zu dicht auf die Pelle gerückt.«

Das stimmte mit Lindas Aussage überein. Stalking, dabei schien ihm Landsknecht gar nicht der Typ dafür zu sein. »Wissen Sie, wo Kilian sich aufhält?«

»Nein.«

Er musterte die Umgebung. Neben dem Haus führte eine schmale Schlucht zum Meer hinunter. Auf der anderen Seite einige Häuser und kleinere Bananenplantagen. Der Bauart nach zu urteilen, lebten dort Einheimische. »Sylvie hat mir erzählt, dass dort unten eine Bucht mit schwarzem Sandstrand sein soll.«

»Richtig. Der bevorzugte Badeplatz der Anwohner.«

»Können dort Boote anlegen?«

Landsknecht lachte trocken auf. »Zuerst bin ich ein Kindesentführer und jetzt wollen Sie mir die erpresste Million unterjubeln? Linda hat ausnahmsweise mal recht: Ihnen sollte man das Handwerk legen.«

»Das haben schon ganz andere versucht, und jedes Mal ging der Schuss für sie nach hinten los, weil sie Dreck am Stecken hatten. Je mehr Widerstand ich spüre, desto hartnäckiger werde ich.«

»Sie geben nie auf, oder?«

»Nie.«

Landsknecht nickte. »Diese Eigenschaft zeichnet einen guten Kriminalbeamten aus.«

»Das und eine gehörige Portion Intuition.«

»Und die sagt Ihnen, dass ich ein böser Bube bin?«

»Genauso ist es.«

»Und was in aller Welt sollte mein Motiv sein?«

Gute Frage, zumal sie den Schwachpunkt seiner Theorie offenlegte. Peters Wette kam ihm in den Sinn, und plötzlich fiel es ihm wie Schuppen von den Augen: Landsknecht war tatsächlich Kilians Vater. Linda und er! Donnerwetter, da hatte seine Menschenkenntnis ihn sauber im Stich gelassen. Kein Schmu am Gericht. Nein, in der Ehe. Das würde vieles erklären: Lindas Verhalten, das Kontaktverbot. Wachter hatte davon keine Ahnung, war vielmehr der Überzeugung, Kilian wäre sein Sohn. Stellte sich nur die Frage, warum Linda fremdgegangen war. Aus Liebe? Linda wäre Frau genug gewesen, um Wachter vor die Tür zu setzen und den Vater ihres Kindes zu heiraten. Er öffnete den Mund zu einer Erwiderung, als vom Tal her spanische Rufe laut wurden. »Halt! Stehen bleiben, oder ich schieße!«

Was war da los?

Ein Schuss krachte.

Auf der gegenüberliegenden Seite der Schlucht kam ein Mann durch die Maueröffnung einer Bananenplantage gerannt und sprang, geschickt wie eine Bergziege, den Abhang hinunter. Richard erkannte den Flüchtenden sofort: Raúl.

Seine Hand flog zum Gürtel, wo normalerweise seine Dienstwaffe steckte, doch sie griff ins Leere.

»Was geht dort drüben ab?«, rief Landsknecht, der nun neben Richard stand.

Am Eingang zur Plantage erschien Fernand mit gezogener Waffe. Er gab einen weiteren Schuss ab und schickte sich an, den Flüchtenden zu verfolgen. Fernand war weit weniger trittfest, kämpfte beim Abstieg darum, nicht aus dem Gleichgewicht zu geraten.

»Der Flüchtende ist ein Erpresser und Mörder«, sagte Richard.

»Oh Gott!«, rief Landsknecht. »Hoffentlich weiß er nicht, wo …«

»Wo was?«

»Das … Das kann ich Ihnen nicht sagen.«

Richard fuhr herum und packte Landsknecht an beiden Oberarmen, als wollte er die Antwort aus ihm herausschütteln. Er ahnte, was Landsknecht hatte sagen wollen, und wunderte sich, dass der Mann die Gefahr unterschätzte.

»Sie sprechen von Kilians Versteck, stimmt's? Wenn der Kerl das Kind findet, ist es in höchster Gefahr. Dann wird aus einer Entführung schnell eine Geiselnahme. Und wie so etwas bei einem in die Enge getriebenen Schwerverbrecher enden kann, sollte Ihnen bekannt sein.«

»Oh Gott!«, japste Landsknecht erneut.

»Der hilft Ihnen jetzt auch nicht, sondern nur die Wahrheit. Also?«

»Dort unten, kurz vor der Schlucht … Da ist eine Höhle. Wenn er Kilian findet …! In der Bucht liegt ein Boot vor Anker, damit könnte er leicht entkommen. Folgen Sie mir, ich zeige Ihnen den Weg.«

Landsknecht rannte voraus, in den Keller des Hauses und von da aus durch eine schwere Holztür in den Garten. »Dort drüben geht's runter zum Meer.«

Richard sprang über ein niedriges schmiedeeisernes Gartentor und sprintete den schmalen Weg hinunter. In einem Bachbett unter sich sah er zwei Männer in dieselbe Richtung rennen. Fernand und Jonay, wo kamen die jetzt her? Allerdings würde er hier oben schneller zum Ziel gelangen. Langsam senkte sich sein Weg, bis er auf halber Höhe der Schlucht war. Raúl rannte nur ein Stück vor ihm auf dem Grund der Schlucht. Fernand und Jonay deutlich hinter ihm.

Nachdem er um eine Felsenecke gebogen war, erspähte er in einer Wand aus Lavagestein eine Höhle, die durch eine Mauer verschlossen worden war. Ein vergittertes Fenster und eine Metalltür verrieten, dass sie bewohnbar war. Dort also wurde Kilian gefangen gehalten.

Erneut gab Fernand einen Warnschuss ab. Raúl drehte sich im Laufen kurz um. Er musste Richard gesehen haben. Er wirbelte herum. Rannte geradewegs auf die Höhle zu. Verdammt, der wusste genau, was er dort finden würde. Oder wollte er sich dort verschanzen?

Ein Königreich für eine Waffe.

Richard verdoppelte seine Anstrengungen.

Er erreichte die Tür kurz vor Raúl und verstellte ihm den Weg. Raúl machte auf dem Absatz kehrt, hetzte erneut auf die Bucht zu. Dabei lief er Fernand genau vor die Pistolenmündung.

Der Kollege legte sofort auf ihn an und brüllte: »¡Quieto o disparo! Se acabó.«

Raúl stoppte und streckte die Hände gen Himmel. »Was soll vorbei sein? Ich muss nicht aufgeben. Ich hab nix gemacht.«

»Warum bist du dann abgehauen?«

»Ich wollt euch zu dem Kind führen, das der da versteckt hält.« Raúl deutete mit dem Kopf auf Landsknecht, der keuchend bei ihnen eintraf.

»Bullshit«, sagte Richard.

Raúl zuckte mit den Schultern und hielt die Hände Jonay entgegen. »Denkt, was ihr wollt.«

Während Jonay ihm Handschellen anlegte, heulten in der Ferne Polizeisirenen. Fernand trat auf Raúl zu und rasselte ihm seine Rechte herunter. Raúl blickte ihm frech ins Gesicht.

»Falls du damit rechnest, dass Maniolo dich raushaut, bist du schiefgewickelt. Der sitzt nämlich selbst im Knast.«

Raúl stutzte, seine Kiefern mahlten. »Was?«

»Du hast mich gehört.«

Richard ließ die drei stehen und winkte Landsknecht zu sich her. »Machen Sie die Tür auf.«

Landsknecht nickte, öffnete und ließ Richard den Vortritt. Im Dämmerlicht erkannte er einen Tisch und einen Stuhl, im Hintergrund Fässer und Obstkisten. Auf einem Feldbett lag Kilian und schlief.

»Was haben Sie ihm gegeben?«, fragte Richard über die Schulter.

»Schlaftabletten.«

Hinter ihm klickten erneut Handschellen. Er trat zu Kilian und hob ihn mit beiden Armen vom Bett. Plötzlich schlug er die Augen auf und fragte: »Mama?«

»Die siehst du bald wieder. Versprochen.«

»Mein Eselchen.«

Fernand hob das Stofftier auf, auf das Kilian zeigte, und legte es dem Jungen auf den Bauch.

»Auftrag ausgeführt«, sagte er lächelnd.

47 LINDA

Linda hatte Levin im Haus von Jens Landsknecht verschwinden sehen, bevor sie sich auf den Weg zurück in den Süden der Insel begab, denn ihre Maschine würde vom Flughafen Süd abfliegen. Sie nahm sich Zeit für die langsamere, aber schönere Route über Puerto. Sich sammeln. Luft holen.

Ob er etwas erreichen würde? Kaum. Jens konnte geschickt Reden führen, ließ sich nicht einmal von versierten Staatsanwälten beirren. Levin hatte keine Chance. Obwohl? Unmöglich. Sie musste nach Deutschland und Jens unter Druck setzen. Sie würde dort finden, was sie brauchte. Und dann Levin ausbooten, damit er ihr nicht auf die Schliche kam.

Linda fuhr an der Autobahnabfahrt von Costa Adeje vorbei. Vielleicht sollte sie doch bei Marcel vorbeischauen und ihm alles beichten. Sie wollte nicht länger mit dieser Lüge leben, unabhängig davon, ob Levin die Wahrheit herausgefunden hatte. Vielleicht hätte Levin sogar Verständnis für ihr Verhalten aufgebracht, wenn sie ihm alles erklärt hätte. Diesen Gedanken verwarf sie jedoch schnell wieder. Levin war als Ermittler darauf trainiert, persönliche Aspekte bei seiner Arbeit außen vor zu lassen. Es lag einzig und allein an ihr, reinen Tisch mit Marcel zu machen und dann Inspector Morell anzurufen.

Was in aller Welt machte sie da? Ihr Kind aufs Spiel setzen? Was war ihr wichtiger?

Sie musste zuerst dem Inspector Bescheid geben, dass Jens der Entführer war. Wenn Kilian erst einmal frei war, dann wäre alles leichter. Sie rief auf Morells Dienststelle an und hinterließ eine Nachricht. Nun galt es, Marcel vorzubereiten.

Kurzerhand nahm sie die nächste Ausfahrt und fuhr zurück. Jetzt oder nie, selbst wenn es das Ende ihrer Ehe bedeuten würde. Nun ja, viel Ehe war sowieso nicht mehr vorhanden. Marcels Betrug war nur der letzte Tropfen in das randvolle Fass gewesen.

Sie hielt auf das Hotel zu, das mit seiner lavaroten Fassade, den Kuppeln und Wandelgängen, Palmen und Blumenarrangements mehr an Nordafrika als an Spanien erinnerte. Wie viel Hoffnung hatten sie beide in diesen Urlaub gesetzt. Zweifel kamen auf, ob sie das Richtige tat, aber was sie sich in den Kopf gesetzt hatte, setzte sie auch in die Tat um – bis zum bitteren Ende, wenn es sein musste.

So war es auch damals, vor mehr als acht Jahren, gewesen.

Sie parkte den Wagen und stieg aus. Auf dem Gang zu ihrer Suite verlangsamte sie ihre Schritte. Gab es wirklich keinen anderen Weg, als alles zu zerstören? Sollte sie auf Jens' Forderung eingehen? Dann käme Kilian frei und keiner wüsste Bescheid.

Außer Kilian vielleicht.

Nur Levin würde nicht eher Ruhe geben, bis die ganze Wahrheit auf dem Tisch lag. Den musste ihr der Teufel geschickt haben. Ihre Wege hatten sich einige Male vor Gericht gekreuzt. Zuletzt, weil er einen gefährlichen Rechtsextremisten in putativer Notwehr erschossen hatte. Sie hatte ihn freisprechen müssen. Erst hinterher war bewiesen worden, dass es echte Notwehr gewesen war. Sie bereute ihre damalige Haltung nicht, stand diesem schießfreudigen Polizisten kritisch gegenüber, spürte, dass er nicht Herr über seine Dämonen war.

Zuerst hatte sie begrüßt, dass er ihnen bei der Suche nach Kilian helfen wollte, ihn sogar dazu ermuntert. Doch dann war Jens aufgetaucht.

Und damit hatte Gefahr bestanden, dass Levin die richtigen Schlüsse ziehen würde. Noch unerfahren im Polizeidienst, war Levin in den Zeugenstand gerufen worden, und Jens als Verteidiger und sie als Richterin hatten seine Beweisführung zerpflückt. Sie hatte Jens damit einen Gefallen getan, gegen besseres Wissen und gegen ihre Überzeugung. Levin wusste das natürlich und hatte seine Vermutung, dass zwischen ihnen eine Absprache stattgefunden habe, auch zum Ausdruck gebracht.

Um Jens' Forderung erfüllen zu können und damit Kilian zurückzubekommen, bedurfte es Marcels Einverständnis. Also musste sie ihm alles gestehen. Ihr Herz trommelte stakkato, als sie sich, mit der Magnetkarte in der Hand, ihrer Suite näherte.

Nanu, die Tür war beschädigt. Als sie dagegendrückte, blieb das Schloss im Türrahmen stecken. Hier war eingebrochen worden.

Im Innern empfing sie Dunkelheit.

»Marcel?«

Keine Antwort.

Sie knipste das Licht an. Die Suite sah aufgeräumt und unbewohnt aus. Wo steckte der Kerl?

Seine Kleidung hing unberührt im Schrank, nicht einmal sein Waschbeutel fehlte.

Vielleicht konnte Levin mit Neuigkeiten dienen. Sie zog ihr Handy aus der Tasche und rief ihn an.

»Das trifft sich gut, ich wollte mich auch gerade bei

Ihnen melden«, sagte er. Etwas in seinem Tonfall ließ sie aufhorchen, denn zur Schärfe in seiner Stimme gesellte sich eine gewisse Genugtuung.

Hatte Jens geplaudert?

Oh Gott. Nun kannte Levin ihr Geheimnis und würde sie aus Rache der Sensationspresse zum Fraß vorwerfen. Was dann ablaufen würde, konnte sie sich lebhaft vorstellen.

»Wo ist Marcel?«

»Er hatte einen Herzinfarkt.«

Ihre Knie gaben nach, die Tasche glitt ihr aus der Hand. Am ganzen Körper zitternd torkelte sie zum Sofa und ließ sich darauf fallen. »Ist er …?«

»Nein, er lebt. Ist im Krankenhaus.«

Ihr Gehirn weigerte sich, diese Information zu verarbeiten. »Das darf nicht wahr sein!«

»Leider doch. Sind Sie im Hotel?«

Sie konnte nur ein einfaches »Ja« hauchen.

»Ich bin auf dem Weg zu Ihnen.«

»Ich würde lieber sofort ins Krankenhaus fahren.«

»Warten Sie auf mich, es ist wichtig. Wahrscheinlich darf er sowieso keinen Besuch empfangen.«

Warten? Das sagte der Mann so einfach. In ihren Füßen tanzten Ameisen Tango und ihre Hände zitterten im Takt dazu. Marcel im Krankenhaus – mit Herzinfarkt. Wie sollte sie ihm jetzt die Wahrheit beibringen? Das würde ihm den Rest geben.

Wahrscheinlich hatte ihr Davonlaufen den Anfall ausgelöst. Sie war schuld.

Tränen wollten keine kommen, obwohl sie sich danach sehnte. Der Stress der letzten Tage schien ihren Fluss zu verhindern. Stattdessen rauschten Schuldgefühle durch ihren Körper, den der Rhythmus ihres Herzschlags vor und zurück wiegte.

Wie viel Zeit vergangen war, wusste sie nicht, als schließlich jemand die Tür aufdrückte. Ein Mann und eine Frau vom Hotelpersonal blickten sie verwundert an. »Wir wollten Ihre Sachen in ein anderes Zimmer bringen«, sagte der Mann in gebrochenem Englisch. Draußen stand ein Gepäckwagen. »Wir wussten nicht, dass Sie wieder zurück sind.«

»Schon gut. Nehmen Sie die Sachen ruhig mit. Was ist hier passiert?«

Dafür reichte das Englisch des Mannes nicht aus. Nachdem die Frau alle Kleidungsstücke in den Koffern verstaut hatte, stapelte der Mann sie auf dem Gepäckwagen. Teilnahmslos verfolgte Linda das Geschehen. Bevor sie mit dem Gepäck losfuhren, sagte der Mann, sie müsse sich an der Rezeption eine neue Schlüsselkarte besorgen.

Levin kam hinzu. Ohne viel Umstände zu machen, setzte er sich ihr gegenüber, Beine breit, die Ellenbogen auf den Oberschenkeln abgestützt, die Fingerspitzen aneinandergelegt. Der Herr der Lage. »Haben Sie mir etwas zu sagen?«

Bevor sie sich offenbaren würde, stand die Beantwortung einer Frage aus: »Was ist mit Kilian? Haben Sie ihn?«

»Er ist in ärztlicher Behandlung, aber es geht ihm den Umständen entsprechend gut. Landsknecht hatte ihn mit einem Medikament ruhiggestellt.«

Eine Welle der Erleichterung schwappte über sie hinweg. Wenigstens er war gerettet.

»Wie geht es Marcel? Ist er bei Bewusstsein?«

»Er wird im Hospital Quirón Costa Adeje behandelt. Laut Auskunft der Ärzte ist sein Zustand stabil.«

»Danke.« Ihr Mund fühlte sich trocken an.

»Die kaputte Tür geht übrigens auf mein Konto. Ich hörte verdächtige Geräusche, trat sie ein und fand Ihren Mann auf dem Boden liegend vor.«

»Das war vermutlich Rettung in letzter Sekunde.«

»Das kann man so sagen.«

»Wo haben Sie Kilian entdeckt?«

»In einer Höhle, nicht weit von Landsknechts Wohnsitz entfernt.«

Das schmerzte. Sie war ihm nah gewesen, ohne es zu wissen. Was musste der arme Junge durchgemacht haben? Und nur, weil sie so stur gewesen war. Ihre Augen stachen.

»Wenn er aufwacht, wäre es gut, wenn Sie bei ihm sind. Ob das möglich ist, muss allerdings der Richter entscheiden.«

Das hieß, man würde sie anklagen. Das war zwar bitter, aber auch gerechtfertigt. »Hat Jens alles gestanden?«

»Kommt darauf an, was Sie unter ›alles‹ verstehen. Mich würde Ihre Version interessieren.«

»Okay, also von Anfang an.« Nun flossen doch Tränen. Wenigstens verschwamm dadurch Levins stechender Blick. »Marcel und ich konnten keine Kinder bekommen. Wir haben alles Erdenkliche probiert – nichts funktionierte. Dabei war es Marcels sehnlichster Wunsch.« Jetzt lief auch noch die Nase. Levin reichte ihr eine kleine Papierserviette, in die sie sich sofort schnäuzte. Welche Schande, sich ausgerechnet vor ihm so gehen zu lassen.

»Und weiter?«, sagte er.

»Eines Tages begann Jens, mir Avancen zu machen. Anfangs wies ich ihn entrüstet ab, doch er ließ nicht locker. Bis mir die Idee kam, dass …« Bilder drangen in ihr Bewusstsein: sie und Jens, nackt, bei wildem, tabulosem Sex.

»Sie wurden von ihm schwanger.«

»Ich war so glücklich, bis mir klar wurde, was das bedeutete. Wen liebte ich wirklich, mit wem wollte ich mein Kind aufziehen? Meine Entscheidung fiel zu Marcels Gunsten aus. So begeistert hatte ich ihn zuvor nie gesehen.«

»Hat Landsknecht Ihre Entscheidung mitgetragen?«

»Nicht die Spur. Er wollte sowohl mein Kind als auch mich für sich, sprach sogar von Heirat. Erst als ich vor acht Jahren ein Kontaktverbot gegen ihn erwirkt hatte, gab er Ruhe.«

»Bis vor Kurzem.«

»Bis vor ein paar Tagen. Er verlangte, dass ich seine Vaterschaft offiziell anerkennen lasse und ihm uneingeschränkten Zugang zu Kilian gewähre. Aber das konnte ich unmöglich tun.«

Levin nickte. »Was aus Ihrer Sicht verständlich ist.«

»Bei Kilians sechstem Geburtstag hat er es wieder versucht, aber dann aufgegeben. Als er hier auftauchte und sich großkotzig als Rechtsanwalt anbot, hat er sich in Wahrheit an unserem Unglück ergötzt, sich ins Fäustchen gelacht, als wir verzweifelt versuchten, die Million zusammenzukratzen. Erst als er Kilians Kuscheltier mitnahm, ist mir ein Licht aufgegangen. Ich habe ihn zur Rede gestellt, aber er hat mich ausgelacht und Forderungen erhoben. Er wollte offiziell als Vater anerkannt werden. Besuchszeiten haben. Ich habe abgelehnt, ihn erst bedroht und schließlich angebettelt, Kilian auf der Stelle freizulassen, doch er blieb stur.«

»Sie hätten das mir oder Inspector Morell sagen müssen.«

»Das konnte ich nicht. Dann wäre doch der ganze Schwindel aufgeflogen. Marcel liebt Kilian abgöttisch.«

»Die Wahrheit findet immer einen Weg.«

»Ich wollte meine Familie nicht zerstören.«

»Und dafür haben Sie Ihr Kind unnötig lange leiden lassen.«

Der Widerspruch blieb ihr im Halse stecken. Außer einem Stöhnen brachte sie nichts hervor.

»Hatten Sie vor Ihrem Urlaub Kontakt zu Landsknecht?«

»Nur beruflich. Worauf wollen Sie hinaus?«

»Dass sie ausgerechnet dorthin in Urlaub fahren, wo er sich auskennt.«

Wollte der Mann damit andeuten, dass sie mit Jens gemeinsame Sache gemacht hatte? Niemals. Sie schüttelte stumm den Kopf.

»Von wem kam die Idee, nach Teneriffa zu fliegen?«

»Von Marcel.«

Levin faltete die Hände und legte die Zeigefinger aneinander, sodass die Spitze auf sie zeigte. »Unsere erste Begegnung vor Gericht …«

»Ja, ich weiß. Jens kam als Anwalt nicht so richtig vom Fleck, und ich wollte ihm unter die Arme greifen – quasi als kleinen Ausgleich.«

»Sie beide wussten, dass der Mann schuldig war.«

»Es tut mir aufrichtig leid.«

»Sie sollten sich bei der Familie des Kindes entschuldigen, das der Freigesprochene später ermordet hat.«

An dieser Bürde würde Linda noch lange tragen. Sie blickte auf ihre ineinander verkrallten Hände und nickte.

»Warum wollten Sie nach Deutschland zurück?«

»Um Sie auszubremsen und Jens unter Druck zu setzen, Kilian endlich freizulassen. Die Entführung hätte dann leicht den Erpressern in die Schuhe geschoben werden können.«

Er brach den Blickkontakt ab und sah mit einem leicht

ironischen Lächeln zur Seite. »Ziemlich kriminelles Denken, das Sie da an den Tag legen.«

Allmählich fand sie ihre Fassung wieder. Schadensbegrenzung rückte nun in den Vordergrund. »Man lernt nie aus. Ich habe Inspector Morell übrigens informiert, nur eben viel zu spät. Wohin muss ich mich wenden, um Kilian zu sehen?«

»Morell wird sich mit Ihnen in Verbindung setzen. Sie müssen damit rechnen, dass Sie die Insel nicht verlassen dürfen, bis eine richterliche Entscheidung vorliegt. In der Zwischenzeit können Sie sich überlegen, wie Sie das alles Ihrem Mann beibringen – aber bitte schonend. Am besten, Sie fragen zuvor den behandelnden Arzt um Rat. Oder wollen Sie auch noch dafür verantwortlich sein, wenn er stirbt?«

Sie war doch keine Mörderin. Was dachte er von ihr? Dasselbe wie sie, wenn sie über jemanden zu Gericht saß. Damit war klar, was er erwartete. »Es tut mir alles unendlich leid«, sagte sie und meinte es plötzlich auch.

Sein Blick wurde weicher.

»Das Hotel hat mir ein anderes Zimmer zugewiesen. Ich hoffe, das geht in Ordnung.«

»Solange Sie erreichbar sind, dürfte das kein Problem sein. Aber das müssen Sie mit der spanischen Polizei regeln, ich bin nur ein Urlauber.«

Da war sie wieder, diese Ironie. Dennoch fühlte sie Erleichterung, hatte sie sich doch die ganze Last von der Seele reden können. »Eine Frage hätte ich noch.«

»Und die wäre?«

»Wo ist die Million?«

48 RICHARD

Zwei Tage später saß Richard auf dem großen Balkon des spärlich besuchten Hotelrestaurants und kämpfte sich durch eine spanische Zeitung. Jemand hatte mal behauptet, dass man eine fremde Sprache erst dann richtig beherrschte, wenn man Witze verstehen und die Zeitung lesen konnte. Letzteres erwies sich mangels Wortschatz als sehr mühsam. Er faltete die Zeitung zusammen und trank von seinem Café Cortado. Espresso mit Milch und dazu einen Mandelkuchen zu verdrücken, gehörte eigentlich nicht zu seinen Gepflogenheiten, aber offenbar war er noch nicht zu alt, um Neues auszuprobieren.

Er ließ den Blick über den Pool schweifen, bis hin zu den vom brodelnden Meer umspülten schwarzen Klippen. Daran konnte er sich nicht sattsehen. Es blies ein heißer Wind und die Luft schmeckte salzig. Endlich Urlaub.

Gestern hatte er den schwarzen Naturstrand an der Nordwestküste bewundert, als er Kilian im Krankenhaus in Santa Cruz besucht hatte.

Sylvie schickte ihm auf WhatsApp liebe Grüße aus Nürnberg. Sie hatte sich rechtzeitig abgesetzt, bevor ihr die Polizei unangenehme Fragen hatte stellen können. Eine Beihilfe zu Kilians Entführung würde ihr ohnehin nur schwerlich nachgewiesen werden können, zumal sie kein Motiv hatte. Aber das war gottlob nicht sein Bier. Sie berichtete ihm, dass sie sich um einen neuen Job bemühe. Ob er in Coburg einen wüsste? Das hatte ihm gerade noch gefehlt.

»¡Hola!«

Er drehte sich um. Als er Fernand erkannte, erwiderte er den Gruß und bot ihm den Stuhl gegenüber an.

»Die Puzzlestücke formen sich zu einem Bild.« Kaum saß Fernand, kam die Bedienung herbeigeeilt. Fernand bestellte das Gleiche wie Richard und wartete dann, bis sie wieder allein waren. »Mein Chef ist zufrieden. Der sieht sich schon im Generalsrang. Bislang konnte weder ihm noch meinem Subinspector Korruption oder Verrat nachgewiesen werden. Vermutlich hat es nie einen Maulwurf gegeben.« Fernand zuckte mit den Schultern.

»Schön für euch.«

»Der Schlag gegen den Hundekampfring war ein voller Erfolg und der Drogenfund in Maniolos Bar ist das Sahnehäubchen.«

»Welche Art von Rauschmitteln?«

»Die ganze Palette. Es reicht, um Maniolo für lange Zeit aus dem Verkehr zu ziehen. Die Bar ist bis auf Weiteres dicht.« Fernand machte eine wegwerfende Bewegung. »Mir wird sie nicht fehlen.«

»Ich habe gehört, dass das Ferienresort hier verkauft werden soll?«

»Das stimmt. Diego González, der Besitzer, braucht Geld, um seine Anwälte bezahlen zu können. Maniolo hat ihn schwer belastet. Zwar nicht als Auftraggeber, die sitzen auf dem Festland, sondern damit, dass González Schweigegelder kassiert haben soll. Inwieweit andere Amtsinhaber geschmiert wurden, werden die weiteren Untersuchungen zeigen.«

Etwas Ähnliches hatte Richard vermutet. »Was macht unser mörderischer Freund?«

»Raúl? Der singt wie ein Kanarienvogel, um eine Hafterleichterung zu erhalten.«

»Denkst du, er hat damit Erfolg?«

»Wer weiß? Den Mord an dem Straßenverkäufer Oumar Toure hat er gestanden. Allerdings sagt er, Maniolo hätte ihm den Auftrag dazu gegeben. Der gibt allerdings nur zu, in illegale Geschäfte verwickelt gewesen zu sein. Mit dem Mord an Toure will er nichts zu tun gehabt haben. Aber damit kommt er nicht durch, da sein Barkeeper ebenfalls ausgepackt hat. Weil Toure den Rucksack mit den Drogen gestohlen hatte, musste Raúl ihn beseitigen.«

»Von wem kam die Idee mit der Lösegelderpressung?«

»Laut Raúls Aussage soll sie von Heim stammen.«

»Der sich nicht mehr verteidigen kann.«

»Richtig. Raúls Großvater hat gesehen, wie Kilian in das Versteck gebracht wurde, dachte angeblich aber nicht an eine Entführung. Als die Medien dann darüber berichteten, haben sich Raúl und Heim dieses Wissen zunutze gemacht.«

»War der Großvater involviert?«

»Den stufen wir nur als Zeugen ein. Es wird eine Weile dauern, bis wir das alles dem Gericht hieb- und stichfest präsentieren können.«

»Trotzdem, ein schöner Erfolg – auch für dich. Vor allem deshalb, weil die Kindesentführung gut ausgegangen ist. Gratulation.«

»Dank deiner Hilfe, Ricardo.«

Die Romanisierung seines Namens brachte Richard unwillkürlich dazu, zu lächeln. »Habt ihr die Million?«

Fernand machte ein pfiffiges Gesicht. In diesem Moment wurde sein Kaffee und das Stück Kuchen serviert. Wie zuvor wartete er, bis die Bedienung gegangen war. »Das Geld war im Keller des Großvaters versteckt. Der Alte wollte es ums Verrecken nicht rausrücken. Die

Jagdwaffe, mit der Heim erschossen wurde, stammt übrigens von ihm; ein Überbleibsel aus alten Zeiten – behauptet er.«

Fernand spießte ein Stück des Kuchens auf seine Gabel und deutete damit auf Richard. »Angeblich hatte der Großvater keine Ahnung, dass der Rucksack das Lösegeld enthielt. Raúl hatte ihm weisgemacht, die Summe in der Lotterie gewonnen zu haben. Aber was soll's. Der Mann ist 81, den steckt keiner mehr ins Gefängnis.«

Das Kuchenstückchen fiel von Fernands Gabel auf den Tisch. Spanier sollten bei ihrer Gestikulierfreudigkeit kein Essen auf dem Besteck aufgegabelt haben, dachte Richard.

Als er Fernand darauf ansprach, lachte der nur. »Das merke ich mir. Noch ein Detail: Raúl hat Heim mit hineingezogen, weil er jemanden brauchte, der Deutsch spricht und den er als Bote einsetzen konnte. Als Straßenverkäufer durfte er nämlich das Resort nicht betreten. Als Heim gefasst wurde, befürchtete Raúl, er könnte auspacken, um die eigene Haut zu retten.«

»Und deshalb musste Heim sterben.«

»Nicht gerade ein Ruhmesblatt für uns, weil es vor unseren Augen geschah. Der Kuchen schmeckt übrigens hervorragend. Genau, wie wir Spanier ihn mögen. Nicht dieser Touristenpapp.«

»Warum hat Raúl die Wachters und nicht Landsknecht erpresst?«

»Das sei ihm zu riskant gewesen, denn schließlich kannten sie sich.«

»Weil sie Nachbarn waren.«

»Genau. Raúl war es auch, der in der Höllenschlucht den Stein auf dich geschleudert hat.«

»Das habe ich vermutet. Von wem stammt die Falschmeldung über Kilians Aufenthaltsort bei Güímar?«

»Von Raúl. Und jetzt wird es kompliziert. Raúl wollte Heim loswerden, aber dann kamen wir ihm zuvor und schnappten Heim. Was aber Raúl zuerst nicht weiter störte, denn wären wir in die Falle getappt, hätte er zwei Fliegen mit einer Klappe geschlagen. Wir beide wären ausgeschaltet gewesen, und Maniolo hätte dafür den Kopf hinhalten müssen.«

»Na ja, das mit der Falle hätte ja beinahe funktioniert. Ganz ungeschoren sind wir nicht davongekommen.«

»Das darfst du nicht so eng sehen.« Fernand winkte die Bedienung herbei. »Noch eine Runde Kaffee bitte – auf meine Rechnung.«

Was bedeutete, dass Fernands erster Kaffee und auch der Kuchen auf Richards Kassenbon erscheinen würden. Na gut, das würde ihn nicht arm machen. »War Frau König in irgendeiner Weise an der Entführung beteiligt?«

»Wer ist das?«

»Landsknechts Halbschwester. Sie war die Geliebte von Herrn Wachter und hatte ursprünglich den Urlaub auf Teneriffa mit ihm geplant. Damit hat sie die Entführung erst ermöglicht oder zumindest erleichtert.«

»Sylvie, als Komplizin?«

»Eher nicht. Bei mir hat sie sich unwissend gegeben, die Tat ihrem Bruder aber zugetraut und mir sogar geholfen.«

»Ist sie noch hier?«

»Nein. Sie ist inzwischen wieder in Deutschland.«

»Ihr Beihilfe nachzuweisen wird schwer werden. Und selbst wenn uns das gelingt, kriegen wir wegen so etwas keinen Auslieferungsantrag durch.«

»Das sehe ich genauso. Sie selbst hat von der Entführung auch nicht profitiert. Landsknechts Motivation war rein persönlicher Natur.«

»Trotzdem werden wir die Sache prüfen. Landsknecht selbst hat seine Halbschwester während der Vernehmung mit keinem Wort erwähnt. Er hat alles gestanden und wird einsitzen, daran gibt es keinen Zweifel.«

»Was ist mit Linda Wachter?«

Fernand betrachtete den leeren Kuchenteller. »Ich denke, der Richter wird sie ihrer Wege gehen lassen. Dass Landsknecht ihren Sohn entführt hatte, wusste sie nicht. Etwa zu dem Zeitpunkt, als wir Kilian fanden, hat sie mir eine Nachricht auf dem Anrufbeantworter hinterlassen, in der sie mich um Hilfe bat.«

»Das hat sie mir gegenüber auch erwähnt, ich wusste bloß nicht, ob es stimmt.«

Als der zweite Kaffee kam, besetzten Gäste den Nebentisch. Sofort wechselte Fernand das Thema. Er erwies sich als angenehmer und gebildeter Gesprächspartner, auch ohne Whisky und Zigarren. Als sie gezahlt hatten und aufstanden, sagte Fernand: »Komm wieder, Ricardo. Du bist jederzeit willkommen. Ich würde mich freuen.«

»Ich mich ebenfalls.« Richard erhob sich und schüttelte ihm die Hand.

Was jetzt? Urlaub? Er fuhr sich durch die Haare. Wohin er auch blickte, überall Paare und Familien. Ein Gefühl von Einsamkeit erfasste ihn. Nicht einmal Sylvie war ihm geblieben. Nun, die letzten Tage würde er schon ohne weibliche Begleitung überstehen.

Unten am Pool entdeckte er Linda im Badeanzug und mit Hut auf einem Liegestuhl, den Blick auf Kilian geheftet, der seine Füße ins Wasser hängen ließ.

Als sie ihn bemerkte, winkte sie ihn zu sich her. »Setzen Sie sich?«

Obwohl er dazu wenig Lust verspürte, obsiegte die Neugier.

Linda musterte ihn. »*Ihre* Wunden verheilen.«

Er verstand die Anspielung. Seelische Wunden verheilten langsamer. »Wie geht es Ihrem Mann?«

»Besser. Er wurde nach Santa Cruz verlegt und hat dort zwei Stents gelegt bekommen. In einer Woche wird er in die Uniklinik Erlangen geflogen. Wir kennen den Chefkardiologen dort.«

Natürlich. »Richten Sie ihm gute Besserung von mir aus.«

»Mach ich.« Sie atmete tief durch. »Ich habe noch nicht den Mut aufgebracht, es ihm zu sagen.«

»Soll er es denn jemals erfahren?«

Sie hob ihre Schultern. »Erst wenn er genesen ist.«

»Er wird Fragen stellen.«

»Die ich ihm beantworten werde.«

»Alle?«

»Herr Levin, er wird nur das erfahren, was er unbedingt wissen muss, und Sie sind zur Diskretion verpflichtet. Für Marcel muss mein Geständnis reichen, ihn betrogen zu haben. Zu erfahren, dass Kilian nicht sein Sohn ist, würde ihn umbringen.«

Während Richard darüber nachdachte, schaute er zu dem Jungen hinüber, der im seichten Teil des Pools plantschte. Ihm widerstrebte es grundsätzlich, zu lügen oder etwas zu verheimlichen. Andererseits hielt er sich, wenn es um sein Privatleben oder um seine Vergangenheit ging, selbst äußerst bedeckt.

»Kinder und Wasser sind wie zwei Magnete«, sagte

Linda. »Er kann sich kaum an etwas erinnern, weil er die ganze Zeit unter dem Einfluss von Schlaftabletten stand.«

»Gut, dann bleibt wenigstens nichts zurück. Außer einem schlechten Gewissen, oder?«

»Ich habe es nicht als Betrug empfunden, sondern so, als wäre ich mit Spendersamen künstlich befruchtet worden.«

»Sie sind immer optimal vorbereitet, egal ob im Gerichtssaal oder privat, nicht wahr?«

Sie nickte und Richard überlegte, wie er als Vater auf solch eine Offenbarung reagieren würde. Nicht gut.

Aber er war keiner, hatte nicht einmal eine Frau. 20 Jahre lang hatte ihn das nicht gestört. Mit etwas Engagement und Zärtlichkeit konnte man leicht eine Freundin haben, und solange die nicht mehr als das wollte, war alles im grünen Bereich. Sylvie hätte er auf dieser Basis haben können. Warum reichte ihm das plötzlich nicht mehr?

Weil es Maxi gab. Die Frau, mit der es sich lohnen würde, in die Zukunft zu blicken, obwohl sie seine Vorgesetzte war. Allerdings würde er dann Farbe bekennen müssen, was seine Verbindung zu ihrem Vater, der querschnittsgelähmt war, betraf.

»Ich werde mich nicht in Ihre Privatangelegenheiten einmischen«, sagte er. »Und gegenüber Inspector Morell habe ich kein Wort über den eigentlichen Grund der Entführung verlauten lassen. Das muss Morell selbst herausfinden.«

»Ich danke Ihnen für Ihren Einsatz. Deshalb wollte ich mit Ihnen sprechen. Ich ziehe morgen nach Santa Cruz, um näher bei Marcel zu sein. Danach dürfte ich mit ihm ausreisen, wurde mir angedeutet.«

»Obwohl Sie die Ermittlungen behindert haben?«

»Ich muss mich nicht selbst belasten, oder? Außerdem habe ich Inspector Morell nicht behindert.«

»Den nicht.« Richard misstraute ihr noch immer. Linda würde hier für ihr Schweigen nicht zur Rechenschaft gezogen werden. Und selbst in Deutschland hätte es dafür allenfalls eine Geldstrafe gegeben. Ihre Handlungsweise als Mutter und Ehefrau konnte er nachvollziehen, doch als Richterin hätte sie mehr Verständnis für die Arbeit der Polizei aufbringen müssen.

»Ich habe meine Suspendierung vom Richteramt beantragt«, sagte sie in seine Gedanken hinein.

Überraschung, das hatte er nicht erwartet. »Das ehrt Sie.«

»Ich weiß genau, was Sie dachten: Wie kann die über andere urteilen, wenn Sie sich selbst nicht ans Gesetz hält? Genau deshalb höre ich auf.«

»Was kommt danach?«

»Zuerst eine Pause. Marcel und Kilian brauchen mich jetzt mehr denn je, um über dieses Trauma hinwegzukommen. Später werde ich vielleicht eine eigene Kanzlei gründen oder einer bereits existierenden beitreten.«

Die Frau hatte Mut und Kraft, das musste man ihr lassen. »Dann wünsche ich Ihnen für die Zukunft alles Gute.«

»Danke.« Sie entspannte sich sichtlich und lehnte sich zurück. »Ich Ihnen auch. Ich möchte Sie um Verzeihung bitten und kann nur den Stress als Entschuldigung anführen.«

»Stress allein war es nicht, sondern die Angst vor der Wahrheit, der sie schon viel früher ins Auge hätten blicken sollen.«

Das Lächeln um ihre Mundwinkel stand ihr gut. »Wissen Sie eigentlich, dass Sie im Ruf stehen, ein ausgezeichneter Ermittler zu sein? Daher auch meine Panik, als Jens hier auftauchte. Ich wusste, dass Sie sich an ihn erinnern würden. Ich sehe jetzt ein, wie töricht ich war. Ich hätte Ihnen vertrauen sollen.« Sie schüttelte ihren Kopf.

Ihm blieb nichts anderes übrig, als die Entschuldigung anzunehmen und sich freundlich zu verabschieden. Auf dem Weg zum stahlgrauen Strand sah er das Meer unter einem wolkenlosen Himmel und neben einer Palme einen Afrikaner, der ein gelb-rotes Tuch in den Wind hielt.

Er griff zum Handy und wählte Maxis Nummer.